Editora Charme

QUANDO ÉRAMOS A LUZ DAS ESTRELAS

AUTORA BEST-SELLER DO *NEW YORK TIMES*

MIA SHERIDAN

1ª Impressão 2024

Capa - Veronica Goes
Imagem da capa - AdobeStock
Tradução - Aline Sant' Ana
Preparação - Monique D'Orazio
Revisão - Equipe Charme

Esta obra foi negociada por Brower Literary & Management, Inc.

CIP-BRASIL. CATALOGAÇÃO NA PUBLICAÇÃO
SINDICATO NACIONAL DOS EDITORES DE LIVROS, RJ

S554q

Sheridan, Mia
Quando éramos a luz das estrelas / Mia Sheridan ; tradução Aline Sant'ana. - 1. ed. - Campinas [SP] : Charme, 2024.
288 p. ; 22 cm.

Tradução de: Once we were starlight
ISBN 978-65-5933-192-5

1. Romance americano. I. Sant'ana, Aline. II. Título.

24-95141 CDD: 813
CDU: 82-31(73)

Gabriela Faray Ferreira Lopes - Bibliotecária - CRB-7/6643

Editora Charme

www.editoracharme.com.br

Editora Charme

QUANDO ÉRAMOS A LUZ DAS ESTRELAS

TRADUÇÃO: ALINE SANT'ANA

AUTORA BEST-SELLER DO *NEW YORK TIMES*

MIA SHERIDAN

Para os salvadores.

Prólogo

"Pois assim como o amor os coroa, ele também os crucifica.
E da mesma forma que auxilia em seu crescimento,
trabalha também para a sua poda".

— Kahlil Gibran, *O profeta*

Dias atuais

Prêmio Golden Quill de Literatura, Nova York

Eu o senti antes de vê-lo, mas sempre tinha sido assim. Um rubor sutil sob a minha pele enquanto alguma partícula indefinida que compunha o meu ser reagia à mesma partícula oposta que havia nele. O crescente anseio que aprendi que sempre existiria em mim, independentemente do quanto eu lutasse contra. Meu corpo não precisava de olhos para discernir que ele estava por perto, da mesma forma que a gente parece sentir nossa sombra quando é acariciado pelo sol. Mesmo assim, meu olhar percorreu o espaço, passando rapidamente pelas mulheres com as suas joias e vestidos de gala e os homens em smokings pretos impecáveis, indo além, para as mesas repletas de comida luxuosa, e mais adiante, até a fonte de champanhe borbulhante que brilhava sob o reflexo de uma dúzia de lustres de cristal.

Meu coração pulou e depois parou antes de retomar um ritmo errático. Ali. *Ali*. Ele estava encostado em uma coluna de mármore, os olhos fixos em mim, sua expressão de alguma forma tanto plácida quanto intensa. Respirei fundo, levando a mão ao abdômen, meus dedos flutuando sobre o veludo verde-esmeralda do meu vestido como se eu pudesse, de alguma forma, sublimar aquelas partículas ainda tão atraídas pelo homem singular à minha frente. *Por quê*? Por que você está aqui? *Por que agora, quando finalmente comecei a encontrar a paz? Você sentiu? Veio para tirá-la de mim?*

Que pena. Não vou deixá-lo fazer isso.

Não de novo.

Seu olhar desviou-se para onde a minha mão descansava, voltando-se rapidamente para o meu rosto, um franzido sutil marcando suas feições, como se ele tentasse adivinhar o que o gesto e a minha expressão significavam, mas não conseguindo. Uma parte de mim sentiu uma satisfação por ele não ser mais o especialista das minhas emoções. E a outra parte lamentou por isso.

— Está animada, Karys? A cerimônia de premiação vai começar em breve. Devemos voltar para a nossa mesa... *Deus*, quem é aquele? Ou melhor, quem é aquele *deus*? — Ouvi June dizer ao meu lado.

— Zak Klein — murmurei, sem me virar para ela, o nome ainda pouco familiar saindo da minha boca, embora ele o tivesse escolhido há eras, em um quarto de hotel do outro lado do mundo. O ombro nu da minha assistente roçou no meu enquanto ela se esticava sobre uma mulher à nossa frente, para espiar o homem que tinha se afastado da coluna e, agora, estava se aproximando de nós. *Elegante. Determinado.*

Ah, não. Por favor, não.

Ela agarrou meu braço.

— *Achei* mesmo que fosse ele. Ele está vindo na nossa direção. Santo Deus. — Tão rápido quanto me agarrou, ela me soltou, e pude vê-la se arrumando pela minha visão periférica.

— É ele. — Inspirei o ar, meus músculos tensos e preparados para correr em direção a ele, ou para longe, eu não tinha certeza.

O que quer que June tenha ouvido no meu tom de voz fez com que ela parasse e virasse a cabeça na minha direção.

— Você o conhece, Karys? E nunca me disse? Puta merda. A foto seminua dele está por toda a Times Square. Quantas campanhas publicitárias ele fez? Pelo menos uma dúzia. E você nunca mencionou *nada* sobre conhecê-lo?

Conhecê-lo.

Achei que sim. Uma vez. Acreditei que o conhecia melhor do que a mim mesma. Ou tanto quanto. Afinal, fomos um só. Amantes. Gêmeos. Não de sangue, mas de alma. Entrelaçados.

Ele se aproximou e os meus músculos se contraíram mais ainda. Preparando-se. Suas feições ficaram nítidas, a luz e as sombras acariciando os picos e reentrâncias de sua extraordinária beleza masculina, amando a sua escuridão e a sua luz com tanta facilidade. Não tinha sido tão fácil assim para mim. Então, de novo, ele não me deu realmente uma chance. Minhas costelas se contraíram, e minha respiração estagnou.

June olhou de volta na direção dele.

— Vocês poderiam ser parentes, sabia? Espera... vocês são parentes?

Um som estrangulado saiu da minha garganta. *Eu poderia lidar com isso?*

— Ei, você está bem? — June perguntou. — Karys?

Respirei fundo, reunindo forças. Sim, você consegue. Se for necessário, você consegue.

— Eu já volto — murmurei, forçando meus pés a se moverem em direção a ele. Não vou correr. Não desta vez. Encolhi os ombros enquanto atravessava a multidão que nos separava, meu olhar focado no dele. À medida que me aproximava, sua expressão mudava, sua boca se abria ligeiramente em surpresa, seus olhos se tornavam ao mesmo tempo calorosos e cautelosos.

Ele não esperava que eu fosse ao seu encontro.

— Karys — ele me cumprimentou, com uma voz gutural. Ambos paramos quando alcançamos um ao outro. Eu o observei, e um impulso de eletricidade percorreu meu corpo pela sua súbita proximidade. *Ai, Deus.* Ele estava bem na minha frente, e era terrivelmente doloroso. Maravilhosamente doloroso. Meus olhos o devoraram. Não a imagem que eu tinha visto inúmeras vezes em outdoors e revistas, mas *ele*, carne, sangue e a luz das estrelas. Meu estômago se retorceu. Senti o familiar arrepio de desejo percorrer meu corpo. Suas narinas se alargaram e seus olhos se tornaram momentaneamente preguiçosos antes que sua expressão se suavizasse em serenidade. — Karys — repetiu.

Por vários segundos nos olhamos, meu peito e o seu subindo e descendo em um ritmo idêntico. O ambiente ao meu redor desapareceu. Naquele momento, apenas nós dois existíamos.

Acalme-se. Controle-se. Você não é mais aquela garota confusa e ignorante.

— Zakai — eu disse, aliviada por minha voz soar firme. Endireitei-me, erguendo o queixo, cruzando as mãos na minha frente para esconder que estavam tremendo. — Você parece bem.

Bem. Era um eufemismo. Ele *sempre* tinha sido lindo, mesmo quando era só um adolescente magro, desgrenhado e de braços e pernas longos. Mas agora... Agora ele era um homem, parado na minha frente em um smoking sob medida, seu cabelo de ébano penteado para trás, destacando as linhas perfeitas do seu rosto, aqueles olhos escuros e com cílios espessos tão parecidos com os meus, me mantendo cativa, roubando a minha respiração. Eu estava faminta por ele. Faminta. E o lampejo de desejo trouxe o luto em seu encalço. Eu teria que lamentar de novo depois disso e, embora ainda o amasse, o odiava por isso também.

Ele me deu um sorriso de lado.

— Parece uma eternidade desde que ouvi esse nome pela última vez — ele murmurou, fazendo uma pausa. — É bom ouvi-lo. — Seu olhar me percorreu e, em seus olhos, vi uma fome similar. — Você está linda — adicionou, suavemente.

Ele se aproximou e fiquei tentada a recuar, mas mantive minha posição, ainda que o esperasse agir da mesma maneira que da última vez em que o tinha visto.

Você não pode ceder a ele. Vai doer demais.

Forcei o olhar para longe do seu, e o lembrete de que eu estava em um salão lotado de pessoas me fez estremecer com a súbita enxurrada de vozes e movimento. Zakai colocou as mãos nos bolsos e me observou. Tristeza adentrou os seus olhos, o que me chocou por um momento. Zakai nunca tinha sido de revelar suas emoções assim, tão abertamente, nem mesmo para mim. Eu o encarei com cautela, pega de surpresa tanto por sua presença quanto por sua maneira de agir.

— Ouvi dizer que você se separou — ele disse.

Franzi a testa.

— Eu... não deu certo.

— Sinto muito.

— Sente mesmo?

— Não.

Exalei um sopro de ar.

— Não sei o que você está fazendo aqui, mas esta é uma noite importante para mim. Fui indicada a um prêmio. Se veio para arruinar...

— Não estou aqui para arruinar a sua noite. Estou orgulhoso do seu sucesso. Você merece.

Não pude evitar a pequena risada amarga que subiu pela minha garganta.

— O que você sabe do meu sucesso?

Ele deu de ombros, e o fantasma de um sorriso assombrou o seu rosto, uma aparição que sumiu num piscar de olhos.

— Mais do que pode imaginar.

— Estou surpresa que você tenha tempo para se preocupar comigo, considerando a vida ocupada que leva. Todas as viagens... festas. — *Giselle*. — Você realmente não deveria se incomodar.

Uma ruga se formou entre os seus olhos e ele mordeu o lábio inferior cheio e luxurioso. Fotógrafos de Nova York a Milão adoravam esse olhar. Eu o tinha visto vender centenas de produtos ao longo dos anos. Houve um tempo em que esse olhar pertencera apenas a mim.

— Sua vida, sua felicidade, não é um incômodo para mim. Me faz feliz.

Engoli em seco, parte da luta esvaecendo em mim. Qual era o sentido disso?

— Eu... agradeço. Quero que você também seja feliz, Zakai. Mas, por favor, não vamos fazer isso de novo. Você não deveria ter vindo. Nós dois sabemos como isso termina.

Ele deu um aceno de cabeça lento e preocupado, me devorando com os olhos.

Uma mulher com uma bandeja de champanhe se aproximou de nós, seu sorriso se desfazendo diante das expressões aparentemente indesejadas em nossos rostos enquanto ambos nos virávamos em sua direção. Ela inclinou a bandeja. Eu peguei uma taça, mas Zakai balançou a cabeça.

— Não, obrigado — ele agradeceu. Ela assentiu e nos deixou onde estávamos.

Zakai voltou-se para mim.

— Será que podemos...? — Ele olhou ao redor como se procurasse um lugar com mais privacidade.

Soltei um suspiro, encontrando os olhos de uma mulher que eu não conhecia nos admirando curiosamente, a mulher ao lado dela fazendo o mesmo. *Olhares*. Eu não gostara deles antes e continuava não gostando.

— Tem um pátio logo ali, atrás daquela porta — murmurei, passando por Zakai e indo em direção à área externa. Ele me seguiu enquanto eu saía do salão, respirando fundo o ar ameno da primavera quando chegamos ao pequeno pátio cercado por árvores recém-brotadas. Foquei no som tilintante de uma fonte próxima. A área pavimentada com tijolos estava deserta, já que a maioria dos convidados ainda estava jantando lá dentro.

Coloquei a taça cheia de champanhe em uma mesa próxima, virando-me para Zakai e encontrando os seus olhos à meia-luz, na área externa.

— Por que veio? O que você quer? — sussurrei.

Ele se aproximou lentamente, apoiando o quadril na mureta baixa que dava para o jardim.

— Você não sabe?

Um zumbido de pânico soou dentro de mim, mas uma rápida avaliação de seu rosto sereno me disse que meu medo específico era infundado. Respirei fundo e firme.

— Como eu poderia saber? Não falo com você e não te vejo há três anos. Nada além de todas aquelas propagandas em outdoors. — Ouvi a dor na minha própria voz e me encolhi por dentro. Eu havia ligado para ele. Ele escolheu me ignorar. Eu aceitei, mas, *Deus*, por que ainda tinha que doer tanto?

Eu seria forte, prometi a mim mesma. Mas também era capaz de reconhecer o quanto isso me custava.

Ele me observou em silêncio por um momento.

— Aquilo não sou eu. São apenas imagens.

Dei uma risada curta, mas até eu pude ouvir a falta de humor.

— Não consigo distinguir a diferença entre aquela versão e esta. — Movi a mão para cima e para baixo, em direção a ele.

Ele balançou a cabeça, triste.

— Isso não é verdade e você sabe. Todas aquelas festas, todas aquelas fotos de pessoas felizes e despreocupadas: não passam de uma ilusão. Assim como Sundara.

Sundara.

A palavra me atingiu como se algo pesado e afiado tivesse sido jogado na minha direção. Algo que eu não estava preparada para pegar e que, em vez disso, atravessou direto o meu estômago. Fechei os olhos com força.

— Não quero pensar em Sundara — falei. Não esta noite. Não com você.

Ele deu um passo na minha direção, e depois outro. Devagar. Com um passo fluido. Não avançando rápido, como tinha feito da última vez que estivéramos sozinhos. *Mas se aproximando com intenção.* Talvez ter concordado em ficar a sós com ele tenha sido um péssimo erro de julgamento. Quando ele parou bem na minha frente, estendeu a mão, passando um dedo pelo meu ombro nu, observando enquanto os arrepios surgiam no rastro de seu toque. Um olhar de satisfação fez suas pálpebras relaxarem e o músculo de sua mandíbula tensionar. Ele gostava de poder prever a resposta do meu corpo a ele. *Ainda.*

— Não? Eu, sim — ele murmurou. — Penso nisso o tempo todo agora. Eu sonho. Sonho que você está ao meu lado. Tento te alcançar nessas horas meio iluminadas. Ainda.

As palavras me surpreenderam, mas também sua expressão. Ele pareceu reflexivo, não aflito. Por tanto tempo, a palavra *Sundara* fez seus olhos brilharem de amargura ou reluzirem com uma raiva mal contida.

— Eu era diferente naquela época — murmurei. — Quem quer que você tente alcançar, não sou eu. Não sou mais aquela garota.

Mas a expressão de Zakai permaneceu calma, quase saudosa, enquanto ele continuava, ignorando o que eu disse:

— Às vezes eu até sinto o cheiro. — Ele fechou os olhos e inalou. — Lodo e jasmim. — Seu olhar encontrou o meu e ele sorriu, tão suave quanto as pétalas de papoula que cresciam ao longo do muro da nossa antiga casa.

Virei de costas, colocando as mãos na mureta de pedra.

— Pare, por favor — implorei.

Senti o calor dele atrás de mim enquanto se aproximava.

— Ainda me lembro do gosto das tâmaras açucaradas nos seus lábios, e às vezes sinto o calor do sol na minha pele. — Ele fez uma pausa e, embora eu quisesse correr, meus músculos não reagiram ao comando. Esse era o Zakai de antes, não aquele que eu tinha aprendido a odiar. Não aquele que me odiava. — Às vezes eu até quero voltar.

— Voltar? — Deixei um soluço escapar, virando-me de novo para ele, encontrando seu rosto perto do meu. — Como pode dizer isso?

Seu olhar queimou a minha carne, a minha alma, tão quente quanto o sol do deserto que ele acabara de mencionar.

— Sim. Voltar. Voltar para o lugar onde você me amava.

E então os seus lábios encontraram os meus, e o néctar de sua boca me deixou subitamente aérea enquanto seu corpo pressionava o meu, fundindo nossas moléculas. Incendiando. Duas metades de uma estrela caída, conectando-se. Acendendo com uma súbita luz. Brilhante demais para suportar. Eu me agarrei a ele e o deixei me consumir como sempre tinha me consumido, porque eu havia sido feita para isso — *para ele* —, uma palavra ainda ressoando na minha cabeça enquanto eu rodopiava sobre um oceano, sobre um deserto de areia dourada, de volta, de volta, de volta para Sundara.

Sundara.

Sundara.

UMA VEZ FOMOS A LUZ DAS ESTRELAS
DUAS METADES DE UM TODO
ÁTOMOS ARDENTES
E ALMA RADIANTE

UMA COLISÃO CELESTIAL
SEPARAÇÃO NÃO PLANEJADA
NOSSO PARAÍSO ESTILHAÇADO
UMA QUEDA NA AREIA

Capítulo Um

Sete anos atrás

Ele se aproximou de mim devagar, sua figura oscilando sob a luz fraca das velas. Seu olhar fixo na minha pele nua. Aqueles olhos de obsidiana delineados com *kohl*, como os meus, nos tornavam ainda mais semelhantes. Isso deveria tê-lo feito parecer feminino, suponho, mas não. Ao invés disso, destacou os ângulos agudos de seu rosto e intensificou sua surpreendente beleza masculina. *E, ah, ele era lindo.* Às vezes isso ainda me pegava de surpresa. Justo eu, que o contemplara todos os dias desde que me lembrava.

Sua mão desceu pela minha coxa, e ele se inclinou em direção ao meu ouvido, sua respiração quente cheirando a canela. Expirei fundo, e meus músculos ficaram moles, relaxados. Ele estava comigo, e o meu coração bateu com o amor que preenchia cada célula do meu corpo e cascateava pelo rio da minha alma.

— O homem perto da parede parece um sapo louco — sussurrou ele, de modo que apenas eu pudesse ouvir. — Não sorria agora — acrescentou, roçando a boca na minha, escondendo a inclinação dos meus lábios. — Não vai dar um bom espetáculo — falou, enquanto seus dedos ágeis mergulhavam entre as minhas pernas. Eu gemi, deixando a cabeça cair para trás, na beirada da cama sobre o palco. Uma dúzia de olhos nos assistia, cheios de fome e curiosidade. — Pareça envergonhada, estrelinha. Eles gostam disso, não é? Me beije. Beije seu irmão.

E eu beijei.

✡✡✡✡✡

— Pensei que te encontraria aqui — eu disse, escalando o muro e me sentando ao lado dele.

Os lábios de Zakai se curvaram em um sorriso, mas era um daqueles distantes, do tipo que me fazia sentir solitária, como se seu corpo estivesse presente, mas sua mente estivesse longe, cruzando a areia até algum lugar remoto para onde ele jamais me permitiria viajar. Ele ergueu uma romã, me oferecendo uma mordida ao levantar a sobrancelha escura. Neguei com a cabeça, olhando para o deserto, o vasto mar de ondas douradas fluindo sob a tranquila lua. Ao me ajustar na beirada, uma parte da rocha desmoronou, levando um punhado de sedimentos para o chão. Com cuidado, espreitei do alto, mal conseguindo ver o solo na sombra do grande muro que cercava a nossa casa. A parede de pedra era irregular e oferecia apoios para os pés. Descer não seria um problema, mas se eu caísse...

Zakai colocou na boca um punhado de sementes que havia coletado da fruta e depois as cuspiu no ar, voando em todas as direções e desaparecendo de vista. Eu ri e ele sorriu para mim, mas seus olhos expressaram algo além da diversão. Desafio, talvez. Aquela sombra melancólica que residia apenas na sua metade da nossa estrela.

— Alguma vez você já desejou ser como elas? — ele perguntou, apontando para o lugar onde as pequenas e doces sementes que ele havia tirado da fruta desapareceram por cima do muro. Para longe.

— Eu preferiria ser uma uva. Mais doce e muito menos complicada — eu disse, tentando fazê-lo rir.

— Não — ele murmurou, com a cabeça ainda inclinada para a frente. — Quero dizer, você já quis voar sobre este muro e cair na areia lá embaixo? Que se danem as consequências?

Não gostava quando ele ficava nesse estado de espírito. Inexplicavelmente nervoso. Taciturno. Fazendo perguntas que eu não sabia como responder. Imune às minhas tentativas de bom humor. Eu me perguntava por que eu ainda tentava enxergar além de toda aquela areia, como se, ao apertar os olhos da maneira certa, algo pudesse aparecer além do muro. Mas o quê? Não havia nada, nem mesmo uma miragem. Nós éramos a miragem. Um paraíso exuberante cercado por tocas de escorpiões, covas de víboras e mil passos solitários de vazio. Ainda assim, nunca poderia mentir, não para a outra metade de mim.

— De vez em quando — admiti. — Eu não quero cair. Mas às vezes penso em como, quando a gente era mais jovem, costumava descer sorrateiramente as escadas e correr para o deserto. Penso em ir mais longe...

Eu nos visualizei crianças, rindo enquanto fingíamos fugir de Sundara. Eu sempre voltava primeiro, sem querer sacrificar a segurança pelo desconhecido e, embora talvez decepcionado, Zakai sempre me seguia de volta para casa.

— Você faria isso? Você arriscaria? — Havia um interesse na voz de Zakai, mas também algo mais. Algo incrivelmente melancólico. Ele estaria imaginando nós dois vagando sem rumo? Será que eu me *atreveria*? Correr para o deserto implacável que não oferecia abrigo e nem um lugar para se esconder, agora que eu não era mais uma criança propensa à excitação momentânea da rebeldia?

— Não — eu disse. — Não haveria motivo.

Seus lábios se apertaram.

— E se não for tão vazio ou tão perigoso quanto ele diz?

Ele. *Haziq*. Virei-me para Zakai, meu olhar percorrendo os seus traços, o rosto que era a versão masculina do meu próprio. Os gêmeos, era assim que nos chamavam em Sundara. Na verdade, eu não acreditava que fôssemos irmãos, mas era isso o que homens vinham ver e, às vezes mulheres, mas não com tanta frequência. Não, eu não acreditava que fôssemos parentes. Suas memórias eram apenas de sarjetas e portas, enquanto eu me lembrava de uma casa com venezianas verdes e uma mulher com um sorriso que era o sol. *E se. E se.*

— Mas e se for? E se tivermos tudo de que precisamos bem aqui? E se ir para o deserto for apenas uma marcha para a morte, como Haziq nos disse?

Zakai franziu a testa, olhando novamente para o horizonte.

— Os homens vêm de além do deserto — ele murmurou. — Se ao menos eu me lembrasse... — Suspirou antes de terminar a frase. *Se ao menos eu me lembrasse de como é longe,* eu tinha certeza de que ele estava prestes a dizer. Mas nenhum de nós sabia. Ambos éramos muito jovens quando chegamos. Outros nos contaram sobre o voo de avião, descrevendo-o de várias maneiras. Mas não sabíamos o que a viagem significava em passos, pois o avião cruzava o céu como um grande pássaro de metal. Nossos pés não fariam o mesmo.

— Não importa — eu o lembrei. — Os homens vêm de cidades e vilas miseráveis. Cheias de fome, guerra e violência. Haziq nos disse que é por isso que pagam tanto dinheiro para voarem até aqui. Para aproveitar o paraíso de Sundara, para viver a vida temporária de que nós desfrutamos o tempo todo...

— Haziq — ele resmungou. — É um cretino e um tolo. E você fala como o papagaio de estimação dele.

Ferida, recuei. Um papagaio era um pássaro que repetia todas as palavras de seu mestre, independentemente de seu valor. Tal cantava uma música engraçada sobre um, às vezes, quando nos entretinha no pátio.

Diante da minha reação magoada, Zakai estremeceu.

— Desculpe, estrelinha.

— Tudo bem — eu disse, suspirando. Eu sabia que, apesar de suas lembranças de fome e desespero, Zakai ainda ansiava por... algum tipo de liberdade que eu raramente desejava. Eu tinha um lar que amava. Eu tinha a coruja bufo-real com os seus olhos tão alaranjados quanto o pôr do sol, as cabras brincalhonas que nos presenteavam com seu leite, as tamareiras carregadas de frutos carmesins e as delicadas rosas do deserto embriagadas de perfume. Eu tinha as libélulas com as suas asas iridescentes, e a lua que crescia tão grande no céu estrelado da noite que às vezes eu estendia a mão para ver se conseguiria tocá-la; parecia tão próxima. E eu o tinha, a outra metade de mim.

Eu não gostava dos olhos que nos observavam, mas eles não me machucavam. Zakai me ensinou a rir deles. A chamá-los de nomes. E eu aprendi a ouvir os seus segredos.

— O sapo louco — refleti, lembrando-me de seus olhos esbugalhados e a língua que constantemente se projetava para lamber os lábios cheios.

— Ouvi alguém dizer o nome dele. É Rami Erdagar. Desenhei no meu livro. — Eu não sabia letras, mas tinha a minha própria linguagem, um conjunto de imagens que usava para soletrar palavras e nomes.

— Não sei por que você se incomoda.

Dei de ombros. Não tinha certeza de por que desenhava os nomes quando os captava em pedaços de conversa que flutuavam pela sala. Havia se tornado um hábito. Agora eu tinha uma lista de três páginas no pequeno caderno de capa amarela que escondia debaixo da minha cama.

Eu desenhava histórias também, coletadas daqueles que vinham pagar uma dívida em Sundara, alguns que haviam partido e outros que ainda permaneciam. Eu esboçava as coisas que me contavam a partir das imaginações da minha própria mente, como a grande baleia azul que soltava água de seu espiráculo e os edifícios que cortavam as nuvens.

— Que palavra chamou sua atenção esta noite? — ele perguntou.

Suspirei, deslizando os dedos sobre a pedra, esfregando alguns grãos de areia entre as pontas.

— Tentador — eu disse. — Bertha me contou que significa "muito bom".

Minha testa franziu. Eu amava Bertha. Ela era mais velha do que eu, então sabia mais coisas, mas nunca tinha ido à escola.

Zakai soltou uma risada.

— Eles deviam estar te descrevendo.

Minha testa suavizou enquanto eu lhe lançava um sorriso.

— Ou você. Eu anotei.

— Um dia talvez você vá juntar todas essas palavras e elas vão contar uma história.

— Que tipo de história?

— Algo bom, estrelinha. Algo que inspire esperança.

Esperança. O que era esperança? Olhei na direção da imensidão de areia além do nosso muro. Por que desejar coisas que você não podia ver?

Era melhor amar as coisas à nossa frente, apreciar o que a gente tinha, não importava o quanto fossem pequenas.

Não?

Zakai me puxou para perto, abaixando o rosto até o meu, usando a mão para segurar o meu queixo. O aperto de seus dedos ficou mais forte, inclinando a minha cabeça de repente, de modo que soltei um suspiro de surpresa, sua língua áspera explorando minha boca, fazendo meus pensamentos fugirem. Meu corpo estremeceu. Esse era o Zakai que ele só compartilhava comigo.

— Você me quer, não é? — ele sussurrou. — Sem os olhos sobre nós? Sem ninguém assistindo?

— Sim. Sim — gemi, me ajeitando para descer pela grama verde e exuberante. Mas Zakai se moveu sobre mim, de modo que fui forçada a me inclinar para trás na fina faixa de pedra que compunha o topo do muro. Meu coração deu um pulo quando minha cabeça se virou em direção à queda do outro lado. Qualquer pequeno movimento e eu poderia rolar e cair direto na areia compacta lá embaixo.

Zakai levantou o vestido de linho que eu usava e, com um rápido movimento das mãos, rasgou minha calcinha. Soltei um som que foi metade suspiro, mas principalmente gemido, enquanto ele se ajoelhava no muro, pegando meus tornozelos em suas mãos e trazendo-os para seus ombros. Eu vacilei um pouco, usando cada mão para segurar os lados opostos da parede, tentando me manter firme. Abri bem os dedos; a pedra áspera ainda estava quente pelo sol que a havia queimado pelas horas do dia. Zakai baixou a cabeça, e sua língua dançou ao longo da minha coxa com lambidas curtas e rápidas, aproximando-se do lugar quente e úmido que eu estava implorando para ele saborear. Ele brincou com a língua mais perto e depois afastou até eu soltar a parede. Agarrei seu cabelo com os dedos e forcei sua cabeça entre as minhas pernas. Ele soltou uma risada satisfeita que foi rapidamente abafada pela minha carne desesperada e dolorida. Sabia exatamente o que fazer, conhecia o meu corpo tão bem quanto o próprio. Conhecia a pressão exata que deveria usar, o número de movimentos que me faria agarrar sua cabeça e ver as estrelas das quais tínhamos caído explodirem atrás das minhas pálpebras fechadas.

Um choramingo escapou quando ele pegou minha pele entre os dentes, mordendo suavemente para, em seguida, aumentar a pressão até soltá-la, acariciando-a com a gentileza de sua língua macia.

— Ah, *ah* — gemi. *Pare.* Não pare. O sangue acelerou em minhas veias, correndo em todas as direções, fazendo-me sentir como se pudesse voar. E talvez eu pudesse. Talvez nós dois pudéssemos. Talvez eu pudesse rolar desta beirada, levando-o comigo enquanto subíamos para o céu, voltando para a nossa casa, as estrelas.

Como se tivesse lido minha mente, Zakai substituiu a boca por seus dedos, acariciando e provocando-me enquanto sua cabeça se erguia e os nossos olhos se encontravam.

— Somos duas metades da mesma linda estrela, quebradas no paraíso. Caímos na terra, separados, mas ansiando estarmos juntos.

— Sim — sussurrei, ofegante, quando sua cabeça baixou de novo. Não lhe disse que ele parecia o próprio papagaio de Haziq com as palavras que acabara de pronunciar, porque minha alma as reconhecia como a verdade. Haziq nos encontrou, separados e sofrendo, e nos devolveu um ao outro.

Zakai removeu a boca da minha carne latejante e eu fiz um som de desânimo. Ele se ergueu, vindo sobre mim com um sopro de riso.

— Você comeu caquis — ele disse, lambendo meu mamilo. — Sinto o gosto deles.

Sorri, minhas mãos encontrando os lados da parede de novo, nos mantendo firmes, embora meu medo inicial tivesse se transformado em excitação, meu desejo de tê-lo dentro de mim pareceu muito mais importante do que o risco de cair. Ele também queria. Eu podia senti-lo pulsando contra a minha coxa, o jorro selvagem de sangue latejando na veia de seu pescoço, e reconheci o olhar vidrado em seus olhos, a expressão intensa em sua doce e maldosa boca.

Ele mordeu e provocou um mamilo e depois o outro. Meus olhos se abriram com uma mordida particularmente forte, e minha respiração escapou em um suspiro enquanto eu olhava para o céu coberto de diamantes, turvo com a luxúria que percorria as minhas veias. Fogo e sangue me consumiam por dentro. Dor. Prazer. Amor. Medo. *Vida*. Zakai rosnou e entrou em mim com um único movimento rápido, me fazendo franzir a testa e gemer:

— *Sim.*

Minhas palmas se moveram na pedra, os músculos do meu braço tremendo com o peso de Zakai sobre mim, a parede muito estreita para os joelhos dele. A pele das minhas costas ardeu ao deslizar pela pedra áspera na qual eu estava deitada, e mesmo quando uma onda de prazer surgia, e subia, não vinha alta o suficiente.

Zakai estava me observando, um olhar de entendimento em seu rosto deslumbrante. Enquanto minhas pernas pendiam nos lados opostos da parede, ele aumentou o ritmo, deslizando para dentro e para fora, os sons escorregadios do meu corpo agarrando o dele, misturando-se com as nossas respirações entrecortadas. Soltei curtas expirações, seu peso sobre mim não permitindo mais do que isso. A cada estocada, seus olhos ficavam mais preguiçosos e intensos, nossa atenção presa um no outro, o prazer no meu corpo subindo em um frenesi, meus pulmões implorando por ar.

O céu de estrelas explodiu, pingando luz crepitante, o prazer branco e quente chovendo por todo o meu corpo, meu último suspiro liberando um grito cheio de êxtase. Zakai me segurou, agarrando a parede ao lado dos meus seios, e levantou o corpo o suficiente para permitir uma inspiração de ar enquanto inclinava a cabeça para trás e liberava seu próprio clímax, sua semente inundando o meu corpo.

Soltei uma das mãos, estendendo-a em sua direção, querendo acariciar seu amado rosto, mas o pequeno movimento nos desequilibrou e vacilamos perigosamente. Nossos olhos se encontraram e eu o vi parar por um breve instante, prendendo a respiração.

Mas, então, com um movimento rápido como um chicote, Zakai usou o braço e a perna para se impulsionar para longe da parede, nos equilibrando de novo, seu rosto diretamente sobre o meu, algo súbito e perigoso em seus olhos. E eu soube que, por um instante fugaz, ele tinha considerado me soltar e cair comigo.

Mas tão rápido quanto isso, uma risada surgiu e o perigo se dissipou de seu olhar. Ele se inclinou e me beijou suavemente na boca.

— Vamos para a cama, estrelinha.

Enquanto Zakai me ajudava a descer da parede, vi o brilho vermelho de um cachimbo ao lado da casa onde ficavam os nossos quartos. *Haziq*. Minha pele se arrepiou. Zakai tinha perguntado se eu o queria sem os olhares curiosos. Mas em Sundara, sempre havia olhos sobre nós.

Sempre.

Capítulo Dois

O avião mergulhou dos céus, balançando levemente antes de se endireitar de novo, suas rodas tocando a pista coberta de areia, com sedimentos girando em seu rastro. Ele disparou em direção a Sundara, finalmente desacelerando e parando de forma instável. As marcas que deixou seriam cobertas até que o sol estivesse completamente alto no céu. O deserto estava impaciente, devorador, e havia pouco que ele não consumisse.

Assisti do topo do muro, enquanto o vento quente soprava meus cabelos e chicoteava a túnica branca ao redor das minhas panturrilhas. O som do vento se misturava com o grasnar das aves refugiadas nas folhas da única árvore de zimbro; a única até onde meus olhos podiam ver. Às vezes, eu me perguntava como aquela árvore curvada e de tão poucas folhas tinha acabado sozinha ali. Talvez estivesse solitária, mas eu esperava que, ao invés disso, as criaturas que encontravam grande conforto sob sua proteção sussurrassem a ela sua gratidão. Semicerrei os olhos contra o brilho do sol no metal quando a porta do avião se abriu, abaixando até o chão, e uma criança apareceu na entrada. Uma criança? Era estranho. Não havia crianças em Sundara. Zakai e eu éramos jovens quando chegamos, mas fomos os únicos desde então. *Por que*, eu não sabia. Mas agora... Haziq tinha mudado de ideia? Meu estômago se contorceu com a ideia de uma criança vivendo ali. Eu gostava da minha casa, mas aquele não era um lugar para uma criança. Eu e Zakai havíamos suportado porque tínhamos um ao outro, mas essa criança estaria sozinha. Meu estômago se retorceu de um jeito nada familiar.

Estreitei os olhos enquanto ele descia as escadas, suas pernas curtas mal alcançando os degraus. Havia algo diferente em sua forma que me confundia e aguçava a minha curiosidade. Haziq caminhou na direção dele e cobriu a silhueta do menino enquanto subiam as escadas na lateral do amplo terreno que era Sundara, suas grandes estruturas brancas reluzindo sob o céu azul sem nuvens, com a grama verde-esmeralda e as palmeiras espalhadas ao redor.

Saltei do muro, atravessei o gramado e corri para o pátio onde os degraus terminavam. Bertha estava lá, sentada sob a sombra do amplo toldo branco, o suor escorrendo pelas laterais de seu rosto e se acumulando na curva acima de seu colo avantajado.

— Alguém acabou de chegar — anunciei. — Acho que é uma criança.

Bertha se aprumou.

— Uma criança? — Primeiro, seu rosto demonstrou surpresa, depois uma preocupação misturada com o que reconheci como medo. Ela lutou para se levantar e me apressei em ajudá-la, estendendo o braço para ampará-la, mas Bertha estalou a língua. — Saia do caminho. Se eu cair, vou te levar junto e te esmagar como uma pequena kumquat. — Ela se impulsionou para a frente, o suor escorrendo das dobras de seu pescoço. O clima do deserto não era amigável para alguém tão obeso quanto Bertha. Um aroma de suor acentuado e água de rosas chegou ao meu nariz. Ela caminhou até o topo dos degraus, onde Haziq e a criança ainda estavam subindo, e espiou. Quando se virou para mim, balançou a cabeça. — Eu esqueço como você conhece pouco do mundo, apesar... bem, *apesar*. Isso é uma pessoa com nanismo, não uma criança.

Espiei na direção onde ela tinha acabado de olhar. Eu podia ver o topo do cabelo grosso e encaracolado de Haziq e o cabelo mais claro da... pessoa com nanismo. Eles estavam no último lance de escadas, quase alcançando o topo.

— Uma pessoa com nanismo? — repeti.

— Uma pessoa pequena.

Uma pessoa pequena.

— Um adulto que é... pequeno?

— Isso mesmo. Alguma coisa realmente ainda te surpreende aqui?

Surpreender? Não. Interessar? Com certeza. Mas não porque a pessoa fosse diferente e que eu nunca tivesse visto alguém assim. Quem era ele? Como tinha vindo parar aqui? Qual era a sua história? Minha mente correu com excitação, como fazia toda vez que alguém novo chegava.

Nós nos viramos quando Haziq e a pessoa pequena viraram a esquina até onde estávamos. As roupas do homem pequenino estavam praticamente em farrapos, e seu cabelo estava sujo e comprido. Eu conseguia sentir seu cheiro antes mesmo de que ele chegasse muito perto. Ele tinha vários hematomas no rosto e um corte que estava cicatrizando no lábio. Carregava uma cesta ao lado que parecia ser grande demais para sua estatura, embora eu supus que qualquer coisa fosse. Sua expressão era derrotada e curiosa ao mesmo tempo. Ele não usava correntes, embora não fosse livre. O mesmo valia para todos nós. Correntes eram desnecessárias em Sundara. Não havia para onde fugir.

As bochechas sujas do homem estavam coradas devido ao esforço, mas Haziq, como sempre, pareceu calmo e indiferente, como se estivesse relaxando à sombra de uma palmeira, em vez de subir sete lances de escada sob o sol do deserto.

— Ah — disse Haziq. — O comitê de boas-vindas já chegou. Karys, Bertha, conheçam Ahmad.

O homenzinho nos observou atentamente, voltando sua atenção para Bertha com um olhar desconfiado.

— Será que fui condenado à morte, afinal?

Bertha fez um som de irritação.

— Eu já tenho um parceiro, baixinho.

Ahmad se virou para mim, mas antes que pudesse dizer algo, o topo da cesta que ele carregava se abriu e uma cabeça minúscula espiou para fora. Soltei um suspiro espantado, olhando mais de perto para a estranha criatura com os olhos redondos e castanhos e um rostinho engraçado.

— O que é isso? — perguntei, maravilhada.

— Você nunca ouviu falar de um macaco? — Ahmad perguntou, com o rosto franzido em uma careta.

— Vamos, entre e conheça os outros. Depois vamos te limpar. Você ainda não vai performar, mas um avião chegará esta noite para ver os outros — comunicou Haziq.

Outro avião. Este traria a audiência, que viria para assistir a nossa apresentação. Meu estômago se revirou, mas apenas um pouco. Eu não gostava dos olhos, mas tinha Zakai para me fazer sorrir.

Enquanto caminhávamos em direção às portas da grande casa, o macaco subiu rapidamente da cesta, pelo ombro de Ahmad e depois para o meu. Eu dei um pulo e gritei, e o macaco deu um salto de volta para Ahmad, soltando um som agudo que imitou o meu próprio, esticando os lábios ao redor de seus dentes grandes em um sorriso travesso. Eu ri enquanto adentrávamos o interior fresco e, em seguida, ofereci meu braço à criatura. Ela aceitou a oferta e eu acariciei sua pequena cabeça marrom.

— O nome dele é Bibi — falou Ahmad.

— Bibi — repeti e o macaco sorriu, emitindo um som suave como um arrulho. — Nunca vi um macaco — eu disse a ele. — Nem uma pessoa com nanismo.

— Só para você ficar ciente, ele é o macaco, e eu sou a pessoa com nanismo.

Eu ri, e Bibi subiu do meu braço direito, sobre os meus ombros e foi para o esquerdo. Sorri, encantada com a criatura pequena e ágil, cujas expressões pareciam tão humanas.

Muitos outros se reuniram na sala principal, decorada com almofadas e mesas baixas para descanso e relaxamento, a fim de conhecer o mais novo membro de Sundara. Yusuf, o homem esguio com braços e pernas muito longos para seu torso curto, que atuava com Bertha. Juntos, eram a aranha e a mosca e, por causa disso, chamávamos Yusuf de "Aranha", embora o nome dado a Bertha se encaixasse muito melhor do que "Mosca". Tal, Liri e Shon eram contorcionistas que podiam torcer os seus corpos de maneiras estranhas e que me faziam querer rir e estremecer.

E então havia Zakai, em pé um pouco afastado, apoiando-se descontraidamente contra a parede, com uma expressão entediada enquanto observava Ahmad. Eu sorri para ele, apontando para o macaco no meu braço. Ele me deu um sorriso sem entusiasmo e depois desviou o olhar, sua expressão se tornando gélida, como sempre acontecia quando ele via Haziq. Ele odiava Haziq. Eu não gostava dele também, mas não com a mesma paixão ardente de Zakai.

— Minha família — anunciou Haziq, fazendo um gesto amplo com o braço. — Este é Ahmad. Eu sei que vocês o receberão da mesma forma calorosa que recebem todos os novos membros de Sundara. Mostrem a ele sua adorável casa, façam-no se sentir bem-vindo. Apresentem-no aos outros que não estão aqui no momento.

Houve um murmúrio de concordância.

— Muito bem — disse Haziq. — Zakai, está prevista uma tempestade de areia leve para esta tarde. Você pode cobrir as janelas?

Zakai olhou para mim e depois voltou a atenção para Haziq. Sem responder, ele se virou e deixou a sala.

— Vou apresentar o lugar para Ahmad — ofereci assim que Zakai saiu, muito encantada com Bibi para devolvê-lo tão cedo.

Se Zakai estivesse lá, não teria me deixado. Ou ele viria junto. Eu amava Zakai, ele era a outra metade de mim; mas, às vezes, ele podia ser... opressivo. Uma palavra que significava autoritário. Uma mulher chamada Yanna, que estivera em Sundara no ano anterior e frequentara a escola até os catorze anos, havia me ensinado essa e muitas outras palavras, e eu estava orgulhosa de como eu as usava, até mesmo em meus pensamentos. Era uma palavra fácil de desenhar, especialmente porque Zakai era maior do que eu, e desenhei seu rosto com uma expressão desaprovadora.

— Obrigado, Karys — disse Haziq, dando um tapinha no ombro de Ahmad e se preparando para sair. — Certifique-se de que sua última parada seja o chuveiro.

— Sim, senhor — murmurei. Eu fiquei ainda mais aliviada que Zakai não tivesse me escutado oferecer a Haziq esse tipo de respeito. Ele odiava quando eu fazia isso. Não tive a intenção, fui distraída por Bibi, que tinha colocado suas pequenas mãos no meu rosto e fez sons ao mesmo tempo doces e engraçados.

— Me siga — eu disse a Ahmad, enquanto me virava para a porta para levá-lo ao pátio que tinha um poço no centro, alimentado por uma fonte subterrânea, cercado por tamareiras, figueiras e caquizeiros, arbustos de sálvia com um cheiro doce e bancos de pedras brancas para relaxar à sombra.

— Eu vou com você — falou Bertha, fazendo uma careta e lutando para me acompanhar, embora tivéssemos andado apenas alguns passos para fora da casa.

Parei, colocando a mão em seu braço.

— Fique aqui e descanse. Estou bem.

Se ela estava preocupada com a minha segurança com Ahmad, era desnecessário. Ele não só tinha a metade do meu tamanho, como também parecia não comer o suficiente há um bom tempo. Ele parecia um menino de rua. Muitos dos que vinham para se apresentar em Sundara eram assim, ou *tinham* sido. Sem-teto e famintos, sempre lutando por sua próxima refeição. Aqueles que eram "diferentes" sofriam muito em Forastan, segundo me disseram. Também era possível que Ahmad tivesse se endividado e precisasse do dinheiro de Haziq para sair dessa situação. Alguns artistas nessas circunstâncias ficavam em Sundara por anos — presumi, ainda *mais* endividados —, enquanto outros ganhavam sua liberdade mais rápido. Uma vez, mencionei a Zakai que parecia mais difícil para os membros mais populares de nossa família conseguirem sair de Sundara. Zakai disse que era porque Haziq fazia as contas a seu favor, mas eu não entendia o suficiente sobre matemática — além de que eram números usados para descrever quantidades — a ponto de ser capaz de opinar a respeito.

— Bem — disse Bertha, olhando de mim para Ahmad, com desconfiança em seus olhos. — Tudo bem. — Ela lançou um olhar afiado para Ahmad. — Esteja atento ao que vocês conversam. Karys viveu em Sundara a maior parte de sua vida. Ela é... protegida.

— Entendido — respondeu Ahmad.

— Bertha — repreendi. Ninguém estava realmente protegido em Sundara, exceto no que dizia respeito à nossa localização. Talvez eu me lembrasse pouco sobre viver em outro lugar, mas tinha ouvido as histórias das pessoas, e entendi que a nossa vida aqui era tudo, menos normal. Eu compreendia mais do que ela pensava. Sofríamos dificuldades e indignidades, mas também tínhamos sorte de outras maneiras.

No entanto, Bertha era protetora. Ela era como uma mãe para todos nós, mas talvez especialmente para mim. Quando comecei a sangrar, três verões atrás, Bertha havia me ensinado o que fazer e disse a Haziq que eu precisava das pequenas pílulas brancas que impediam um bebê de crescer no meu ventre. E eu também a protegia porque ela precisava de cuidados devido ao seu peso. Não era que Bertha comesse mais do que o resto de nós. Eu não achava que Haziq a teria mantido em Sundara se fosse assim. Mas ela era muito popular com aqueles que a assistiam. Tão popular que muitas vezes era comprada para passar um tempo sozinha com eles. Zakai disse que Bertha provavelmente tinha uma doença que a tornava do jeito que era, e eu supunha que isso devia ser verdade, o que fazia eu me sentir tão triste por ela, especialmente quando a via lutando apenas para caminhar até o pátio e se sentar à sombra. Ou quando Haziq a chamava de nomes cruéis e ria do jeito como ela suava toda vez que precisava se levantar com os pés inchados.

— Como você veio parar em Sundara? — perguntei, enquanto caminhava com Ahmad pelos quatro cantos da propriedade exuberante.

Mostrei a ele o pátio e o poço, as árvores frutíferas e o olival, os currais de cabras, os alojamentos cheios de almofadas de seda coloridas e véus brancos transparentes, bem como a grande estrutura ao lado que abrigava os quartos de apresentação. Estes eram ricamente decorados com tapeçarias e tecidos vermelhos pendurados em todas as paredes. Bibi permaneceu empoleirado no meu braço, acariciando meu cabelo. Ahmad observou o palco da sala em que estávamos, com uma expressão que era um mistério para mim.

— Meu pai me rejeitou no nascimento. Fui mantido vivo apenas pelo amor da minha mãe. Quando ela morreu, fui expulso para as ruas. — Uma melancolia percorreu sua expressão e meu coração lamentou pelo que minha mente imaginou. Ahmad suspirou e estendeu a mão para acariciar a cabeça de Bibi. — Eu ganhei o Bibi em uma aposta com um marinheiro bêbado.

— Um marinheiro?

Ele me observou em silêncio por um momento.

— Um homem que navega pelos mares. Você já ouviu falar do mar?

— Claro. Uma vasta extensão de água. Como o deserto, só que... molhado.

Ahmad riu, mas assentiu.

— Sim.

— Você pode me contar sobre esses outros lugares? Já esteve lá? — Eu não conseguia imaginar outros lugares, nem mesmo Forastan, o lugar que me descreveram e de onde vinham novos membros de nossa família.

Forastan significava *terra forasteira* na linguagem do deserto. Eu já tinha vivido lá uma vez, assim como Zakai, embora minhas enevoadas lembranças não estivessem cheias da fome e da dor de Zakai. Haziq nos resgatara de um inevitável sofrimento e da possível morte, e nos trouxera para Sundara. Mas em todo lugar, havia um preço a pagar. Mesmo quando ofereciam luxo, alguns desejavam a liberdade, atraídos pelo caos de uma terra violenta e empobrecida. Mas quanto a mim, eu escolheria a familiaridade e a segurança do único lar de que realmente me lembrava e o único lugar que eu entendia. Quando fechava os olhos, ainda via aquelas venezianas verdes, mas isso era tudo. Por mais que tentasse, não conseguia ver além delas. Eu não podia mais *sentir* o lugar em que estivera antes.

— Não. Mas... talvez em outra ocasião.

— Tudo bem — concordei, desapontada.

— Bibi — chamou Ahmad com um movimento de dedo. Bibi pulou do meu braço e pousou no chão. — Dance — Ahmad instruiu, e Bibi mexeu seu pequeno corpo, seus ombros balançaram e seus pés fizeram um movimento engraçado de ondas enquanto o macaquinho sorria. Encantada, eu ri, e

Ahmad soltou um riso abafado, batendo palmas, o que fez Bibi parar de dançar e fazer uma pequena reverência.

— Você o ensinou a dançar!

— Sim, e nos apresentamos na rua em troca de algumas moedas. Infelizmente, fiquei muito, muito doente. O hospital não me trataria sem dinheiro. A próxima coisa que eu soube é que Haziq estava lá, me dizendo que pagaria o médico, mas eu ficaria endividado com ele. — Ele fez uma pausa. — Se eu morresse, Bibi morreria — ele disse baixinho —, então concordei.

Franzi a testa.

— Entendo.

Minha mente divagou. Eu sabia que Haziq tinha contatos nas cidades além de Sundara. Era assim que ele nos anunciava para aqueles que assistiam, os homens que chegavam de avião e depois voavam de volta para o céu.

— Você acha... — perguntei, pensando em voz alta — que Haziq tem contatos que... que...

— Encontram pessoas como nós? — Ahmad completou.

Pessoas como nós. Eu sabia que éramos diferentes, mas não sabia o quanto éramos... incomuns. Às vezes, aqueles que nos assistiam eram gordos, às vezes peludos, com olhos pequenos ou narizes bulbosos ou cicatrizes vermelhas e esburacadas em suas bochechas. Mas eu nunca tinha visto alguém que fosse uma pessoa pequena, ou alguém que tivesse braços e pernas muito longos para o corpo, ou um menino e uma menina que pareciam duas metades da mesma estrela.

— Sim — murmurei. — Pessoas como nós. — Engoli em seco e os ossos da minha costela pareceram me apertar por dentro.

Ahmad deu de ombros.

— Ele deve ter, eu acho.

Bibi subiu pelo braço de Ahmad quando ele ofereceu, e o macaco bocejou largamente. Eu sorri.

— Ele está cansado.

— Nós dois estamos.

— Bem — falei, animada. — Você dormirá bem esta noite. Haziq disse que você não se apresentará ainda.

Ahmad pareceu preocupado quando nós viramos e saímos da propriedade.

— Posso fazer uma pergunta?

— Claro.

— O garoto, aquele que se parece com você, ele é o seu... parceiro?

Eu sorri.

— Sim. — Não era apenas o meu parceiro; ele era tudo para mim.

— Então... você só se apresenta com ele?

— Isso mesmo. — Eu pertenço a Zakai e apenas a ele. Não disse que éramos duas metades de uma estrela quebrada. Eu não sabia o porquê, mas mantive isso só para mim. — Deixe-me mostrar onde ficam os chuveiros — anunciei. — E depois vou mostrar onde você vai dormir. Acho que vai achar... tentador.

Ahmad me lançou um olhar, e uma breve risada se transformou em um pigarro.

— Tenho certeza de que vou — garantiu.

Após deixar Ahmad e Bibi, comecei a caminhar em direção ao pátio mais uma vez, mas quando ouvi a voz de Zakai nos fundos da casa principal onde Haziq morava, virei nessa direção ao invés disso.

As janelas ainda estavam abertas, as cortinas brancas ondulando sob o vento quente e seco. Assim como Haziq dissera, uma tempestade de areia estava se aproximando.

— Mas estamos nos apresentando há quatro anos! — Zakai falou. — Já ganhamos o suficiente para sair de Sundara.

— Zakai — disse Haziq. Seu tom era tanto cansado quanto irritado e, embora não pudesse vê-lo, eu o imaginei acariciando seu espesso bigode preto com os dedos, como ele costumava fazer. — Já discutimos isso antes muitas vezes. Não tenho sido bom para você? Não o resgatei das ruas, da fome e da doença, da degradação da qual você não tem a capacidade ou conhecimento para imaginar? Você tem uma grande dívida, e ela ainda não foi totalmente paga. Já te disse, se você se recusar a aceitar as ofertas dos clientes, seu salário ficará menor.

— Ninguém mais toca nela — rosnou Zakai.

— Às vezes há uma oferta para você. Na maioria das vezes, é para os dois juntos.

— Nunca — bradou Zakai, e meus olhos se arregalaram do outro lado da janela com o veneno de sua voz.

— Muito bem, mas você está crescendo a cada ano. Ao contrário dos outros aqui, seu valor está na sua beleza, e toda beleza desaparece. Se fosse sábio, você a capitalizaria.

— Quanto tempo mais? — Zakai exigiu, ignorando a declaração de Haziq. — Quanto tempo até que nossa dívida seja totalmente paga? Até que você nos tire desse deserto?

— Bem, a matemática é complicada. Aqui, deixe-me mostrar os cálculos. Eu poderia explicar tudo, linha por linha, se você entendesse os números. — Ouvi o som de um pedaço de papel sendo rasgado e a risada de Haziq. — Ou não — ele disse, a risada se perpetuando em sua voz.

— Explique o que devemos a você em *tempo* — Zakai pediu.

— Não posso fazer isso sem saber o preço que cada uma das suas apresentações trará no futuro. Os convidados pagam de acordo. Às vezes, eles ficam impressionados... interessados e animados, e às vezes não. Pense em Karys. Ela é uma menina feliz. Ela ama sua casa. Você a exporia à fome e ao sofrimento? Você se lembra do que isso é, não é, garoto?

— Ela é ingênua — ele disse, e eu me afastei, magoada. Zakai suspirou como se tivesse sentido a ferida que me causou, mesmo do outro lado de uma parede, apesar de não saber da minha presença.

— Karys é... Karys.

O que *isso* significava? Não tinha certeza, mas as palavras me magoaram mesmo assim. Eu não gostava da sensação de que Zakai mantinha segredos de mim. Me aproximei quando ele murmurou algo que terminou com "cada dia mais".

— Não há mais nada para você além de Sundara — continuou Haziq, sua voz mais clara pelo vento que diminuiu momentaneamente. — Você já foi apenas um rato de esgoto cheio de piolhos. Aceite o que eu lhe dou e seja grato por isso. Se você se importa com Karys, se quer mantê-la segura, ouvirá as minhas palavras.

Pressionei mais o rosto contra a janela, mas o vento havia aumentado, a areia começando a circular e rodopiar, e as palavras estavam começando a ser arrancadas pelas rajadas.

— Em seis luas. E então nós dois vamos embora — ameaçou Zakai.

— Você vai morrer se fizer isso — foi a resposta de Haziq.

Escutei os passos de Zakai se aproximando da porta e me virei para fugir, para que ele não soubesse que eu estava ouvindo, mas não antes de escutá-lo dizer:

— Já estamos morrendo. Pelo menos assim morreremos livres.

Capítulo Três

A tempestade de areia afastou os clientes, e por isso eu estava grata ao vento. Naquela noite, quando subi na cama, Zakai já estava lá, olhando para o teto, seus braços cruzados atrás da cabeça.

Virei de bruços e me apoiei nos cotovelos, estendendo a mão para reduzir a ruga entre as sobrancelhas escuras de Zakai. Sua expressão suavizou, e seus olhos encontraram os meus.

— Você está bravo — observei.

Ele suspirou, desviando o olhar.

— Tive uma briga com Haziq.

Não mencionei que eu tinha escutado; ao invés disso, perguntei:

— Sobre ir embora? — Porque era sempre esse o tópico quando se tratava de sua amargura em relação a Haziq, sua insatisfação com a vida que levávamos.

Zakai resmungou baixinho.

— Ele nunca nos deixará ir, não enquanto estivermos ganhando o suficiente para enriquecê-lo.

Pensei nas salas de apresentação, todos os olhos gananciosos sobre nós, e me perguntei quanto aqueles homens pagavam para estarem lá.

— Temos todos os luxos que queremos — sussurrei, indicando a manta de linho que cobria metade do seu peito moreno e tonificado e as almofadas ao nosso redor. — Roupa de cama fina, comida deliciosa para comer, um teto forte para nos proteger da natureza. — Meus olhos foram para a janela que estava fechada contra a areia que fervilhava em nuvens de poeira lá fora. Por um momento, nós dois a ouvimos. Era uma tempestade gentil naquela noite, embora pior do que Haziq pensou que seria.

Em outros dias, a areia se agitara com selvageria, ganhando vida, contorcendo-se ao redor de nossos corpos de forma que parecia ser capaz de arrancar a carne dos nossos ossos. Ficávamos cegos, baixando nossas cabeças contra os grãos minúsculos que, unidos, formavam um exército poderoso demais para combatermos.

— Luxos — Zakai repetiu, a voz cansada.

— Sim — eu concordei.

Ele virou a cabeça, considerando.

— Os luxos são agradáveis, estrelinha. Mas não são tudo.

Mordi o lábio.

— Eu sei — respondi, porque eu sabia.

Estávamos presos em Sundara, eu entendia. Estávamos endividados, mas eu não tinha certeza de quem se beneficiava mais. Éramos alimentados. *Protegidos*. Não estávamos lá fora, sozinhos na areia. Tínhamos um ao outro, e talvez mais do que a maioria das pessoas tem. Eu precisava pensar o melhor dessa situação porque, que outra escolha eu tinha? O que mais havia?

— Em Forastan há mais miséria, sabemos disso pelo que nos lembramos, e pelo fato de que nunca mais tivemos notícias daqueles que retornaram — eu falei.

Várias vezes, um membro da família havia deixado Sundara depois de pagar sua dívida, prometendo encontrar uma maneira de entrar em contato, enviar uma mensagem de que havia chegado a um lugar seguro, desenhar onde estava, pois não conseguíamos ler cartas, mas nunca chegara nada.

— Talvez Haziq as destrua — disse Zakai.

— Mas por quê?

Seus olhos se desviaram.

— Porque ele é uma cobra.

— Sim, ele é. Mas... ele não é tão malvado assim. Ele nos faz atuar, mas nos permite escolher os nossos limites — eu disse, pensando no que ele dissera a Zakai mais cedo sobre os clientes fazerem ofertas por um ou ambos. Haziq tinha seguranças que rondavam a propriedade e garantiam que os clientes não fizessem coisas que não deveriam. Ele poderia ter nos forçado a fazer qualquer coisa se esse fosse seu desejo. — Ele deve fazer o mesmo pelos outros.

Nunca tinha conversado com Bertha, Aranha ou qualquer outra pessoa, mesmo aqueles que vieram e se foram, sobre as nossas performances. Era um acordo tácito em Sundara que nos permitia não pensar a respeito quando não estava acontecendo, mas nenhum deles estava sendo machucado ou forçado. Pareciam resignados com as suas dívidas, se não ansiosos para pagá-las. O que quer que estivessem dando a Sundara, Haziq já dera a eles primeiro.

— Ouvi Haziq conversando com um dos clientes uma vez — Zakai comentou, depois de um minuto. — Ele disse que a irmã dele foi forçada a trabalhar para um homem que a vendeu para outros quando ela era apenas uma criança, e isso partiu o coração de sua mãe. Ele disse que é por isso que não permite que nos comprem.

Inclinei a cabeça.

— Ele ainda nos considera crianças?

Zakai deu de ombros.

— Talvez não eu, mas você.

Meus olhos percorreram seu rosto. Às vezes, Zakai fazia referências a ser mais velho do que eu. Eu não sabia ao certo se isso era verdade, embora os pelos de seu corpo tivessem surgido antes dos meus e sua voz ficara mais grossa vários anos antes de eu sangrar pela primeira vez. Levantei a mão, passando o nó dos dedos sobre a textura áspera de sua bochecha, tão diferente da sensação da minha, e ainda assim tão familiar.

Ele rolou na minha direção, apoiando-se no braço e me encarando.

— Você acha que o amor é um luxo, estrelinha?

Pensei sobre isso.

— Sim — eu disse, pensando nos outros artistas em Sundara. Eles toleravam uns aos outros, alguns até sentiam certo afeto uns pelos outros, eu acreditava, em especial Bertha e Aranha. Mas o amor deles não queimava ardente e brilhante como o nosso. Mesmo agora, na cama que compartilhávamos há tantos anos, podia sentir o meu corpo ficar mole e úmido à medida que os olhos escuros de Zakai se moviam do meu rosto para os meus seios, pressionados contra o colchão em que dormíamos. Seu mero olhar já me deixava excitada, já acelerava minha respiração, já endurecia meus mamilos dolorosamente, e a única maneira de aliviar era com sua boca. Eu o queria. Eu sempre o queria.

O olhar de Zakai se aprofundou, tornando-se mais escuro do que a noite sem lua, seu toque abrasador como o sol do meio-dia.

— Eu te amo — ele declarou. — Você, brilhante e suave. Meu propósito.

Sorri enquanto ele me virava, e nós seguimos o exemplo do vento, rodopiando e subindo, nossos corpos voando tão alto que alcançamos as estrelas de onde tínhamos vindo.

Enquanto flutuava de volta à Terra, a força fugiu dos meus membros, não mais do que uma delicada brisa, e fechei os olhos. Justo quando eu estava à beira do sono, ouvi Zakai sussurrar:

— Ah, estrelinha, eu morreria um milhão de vezes se o meu amor te machucasse.

Capítulo Quatro

Meia lua depois, um homem grande e alto chamado Berel chegou a Sundara. Dois dos guarda-costas de Haziq soltaram as correntes que o mantiveram calmo durante o voo enquanto se afastavam dele, sacudindo as mãos e murmurando a palavra *animal*. Ao que parecia, o gigante era propenso a acessos de violência não provocados, que ocorriam em um cronograma aleatório que ninguém podia prever ou entender. Quando encarei seus olhos desalinhados, um orbe escuro mirando em uma direção completamente oposta ao outro, e observei o contorno baixo e pesado de sua testa, eu pude entender. Havia algo errado com ele que não tinha nada a ver com seu corpo, mas sim com sua mente confusa e sua alma vazia. Ele era como o redemoinho de poeira que surgia em um dia claro e ensolarado. A gente não podia vê-lo até que estivesse bem em cima, mas podia senti-lo chegando mesmo assim. Uma mudança na atmosfera, a sensação de arrepios na pele e, então, *boom!* Você se vê destruído.

— Aqui está seu parceiro de apresentação — disse Haziq a Ahmad, quando o apresentou ao grupo, tirando algo de trás das costas e enrolando-o frouxamente em torno do pescoço de Ahmad. Era uma coleira. Ele entregou a ponta para Berel, que inclinou a cabeça para que pudesse observá-la com um interesse confuso. Depois de um momento, ele sorriu, exibindo os dentes pequenos e tortos em gengivas excessivamente grandes. — Agora, você é o macaco dançarino — falou Haziq em uma risada borbulhante, afastando-se. — Tente não desagradar seu mestre.

Meu estômago se apertou ao olhar para o rosto de Ahmad. Eu só tinha visto aquela mistura de medo e raiva em outro rosto — o de Zakai.

Mais tarde, encontrei o homenzinho no menor pátio atrás da casa. Ele rapidamente se tornou meu amigo e eu o procurava diariamente para passar mais tempo com Bibi, ensinando-lhe truques além dos que ele já sabia. O pátio em que Ahmad estava não era cercado por árvores frutíferas e não oferecia o milagre do poço de água, mas era sombreado pela casa e tinha uma vista do deserto em constante mudança. Haziq nunca vinha aqui. Era longe, simples e isolado demais para ele. Ele preferia as áreas abertas e luxuriantes, onde sua família poderia olhar para ele com uma mistura de inveja e medo.

Eu uni as mãos na frente do corpo, sem saber o que dizer, e a angústia foi crescendo no meu peito ao ver a coleira trancada ainda em seu pescoço — o frio e pesado lembrete de que um monstro o controlava. Antes que eu pudesse decidir como começar, e sem se virar, Ahmad disse:

— Você sabia que existem marés na areia, assim como no oceano?

— Eu nunca vi um oceano de verdade — respondi. — Só ouvi falar. Você poderia me contar mais?

Ahmad fez uma pausa, olhando para mim enquanto eu me aproximava dele e apontava para um banco no qual poderíamos nos sentar, perto da parede.

Sentei-me primeiro e Ahmad juntou-se a mim. Ele me encarou por alguns instantes, e isso fez eu me sentir autoconsciente.

— Onde você ouviu falar do oceano, Karys? — ele perguntou, por fim.

— Doren me contou, o rapaz com rosto de cachorro. Ele só ficou aqui por doze luas cheias antes de pagar a dívida com Haziq, mas cresceu em uma casa perto do mar e me contou sobre as ondas, o sal, os peixes gigantes e outras criaturas que vivem nas águas, diferentes das que eu já conhecia.

Ele também me contou sobre os soldados que vieram durante a noite e mataram sua família na frente dele, e como Haziq o encontrou mais tarde, à beira da morte, com os cadáveres de seus entes queridos apodrecendo no chão. Eu ainda tremia quando pensava nisso. Meu coração ainda doía quando imaginava os olhos assombrados de Doren e sua lembrança dos soldados rindo do seu rosto peludo enquanto ele estava no chão, morrendo.

— Não há peixes no deserto — disse Ahmad. — Como soube deles?

— Às vezes, Haziq traz comida congelada do mar para servir aos clientes no jantar. Uma vez, eles não comeram tudo e Haziq disse que poderíamos comer os camarões e a lagosta que sobraram.

— Ah, entendi. — Ele me olhou de novo, de uma maneira avaliativa. — Você gostou?

Franzi a testa.

— Eu não comi nada. Zakai disse que era melhor não experimentar algo que provavelmente nunca comeremos de novo.

Um olhar estranho apareceu em seu rosto.

— Eles te mantêm bem protegida, não é?

Pensei sobre isso, me sentindo ligeiramente envergonhada, como uma criança.

— Suponho que sim. Acho que é porque não querem me magoar ao ter conhecimento sobre as tragédias que acontecem além dessas paredes. — Gesticulei com a mão em direção ao muro de pedra. — Eles fazem isso por amor, mas...

— Mas você gosta de histórias, não é, Karys? Mesmo as ruins. Você busca conhecimento daqueles que estão dispostos a lhe dar. E não conta isso aos outros, nem mesmo para Zakai.

Corei de vergonha, mas rapidamente assenti. Era como se o pequeno homem tivesse olhado dentro da minha mente e arrancado todos os meus segredos. Eu buscava conhecimento. Eu queria histórias. Sim, até mesmo as ruins, e talvez especialmente essas. E nem sabia exatamente por que desejava essas coisas.

Ahmad olhou de volta para o deserto.

— Há oportunidades para adquirir conhecimento, mesmo em Sundara — murmurou.

— Sim — falei. Embora eu não quisesse as liberdades que Zakai desejava, eu *estava* muito curiosa para ouvir as descrições de coisas que nunca tinha vivenciado, e era um alívio dizer isso em voz alta. Eu queria histórias e imagens na minha mente, como a visão da grande baleia-azul que Doren descrevera, aquela que ele tinha me dito ser maior do que

Sundara, embora eu soubesse que isso não poderia ser verdade. — Você vai me contar mais sobre de onde você veio? A cidade e as ruas? As casas? Algumas delas tinham venezianas verdes? Você vai me dizer como era o cheiro de lá?

Ahmad olhou para trás sobre o ombro. Seu sorriso murchou, e um olhar que não consegui definir surgiu em seus olhos.

— E se eu te dissesse mais do que isso? E se eu te ensinasse a ler?

Fiquei olhando para ele, meu coração disparado.

— Ler? Letras?

— Sim — disse Ahmad. — E aprender números também. Matemática.

— Você sabe essas coisas?

Quase ninguém em Sundara tinha sido ensinado a ler ou escrever. Tinham vindo de circunstâncias em que foram rejeitados ou ignorados, um fardo para suas famílias, que lutavam para cultivar alimentos e não precisavam de mais uma boca para alimentar. Alguns conheciam uma letra ou outra, e outros, como Yanna, haviam me ensinado o significado das palavras que usávamos em conversas; mas, na maioria das vezes, tinham sido resistentes a me ensinar, dizendo que Haziq os puniria deixando-os sem comer se o fizessem.

— Eu sei. Mas não contei isso a Haziq. Minha mãe me ensinou. Ela era muito sábia — contou Ahmad.

Olhei para trás, esperando ver Haziq de pé à beira do pátio, ouvindo, embora nunca o tivesse visto lá antes.

— Haziq, ele...

— Ele nunca precisará saber — disse Ahmad, estreitando os olhos ligeiramente.

Seria essa alguma forma de vingança, então? Em relação a Berel e à coleira? Mesmo assim... como exatamente ele me ensinaria?

— Não há livros aqui. E poucos instrumentos de escrita ou papel. — Meus olhos se desviaram enquanto eu pensava na caneta que pegara da mesa de Haziq uma vez, quando ele olhara para o outro lado, e no caderno que caíra do bolso de um dos homens que viera assistir à nossa performance. Mas aquele caderno tinha apenas algumas páginas em branco, e eu o havia guardado com muito cuidado. Era onde eu mantinha os meus segredos.

Mas Ahmad balançou a cabeça como se o que eu estava dizendo não tivesse importância.

— Eu contrabandeei livros. No fundo da cesta de Bibi. E não preciso de tinta ou papel. Tenho a areia — respondeu, deslizando o pé sobre a camada de areia que tinha soprado sobre o muro e se instalado no chão do pátio.

Meus olhos se arregalaram como pires e eu engoli em seco.

— Você tem livros — repeti. — Histórias escritas? — Eu amava as histórias que Bertha me contava, mas já tinha ouvido todas as que ela se lembrava e ansiava por mais.

— Sim.

— Terei que contar ao Zakai. — Eu mantinha alguns dos meus pensamentos para mim mesma, assim como Zakai fazia. Mas algo tão grande? Como poderia esconder isso da minha metade?

— Ainda não. Tenho a sensação de que Zakai não vai gostar disso. — Ele olhou para o deserto, onde o sol alaranjado e ardente beijava a areia dourada e sedosa. — E eu entendo. De certa forma é uma crueldade — murmurou.

— O quê? — perguntei, confusa.

Ele encontrou o meu olhar.

— Aprender. Conhecimento.

Inclinei a cabeça.

— Por quê?

— Porque — ele disse suavemente —, depois do que eu te ensinar, Sundara nunca mais será suficiente.

✡✡✡✡✡

Eu me reunia com Ahmad durante as tardes no pequeno pátio enquanto Zakai exercitava os seus músculos usando as capas de almofadas cheias de areia que ele havia feito e escondido de Haziq. Quando perguntei a Zakai por que fazia isso, ele disse que queria estar preparado caso precisasse lutar um dia.

— Lutar contra quem? — eu tinha perguntado certa manhã enquanto ele levantava aqueles sacos de areia sobre a cabeça, os músculos de seus braços e peito se esticando e atraindo minha atenção.

Eu sabia que minha pergunta era tão ingênua quanto Zakai tinha dito que eu era. Ouvira falar dos soldados que mataram a família de Doren e dos homens que haviam chutado Aranha e o deixado espancado e quebrado na rua antes que Haziq o resgatasse e o trouxesse para Sundara. Eu via o brilho da maldade nos olhos de Haziq também e, ultimamente, eu tinha começado a sentir o cheiro de suas mentiras, que zumbiam ao seu redor como as moscas atraídas pelos traseiros das cabras, embora eu não pudesse discernir exatamente quais eram essas mentiras. Eu tinha visto a violência faiscar nos olhos de seus seguranças quando um dos clientes bebia demais ou discutia com Haziq sobre dinheiro. Havia boas razões para estar preparado para uma luta em Sundara. Eu só não sabia quem era o inimigo principal de Zakai. Ele não me respondeu, mas com base na concentração dura em seu rosto, ele claramente acreditava que a batalha estava se aproximando.

Nunca escondi nada grande de Zakai antes, e eu estava cheia de tristeza e remorso, mas também de uma estranha... empolgação. Nada além dos meus pensamentos jamais tinha sido meu, embora Zakai gostasse de me dizer que podia olhar para o meu rosto e ver todas as engrenagens da minha mente. Talvez isso fosse verdade, mas, de qualquer forma, eu não imaginava que queria algo que fosse exclusivamente meu; no entanto, uma vez que experimentei o gostinho da independência, amei. Eu não sabia se era certo ou errado, mas sabia que Zakai tinha seus próprios segredos, pensamentos que eu não podia ler, ideias que faziam os seus olhos ficarem distantes e sua expressão se tornar sombria.

E agora eu tinha os meus também.

Em pouco tempo, Ahmad havia me ensinado todas as letras do alfabeto, tanto no idioma do deserto quanto na língua dos outros homens que visitavam Sundara, o *inglês* — ambos os quais Haziq insistia que nós conhecêssemos para que pudéssemos agradar melhor a todos os nossos hóspedes.

À noite, encantada comigo mesma e com minha nova habilidade, usei as letras para pronunciar as palavras das imagens que eu havia desenhado, para que pudesse lembrar os nomes daqueles que observavam.

Também coloquei minhas histórias em palavras. Confesso que não havia muitas que eu soubesse escrever, mas combinei as letras de maneiras que conseguia compreender, e para mim, isso fazia as imagens ganharem vida.

Tentei criar palavras sobre a mãe e o pai de Doren e a grande baleia-azul. Tentei encontrar maneiras de descrever a angústia nos olhos de Doren e como suas mãos se fecharam e tremeram quando ele falou sobre sua família.

À medida que aprendia mais, escrevi sobre o tímido Ori, com os pés virados para trás, e a bela Dinati, com a pele e os cabelos tão brancos quanto o linho alvejado e olhos da cor do primeiro brilho do amanhecer.

Eu *amava* aprender. Era como se minha mente tivesse se voltado de repente para uma luz brilhante e, aos poucos, a linguagem se tornou mais compreensível e até mesmo possível de ser escrita. *Eu me sentia viva. Animada.* Era como se as palavras sempre devessem ser minhas amigas.

Ahmad disse que um dia eu poderia conhecer tantas palavras que minhas histórias encheriam um caderno inteiro. *Um dia.*

Às vezes, Ahmad sorria enquanto me ajudava a ler as histórias dos livros que ele havia contrabandeado para Sundara na cesta de Bibi, rindo amigavelmente das minhas pronúncias erradas, mas em outros dias, ele ficava sombrio e quieto enquanto eu lutava para passar por uma frase e depois outra. Eram os dias seguintes às noites de apresentação, quando aqueles que assistiam chegavam em Sundara. Eram os dias seguintes às noites em que Zakai e eu ouvíamos os gritos de dor da sala ao lado, e as subsequentes gargalhadas daqueles que assistiam. Meu coração se apertava em impotência e as mãos de Zakai se fechavam enquanto a raiva brilhava em seus olhos. Eram os dias em que Ahmad se abaixava com cuidado no banco, fazendo uma careta assim que seu traseiro tocava a pedra e que eu fingia não perceber. Por dentro, eu chorava por ele. Minha própria raiva se inflamava de uma maneira nova e avassaladora para mim.

Às vezes, os convidados feriam minha família. Ficavam por dias passeando pelo terreno, rindo e apontando, gritando coisas terríveis sobre aqueles que eram diferentes.

— Por que eles são tão cruéis? — eu perguntara uma vez à Bertha.

— Algumas pessoas gostam de fazer coisas feias sangrarem — ela dissera, acariciando o meu cabelo e colocando uma flor de jasmim atrás da minha orelha.

— Você não é feia — eu insistira. — Eles são os feios.

Mas Bertha apenas rira, me beijando na bochecha.

— Isso é porque você nos ama, e tudo visto pelos olhos do amor é lindo.

Eu não era diferente das outras pessoas, mas aqueles que assistiam também me chamavam de nomes, palavras obscenas que me faziam esconder o rosto no ombro de Zakai e fingir que não as ouvia.

— Mas não se preocupe com nenhum deles — Bertha garantira. — Eles não significam nada para nós. Nós temos uns aos outros.

No entanto, quando Berel chegou, tudo isso mudou. Já não éramos mais nós contra eles, pois agora havia um inimigo entre nós. Eu tinha começado a me importar muito com Ahmad e, claro, com o doce e gentil Bibi, que até conseguia arrancar um sorriso dos seguranças de vez em quando. No entanto, quando expressei minha tristeza por suas lesões e pelo que ele estava suportando, Ahmad estreitou os olhos e disse:

— Seu coração é muito sensível. Não é uma força. Eles fizeram um desserviço a você ao torná-la fraca.

Magoada, eu me virei para o lado oposto, a garganta apertada, enquanto voltava a atenção para as palavras.

Capítulo Cinco

Pensei sobre a situação de Ahmad até tarde da noite, mesmo depois que o suor almiscarado de Zakai tivesse esfriado na minha pele e o prazer pulsante que ele me proporcionara tivesse se transformado em uma sensação doce e entorpecente de satisfação. No dia seguinte, acordei cedo, trançando o meu cabelo às pressas, envolvendo a túnica ao redor do meu corpo e saindo furtivamente sob o sopro seco do calor da manhã.

Haziq estava em seu escritório, uma xícara de chá à sua frente, uma máquina de matemática em sua mesa, enquanto apertava os botões e anotava os cálculos em um livro. A expressão jubilosa em seu rosto me disse que ele estava satisfeito com as histórias que os números contavam.

Fiquei na porta de sua sala por um momento, esperando ser notada. Meu coração batia forte. Nunca tinha falado com Haziq sozinha antes. Zakai sempre fazia os nossos pedidos, e, como eu tinha aprendido recentemente, às vezes os dele próprios. Mas, sem o conhecimento de Zakai, Ahmad estava me fazendo uma gentileza, e, por isso, era minha obrigação falar por ele agora. Além disso, eu, não Zakai, tinha uma visão mais próxima da dor de Ahmad. Além das nossas lições, o pequeno homem ficava fora de vista, cuidando de suas feridas em particular.

Pigarreei e Haziq olhou para cima. A surpresa em sua expressão se transformou em interesse quando me viu.

— Karys. — Ele recuou na cadeira. — O que você quer?

Entrei, hesitante. Queria ficar em frente a Haziq da mesma maneira que havia visto Zakai fazer — pernas abertas, braços relaxados, ombros retos —, mas eu não era Zakai, então entrelacei as mãos na frente do corpo, fazendo os ombros parecerem pequenos enquanto olhava para Haziq por debaixo dos cílios.

— Estou aqui em nome de Ahmad — eu disse, baixinho.

Haziq franziu a testa.

— Ahmad. O que você quer com ele?

Engoli em seco quando os meus olhos se encheram de lágrimas.

— Berel o machuca. Ele o faz sangrar.

Sua súbita explosão de risos me assustou.

— Isso é tudo?

— Isso é tudo? — repeti. — Ele é da família — continuei. — E odeia o que está acontecendo com ele.

— Ele te disse isso?

Balancei a cabeça.

— N-não. Mas ouço os seus gemidos de dor. Vejo... que ele está machucado. E isso precisa parar.

Os olhos de Haziq se estreitaram, e ele batucou a caneta na borda da mesa enquanto me observava. Parecia que estava à beira tanto do riso quanto da raiva, e prendi a respiração enquanto esperava descobrir qual dos dois ele escolheria.

— É entretenimento — ele falou. — Agrada aos convidados. Agora, vá escolher uma rosa do jardim e colocá-la atrás da orelha. Você fica adorável assim. Coma algumas tâmaras. Descanse ao sol. Está um dia adorável.

A raiva me percorreu, uma emoção desconhecida que Zakai geralmente tirava da minha mão como se fosse uma flor envenenada que eu tivesse começado a inalar. Mas Zakai não estava ali agora. A raiva era minha, e descobri que eu gostava dela. Enquanto o medo me tornava vulnerável, a raiva parecia uma arma, uma que eu estava pronta para usar.

— Exijo que você pare — demandei.

Um músculo na bochecha de Haziq saltou, e seu rosto assumiu um ar sombrio. Seus olhos se estreitaram quando ele levantou a mão para acariciar o bigode.

— Acha que tem poder aqui em Sundara, garotinha? Acha que aceito sugestões de *você*? — Seu riso foi a arma escolhida e, como pretendido, ela me cortou. O poder temporário que eu tinha desapareceu inutilmente no chão. — Eles te transformaram em uma tola, não é? — sibilou. — Um rosto bonito e uma cabeça vazia.

Suas palavras também me machucaram, mas eu estava ali por Ahmad e me recusava a ser dissuadida pelos meus próprios sentimentos feridos.

— Por favor — tentei outra abordagem. — Proteja Ahmad de Berel. Você é um homem cuidadoso e generoso que todos nós honramos e respeitamos profundamente — menti, sabendo que Zakai odiava o homem com a intensidade de mil sóis, e o resto da minha família o via como uma barata de casca dura, grande demais para ser esmagada sob uma pedra.

Uma diversão sombria iluminou seu rosto malicioso.

— Talvez não seja uma cabeça completamente vazia se você começou a mentir. Mesmo que o faça porcamente. — Ele me analisou por um momento, seus olhos se movendo do meu rosto para o meu busto, descendo para os meus pés e subindo de novo. Ele grunhiu, como se reconhecesse uma consciência que tivesse cruzado sua mente muito de repente. — Você cresceu muito bem, não é? — Ele acariciou o bigode de novo, e sua virilha se levantou ligeiramente da cadeira, enviando um arrepio de medo pela minha espinha.

Enquanto me observava, imaginei seus pensamentos como uma fumaça amarga, tecendo-se misteriosamente através das cavernas de sua mente, extinguindo qualquer luz que pudesse existir. Eu tinha ido ao seu escritório na tentativa de defender Ahmad, e, ao invés disso, tive a súbita sensação de que não apenas eu não tinha conseguido, mas também havia me colocado sob algum holofote que eu não compreendia por completo.

— Talvez — ele falou depois de um momento —, haja outros lugares onde sua beleza e seus serviços possam receber mais... atenção. Mas os clientes não vêm a Sundara para isso. Eles estão aqui para uma atração de circo, então seu ato deve permanecer como está. — Circo? Eu nunca tinha ouvido essa expressão e minha mão coçou para escrevê-la no meu caderno. Sua palma bateu na mesa como um ponto final. — Saia.

Eu me afastei às pressas, como a barata que havia pensado que ele era, com um desprezo recém-descoberto sobre mim mesma por ter demonstrado tamanha fraqueza. Zakai também tinha conversas malsucedidas com Haziq, mas ele geralmente se enfurecia como uma tempestade mal contida e depois saía com a cabeça erguida.

Parei, franzindo o nariz, perguntando-me se o cheiro de Zakai estava de repente no meu nariz porque eu estava pensando nele, ou se permanecera na minha pele mais intensamente do que o normal.

Olhei ao redor, mas ele não estava em lugar algum. Talvez tivesse passado recentemente por ali. Com um último olhar sobre o ombro, dirigi-me ao pátio onde Ahmad me aguardava.

Quando cheguei, o pequeno homem estava no banco onde sempre sentávamos para as nossas lições, Bibi ao seu lado. Ahmad estava estendendo a mão para trás para tirar os livros escondidos sob a planta de pepino selvagem, e quando se virou e me viu, ele sorriu.

Corri até ele, beijando-o na bochecha e pegando Bibi em meus braços enquanto o macaco balbuciava e murmurava.

Coloquei Bibi no chão para que ele pudesse procurar insetos e Ahmad me entregou um livro. Olhei para ele.

— Você parece bem hoje — comentei.

— Comparado a quem?

Soltei uma pequena risada.

— Comparado a você mesmo, há alguns dias.

A expressão dele se contraiu e ele indicou o livro com a cabeça.

— Leia — instruiu.

— Fui até Haziq em seu nome esta manhã — eu disse, em um rompante de palavras.

O olhar de Ahmad voou para o meu.

— Você fez o quê?

Coloquei o livro de lado, virando-me para ele.

— Não suporto mais te ver machucado — confessei. — Eu tinha que tentar fazer alguma coisa. Não acho que tenha funcionado, mas...

— Então, você colocou um alvo nas minhas costas? — ele perguntou com raiva, levantando-se e parando na minha frente.

Meu rosto ficou pálido, e algo espesso encheu a minha garganta. Engoli em seco, ficando de joelhos na sua frente e pegando suas mãos.

— Não está certo. Nenhum de nós gosta do que acontece aqui, mas ser machucado! Deixar que eles assistam! — Balancei a cabeça com dor e repulsa. — Eu tinha que tentar. Eu tinha que tentar fazer isso parar!

Ahmad me olhou por tanto tempo que me perguntei se ele iria falar.

— Todos nós estamos sendo machucados, Karys, apenas de maneiras diferentes.

O nó voltou e, de novo, eu o engoli. Talvez Ahmad não soubesse do meu amor por Zakai. Talvez não visse o afeto que Bertha tinha por Aranha. Talvez pensasse que o que estava acontecendo com ele estava acontecendo com todos nós.

A expressão de Ahmad suavizou, e seus olhos se encheram de uma ternura que eu só tinha visto quando ele olhava para Bibi, e ele apertou minhas mãos antes de voltar a se sentar no banco. Me sentei ao lado dele e nos viramos um para o outro.

— Eu não deveria ter falado aquilo sobre sua sensibilidade ser uma fraqueza. — Ele negou com a cabeça, seus cachos balançando em torno da mandíbula. — Não estou bravo. Sendo sincero? Você me lembra a minha mãe. Ou pelo menos... como a minha mãe deveria se parecer quando ainda era uma menina. — Ele olhou para o deserto. — Terna. Uma sonhadora. — Quando me encarou de novo, o afeto em seus olhos havia se aprofundado. — São qualidades. Em um mundo onde tudo parece cortante, e há muitas coisas afiadas para nos prender e nos rasgar por completo, sua sensibilidade é um presente. Um dia você não sentirá como se fosse, mas confie em mim quando eu digo que há poucos como você.

— Você pode me contar? — sussurrei. — Sobre sua mãe? Ela era uma... pessoa pequena também?

Ahmad sorriu, suave.

— Não. Ela era alta e esbelta como uma oliveira, e suponho que eu era uma de suas azeitonas. — Ele deu uma pequena risada e eu sorri para ele. Meu amor pelo meu amigo me dominou de repente e fez meu coração se encher. Ahmad suspirou, recuando, esticando as pernas curtas e cruzando-as nos tornozelos. — Falando de alvos, eu era um alvo nas costas da minha mãe, só que meu pai era o arqueiro. — Seu olhar ficou distante, e senti o peso do seu coração. — Ela foi forçada a me amar em segredo, mas me amava e mostrava de cem maneiras diferentes, grandes e pequenas. — Ele me encarou, seus olhos se movendo sobre o meu rosto. — Ela sabia que o conhecimento podia ser tanto uma forma de liberdade quanto uma prisão terrível, dependendo das suas circunstâncias. E ela estava certa. Por causa do que ela me ensinou, eu me senti feliz, mas também sofri mais do que eu sofreria se não soubesse tanto. — Ele pausou de novo, parecendo preocupado. — Estou te dando o que ela me deu, e talvez um dia você me odeie por isso.

Estendi a mão e coloquei-a sobre a dele no banco.

— Não — insisti. — Eu nunca poderia te odiar.

— Eu poderia. — Ouvi uma voz familiar rosnar. Minha cabeça virou para ver Zakai atrás de nós, seu olhar indo de mim para Ahmad, e finalmente para o livro no banco entre nós. — Que porra está acontecendo aqui?

Eu me levantei e Ahmad também.

— Zakai. — Suspirei, movendo-me em sua direção e pegando suas mãos, puxando-o para o pátio. Eu já havia feito algo que poderia render situações desagradáveis para Ahmad quando só estava tentando ajudá-lo. Eu faria qualquer coisa para não adicionar mais problemas. Minha mente girou com as mentiras que eu poderia contar a Zakai. Mas como? Ele me conhecia melhor do que eu mesma. E, como Haziq havia apontado, eu era uma péssima mentirosa. — Ahmad... nós... ele está...

— Estou ensinando-a a ler — Ahmad contou.

O maxilar de Zakai se contraiu e os seus olhos se encheram de desaprovação.

— Ela já é boa nisso — garantiu Ahmad, e fiquei surpresa ao ouvir a gentileza em sua voz, como se ele soubesse que as palavras feririam Zakai e se arrependesse por isso.

Os ombros de Zakai caíram ligeiramente, tristeza passando por seus olhos. Eu havia mentido para ele. Eu o machucara e o meu coração lamentou. Depressa, peguei o livro e o abri, implorando com os olhos para Zakai, ansiosa para mostrar a ele que o que eu tinha aprendido me enchia de felicidade, esperando que minha alegria estimulasse a dele.

Comecei a ler aleatoriamente, meu dedo deslizando pelas linhas enquanto trabalhava, diligente, nas palavras.

— "Entretanto, acaso em seu medo vocês buscarem apenas a paz e o prazer do amor, então será melhor que cubram sua nudez e abandonem ao açoite do amor, para que deem risadas num mundo sem estações, mas nem todos os seus risos; e chorem, mas nem todas as suas lágrimas. O amor nada oferece além de si mesmo e nada recebe além de si mesmo. O amor não possui, e tampouco pode ser possuído; pois o amor se basta em si mesmo. E não pensem que podem direcionar o curso do amor, pois o amor, se lhes acharem dignos, determinará ele próprio seu curso."

Eu estava sem fôlego quando terminei, e meu olhar se levantou para Zakai. Ele me observava com um tipo de tristeza que eu nunca tinha visto em seu rosto antes. Isso me assustou, e pisquei para ele. Ele abriu a boca para falar, mas então a fechou, virando-se para Ahmad.

— Você sabe ler — Zakai afirmou. — Entende sobre números também?

— Sim — disse Ahmad.

— E mapas?

Ahmad franziu a testa.

— Mapas precisam ser desenhados.

— Você pode desenhá-los?

— Na areia, sim. Mas eles não ficarão gravados. E, Zakai, um mapa não fará bem algum.

Zakai assentiu solenemente.

— Continue ensinando-a — Zakai pediu. — Mas, por favor, me ensine também.

Capítulo Seis

Durante as seis luas seguintes, Ahmad ensinou Zakai e a mim a ler, escrever, somar e subtrair. Ele nos mostrou que tudo podia ser medido, pesado e dividido em unidades, graus, volumes e períodos de tempo. O para sempre poderia ser medido?, eu me perguntei. E a gentileza? O amor? Quando questionei Ahmad sobre isso, ele sorriu largamente e afagou o meu queixo.

— Não por mim, Karys. Nem os maiores cientistas descobriram isso ainda, mas talvez um dia você entenda a fórmula do amor.

Refleti a respeito.

— Talvez o amor não possa ser dividido — ponderei. — Talvez o amor seja apenas completo, fora isso não é amor.

Ahmad sorriu de novo, mas seu sorriso foi triste dessa vez.

Ele escrevia as nossas lições na areia e, ao terminar, as apagava com o varrer de uma fronde. A cada varrida, um pequeno pedaço da minha antiga perspectiva também se esvaía. Minha mente começou a se aventurar além do que Ahmad descrevia, alcançando um mundo fragmentado que estava bem longe de mim: mares e montanhas, cânions e campos floridos sem fim, e árvores tão altas e imponentes que tocavam os céus e impediam os penhascos de desmoronar. Ele falava de zebras listradas, hienas risonhas e criaturas tão pequenas que não podiam ser vistas a olho nu. Apesar da minha imaginação e das incessantes perguntas sobre cores, texturas e números, as imagens que eu criava na minha mente pareciam desanimadoras e insatisfatórias.

Eu queria ver tudo isso com os meus próprios olhos, ao menos em esboços feitos por artistas que os tinham visto pessoalmente.

Assim, de alguma forma, Ahmad estava certo. Sundara, de repente, não parecia mais suficiente.

Seriam esses os pensamentos de Zakai ao olhar para o deserto, buscando enxergar além das areias?

Em uma tarde, enquanto eu estava passando pelo pátio, ouvi o murmúrio de uma conversa entre Ahmad e Zakai, e os espiei em um cantinho.

Ahmad estava desenhando no chão, enquanto Zakai fazia perguntas, apontando para algo, depois movendo o dedo de um lado para o outro; mas, quando Zakai me viu, varreu a areia para longe, levantando-se e me acompanhando a caminho do almoço, que era para onde eu estava indo, em primeiro lugar.

— O que Ahmad estava desenhando para você? — sussurrei mais tarde, na privacidade do nosso quarto.

Zakai hesitou por um longo tempo antes de responder.

— Um mapa.

— Um mapa — repeti. — A representação de uma área, terra ou mar — falei, lembrando-me de quando Zakai havia perguntado sobre isso da primeira vez, e da definição posterior de Ahmad quando perguntei. Ahmad sempre ficava quieto e pensativo quando eu fazia perguntas demais relacionadas à geografia ou sobre o tamanho de Forastan. Cheguei a considerar que até mesmo Ahmad, a pessoa mais sábia que eu conhecia, talvez não soubesse de tudo. Mas era possível que ele compreendesse mais do que me dizia. No entanto... por que compartilhar apenas com Zakai? Confusão e algo parecido com ressentimento tomaram conta de mim. — Que mapa ele estava desenhando? — perguntei.

— O deserto — respondeu Zakai.

— O deserto? Mas por quê? Não há nada lá.

— Ele desenhou o que fica entre Sundara e... a liberdade — ele disse.

— Forastan — murmurei. E embora as coisas que Ahmad me ensinou tivessem aumentado a minha curiosidade sobre os lugares... o que ia além de Sundara, eu ainda temia. Olhei para Zakai, observando seu perfil iluminado pela lua, a linha forte de seu maxilar, a retidão de seu nariz, a sombra de seus cílios e a suavidade de seus lábios. — Mas é muito longe para irmos a pé — falei. — Foi o que nos disseram.

— Sim — concordou ele. — Foi o que nos disseram. — Ele fez uma pausa. — Ahmad diz que o desafio não é a caminhada, mas a quantidade de água que precisaríamos levar — ele murmurou, sua expressão preocupada.

Alarmada com a conversa, eu estava prestes a abrir a boca para falar, quando notei a ponta de um papel sob o travesseiro de Zakai e puxei-o. Minhas sobrancelhas franziram enquanto eu observava o que parecia ser um esboço perfeito do avião, palavras e números impressos como estavam nos livros. Olhei para Zakai, que me observava com cautela, seus lábios em uma linha fina.

— O que é isso? — exigi, balançando o papel.

— Instruções sobre como pilotar o avião — respondeu ele.

— Onde você conseguiu?

— Peguei do avião.

Boquiaberta, imaginei Zakai descendo as escadas e correndo até onde o avião estava estacionado, subindo e roubando o que havia lá dentro. A imagem me aterrorizou.

— Você acha que pode aprender a pilotar só lendo a respeito? — questionei.

Ele bufou.

— Por que não? Talvez. Não consegue ver, Karys? — Ele levantou a mão, simulando uma ascensão. — Poderíamos subir até o céu. Para longe.

Deixei os ombros caírem, devolvendo o papel sob o travesseiro de Zakai, a visão descrita por ele intensificando o meu medo.

— Não — falei. — Por favor, Zakai. Por favor, não faça nada perigoso — implorei. — Não vale a pena arriscar sua segurança!

Por um momento, seus olhos se moveram devagar sobre as minhas feições, a concessão fazendo sua expressão ceder. Ele assentiu uma vez.

— Não — ele disse. — Segurança é importante.

Então me trouxe para seus braços e fechou os olhos para dormir. Porém, eu permaneci acordada, um arrepio de inquietação percorrendo o meu corpo. Segurança é importante. Sim. Claro que era. O que poderia ser mais importante do que isso?

O sono escapou de mim até tarde da noite, enquanto eu olhava pela janela para o céu noturno e além. Havia planetas lá fora. Planetas e galáxias, cometas e buracos negros onde a gravidade puxava com tanta força que nem mesmo uma partícula de luz conseguia escapar. Às vezes, disse-me Ahmad, com os olhos fixos nos meus, era isso que acontecia quando uma estrela começava a morrer.

✵✧✵✧✵

— Você viu Bibi? — perguntou Ahmad.

Olhei para cima, interrompendo o trabalho de retirar caroços das azeitonas, e percebi seu olho roxo. O meu coração diminuiu de tamanho.

— Ahmad — sussurrei, limpando as mãos em um pano próximo, buscando as suas para segurá-las.

Mas ele se afastou, ignorando a minha tentativa de conforto, usando a palma de sua mão para proteger os olhos do sol. Na grama mais adiante, um homem rotundo com uma risada estrondosa disse algo a outro homem, que se juntou a ele em sua hilaridade.

— Eu o vi algumas horas atrás, mas não mais desde então — falou Ahmad.

— Tenho certeza de que ele está procurando insetos em algum lugar, ou tirando uma soneca na sombra — sugeri. Assim como eu, Bibi encontrava uma maneira de desfrutar dos prazeres que Sundara proporcionava. Embora ultimamente... esses prazeres não me satisfizessem mais como antes. — Deixe-me terminar aqui e eu ajudarei você a procurá-lo.

Eu estava quase terminando a minha tarefa com as azeitonas que seriam usadas na refeição preparada para os convidados que visitariam naquele fim de semana. Os que observavam tinham apetites vorazes, não só por entretenimento e crueldade, mas pela comida e vinho que Haziq fornecia em abundância.

Mas, embora Zakai e eu procurássemos junto com Ahmad, não conseguimos encontrar o travesso macaquinho que havia roubado os nossos corações, especialmente o meu.

Preocupada, enrolei a túnica azul ao redor do meu corpo enquanto Zakai colocava uma camisa de linho da mesma cor sobre a cabeça. Delineamos nossos olhos com *kohl*, usamos óleo de amêndoa doce em nosso cabelo preto para perfumá-lo e fazê-lo brilhar, e esfregamos óleo de romã em nossas peles para que ficassem macias e suaves. Éramos dois lados da mesma estrela, separados e colocados de volta juntos. Só que... as estrelas têm lados? Ou, como o sol, são apenas bolas de luz ardente? Meu olhar encontrou o de Zakai no espelho e ele sorriu, mas não antes de eu ter visto o que pareceu ser tristeza em seus olhos.

Caminhamos de mãos dadas pela grama, para nos juntar aos outros no jantar. O banquete seria luxuoso e as oferendas, deliciosas, mas eu ficava com medo mesmo assim. Preferia as refeições simples com Zakai e a minha família, com lentilhas e pão. Em privacidade. Em paz. Sem olhares intensos. Sem aquelas bocas esticadas em sorrisos perversos.

Os que observavam já estavam lá, tendo obviamente consumido uma boa quantidade de vinho, como indicavam os seus olhares vidrados e mãos errantes. Às vezes, nos era permitido um copo de vinho também, então não me surpreendi ao ver uma taça diante de cada um de nossos pratos. Sentei-me na almofada ao lado de Zakai. À minha frente, Ahmad encontrou os meus olhos e ergueu sua taça. Pela tensão em sua boca, pude ver que Bibi ainda não havia sido encontrado, e uma pontada de preocupação perfurou o meu peito. O macaquinho já tinha desaparecido por diversas horas algumas vezes, e sempre era achado — geralmente estava tirando uma soneca em algum lugar fresco e confortável.

Zakai entornou sua taça, esvaziando-a em três longos goles. Ele a colocou de volta na mesa, limpando a boca com o braço e murmurando amargamente:

— Se ele nos dá vinho, pelo menos poderia nos deixar beber à vontade.

Deslizei minha taça cheia em direção a ele, e Zakai me agradeceu com um aceno, bebendo-a também.

Olhei para Ahmad, mas seus olhos estavam fixos em Zakai, com uma expressão preocupada.

— Cuidado — disse Ahmad, baixinho. — A bebida pode se virar contra você.

Mas, antes que Zakai pudesse responder, Haziq se levantou, imponente sobre todos nós na extremidade da mesa baixa, erguendo sua taça.

— Antes de jantarmos, gostaria de ler um trecho para vocês de um dos meus livros favoritos.

Engasguei com o gole de água que havia acabado de engolir, meu olhar se voltando em sua direção enquanto os meus membros gelavam. *Livros?* Haziq não possuía livros. Ele certamente nunca havia citado um. Um medo profundo e pesado se espalhou sobre mim, como uma nuvem negra prestes a liberar sua rajada aquosa.

— "Então um dos juízes da cidade se aproximou e lhe disse, 'nos fale do Crime e do Castigo'". — Haziq começou, lendo um livro que eu conhecia muito bem, aquele que eu havia memorizado palavra por palavra. A voz profunda de Haziq foi como a chuva que açoitava a minha pele e martelava a minha mente aterrorizada. *Ele sabe. Ai, Deus, ele sabe.* — "E ele o respondeu, dizendo: É quando seu espírito se põe a vaguear pelo vento que vocês, sós e desprevenidos, cometem injustiças com os outros e, dessa forma, também para com vocês mesmos. E pelo mal que causaram, vocês devem bater à porta dos bem-aventurados e esperar algum tempo até que sejam atendidos. Seu deus interior é similar ao oceano; Ele permanece sempre imaculado. E como o éter, sustenta somente os seres alados. Seu deus interior é igualmente similar ao sol; ele ignora os túneis das toupeiras e evita o covil das serpentes. Mas seu deus interior não habita sozinho seu ser. Muito de seu ser é ainda animal, e há muito em vocês que ainda não é humano, mas tão somente um pigmeu sem forma que vagueia sonâmbulo pela névoa buscando ao seu próprio despertar."

Os olhos de Haziq encontraram os de Ahmad, o homenzinho tão congelado quanto eu, que o observava em pavor.

— "E é do que há de humano em vocês que eu desejo falar" — Haziq sibilou. — "Pois é este ser humano, e não o deus interior ou o pigmeu andarilho, quem conhece o crime e o castigo do crime".

Ele se virou para os garçons, com os braços carregados de bandejas de comida que, com seu aceno, se aproximaram da mesa. Ele abaixou o livro, embora o poema não tivesse terminado. Eu entendi, no entanto, que não eram as palavras seu ponto principal, mas a posse do livro. Minhas mãos tremeram enquanto eu alcançava Zakai, sua mão buscando a minha e seu polegar desenhando círculos lentos na minha pele que sempre haviam me acalmado antes. Mas não agora. O terror no meu estômago era grande demais para eu ser consolado.

— Tenho uma surpresa para meus convidados — disse Haziq, sentando-se na almofada e oferecendo um sorriso, mas um sorriso tingido de veneno. Ele fez um gesto com o braço, e o garçom, que havia colocado a grande bandeja de prata à frente de Ahmad, levantou a tampa com um floreio, expondo o corpo assado de um amado macaco girando lentamente no espeto.

Soltei um soluço abafado e Zakai me puxou para si, escondendo o meu rosto em seu peito. Os convidados riram e aplaudiram, enquanto Haziq ordenava que a carne, que ele descrevia como uma grande iguaria, fosse fatiada e servida nos pratos.

Quando ousei olhar para Ahmad, meu coração se partiu em mil pedaços. Eu tinha visto as consequências da humilhação de Ahmad, sua dor transformada em espetáculo; mas, apesar de tudo, ele sempre havia mantido sua pequena cabeça mais erguida do que a de um gigante. Nunca tinha visto Ahmad chorar. Até agora. Lágrimas escorreram lentamente por seu rosto e eu pude ver que, finalmente, ele havia sido quebrado, seu espírito tão dilacerado quanto o pequeno cadáver da criatura que ele amava e adorava, a criatura que ele me contou que havia salvado sua alma uma vez.

Um homem magro, com ombros curvados e uma risada como o sibilar de uma cobra, apontou o dedo para Ahmad e começou a rir com seu riso nasalado.

— Você o conhecia? — ele perguntou, apontando para o que agora não era mais do que carne, atingindo-o mais profundamente do que o homem jamais poderia imaginar. Ahmad encontrou os olhos dele, mas para mim, pareciam tão mortos quanto os de Bibi.

Meu coração ficou apertado e a raiva começou a florescer dentro de mim, superando a angústia. Minha tristeza era uma flor sobre os cactos, mas a minha fúria era o espinho, pronta para cortar e punir, e eu preferia sua forma afiada. Lentamente, comecei a me levantar, mas Zakai me deu um puxão forte, me trazendo de volta para baixo.

— Depois — ele sussurrou. Tremi com a necessidade de *fazer alguma coisa*, mas me mantive parada, segurando a mão de Zakai, cravando as minhas unhas na palma, desfrutando da dor.

Os olhos de Zakai estavam fixos em Ahmad e, embora os olhos de Ahmad ainda estivessem vazios, pareciam estar travando uma conversa silenciosa. Ahmad finalmente deu um lento aceno, fechando as pálpebras. Ele ficou assim durante a refeição, sem se mover e sem emitir um som, e uma vez que fomos dispensados, ele se levantou devagar e caminhou para a noite que se aprofundava.

Esperamos alguns minutos até Haziq se envolver em uma conversa com um dos homens e então nos levantamos, correndo na direção em que Ahmad havia saído. Ele não estava em seu quarto, nem em nenhuma das áreas de convívio, nem em nenhum dos pátios.

— Talvez ele precise de um tempo — sugeri, colocando a mão no braço de Zakai.

Mas ele balançou a cabeça, obviamente preocupado.

— Não. A expressão dele... — Ele se virou para mim, sua própria fisionomia sombria, seus olhos um pouco selvagens. — Tenho um pressentimento... precisamos encontrá-lo. Vamos nos separar. Você vai por ali. — Ele apontou atrás de nós. — E eu vou por aqui. Caminhe ao longo do muro e me encontre no fundo da propriedade.

Assenti e, sem hesitar, me virei. Caminhei ao longo do perímetro do muro, esperando encontrar Ahmad, suas pernas curtas balançando sobre a pedra enquanto ele olhava para o deserto. Eu subiria ao lado dele e pegaria sua mão. Mesmo que as palavras certas de conforto me escapassem, eu encostaria a cabeça em seu ombro e compartilharia sua dor.

Mas, ao virar a esquina e olhar ao longo do muro, percebi que não havia ninguém ali. Meu coração despencou quando ouvi o grito de Zakai. Assustada, virei-me e corri na direção de onde tinha vindo, atravessando a grama iluminada pela lua.

Quando contornei o outro lado da construção, vi Zakai erguendo algo do muro. Um grito emergiu da minha garganta ao perceber que era o corpo sem vida de Ahmad, uma corda ainda amarrada ao redor de seu pescoço, a outra extremidade da corda atada a uma árvore próxima.

— Não! — gritei, alcançando a cintura de Ahmad e ajudando Zakai a trazê-lo para o outro lado do muro. Nós os colocamos no chão e Zakai, com as mãos tremendo, afrouxou a corda e deu tapinhas na bochecha de Ahmad, primeiro de forma suave, depois com mais força.

— Volte! — gritou Zakai, e eu ouvi o soluço preso em sua garganta. O som de angústia perfurou o meu coração já quebrado, enquanto Zakai descansava a cabeça sobre o nosso amigo e nosso mestre.

Caí ao lado de Zakai e baixei a cabeça também, agarrando a camisa de Ahmad com os meus punhos. Meu coração urrou em agonia e algo dentro de mim, sem nome, murchou e morreu.

— Eu te amo — eu disse a Ahmad, lágrimas entupindo a minha garganta de forma que mal consegui falar as palavras engasgadas. Mas Ahmad não me ouviu. Seu corpo jazia diante de nós, mas sua alma voava livre.

Capítulo Sete

Eu estava preocupada com Zakai. Havia algo obscuro e violento se formando em seu olhar. A noite o cercava mesmo sob o sol do meio-dia, e quando eu fechava os olhos, não apenas ouvia o uivo profano crescendo dentro dele, mas também o sentia no meu próprio espírito machucado e exposto. Dilacerante.

Toda a nossa família sentiu a perda de Ahmad e Bibi. Sundara estava mais silenciosa do que nunca, cada um de nós se interiorizando à sua maneira. Lamentei profundamente por ambos, buscando refúgio no pátio onde nos encontrávamos antes. Eu os sentia ali, a doce gentileza de Bibi e a sabedoria de Ahmad. Eu sempre me lembraria dele como o pequeno homem com um coração grande e poderoso.

Não aprenderíamos mais nada, Zakai e eu, a menos que fosse por histórias contadas por recém-chegados a Sundara. Mesmo que alguém aparecesse com lições para nos ensinar e boa vontade, eu sabia que nem Zakai nem eu permitiríamos que isso acontecesse. Entendíamos a penalidade pelo conhecimento em Sundara, e era um preço alto demais a pagar.

Se algo positivo havia surgido daquele período terrível, foi que Berel foi colocado no avião e levado embora. Onde quer que fosse o lugar, eu não perguntei e nem me importei.

Uma lua cresceu e ficou cheia, e depois outra, até a noite em que Haziq saiu gritando de seu quarto, seus guarda-costas correndo para o ataque, enquanto o homem irrompia, caindo e rolando na grama.

— Uma víbora! — ele gritou. — Tinha uma víbora na minha cama!

Todos nós corremos para o mais perto que ousamos, enquanto um dos guarda-costas de Haziq adentrava o quarto, e saía instantes depois com a cabeça da cobra em uma mão e o corpo na outra, sua faca ensanguentada e presa de volta na lateral da cintura. Ele lançou a criatura morta por cima do muro e se voltou para Haziq, que estava segurando o pé inchado, as marcas de presas já roxas e escorrendo veneno.

Eu me virei, indo procurar Zakai, mas o avistei parado sozinho em um canto escuro, com as mãos nos bolsos da calça, encostado casualmente na parede enquanto observava a cena. Embora sua postura fosse indiferente, sua expressão não era — um lado de seus lábios se erguia em um sorriso, e a raiva e a satisfação queimavam em seu olhar semicerrado.

— Você! — gritou Haziq, apontando o dedo gordo na direção de Zakai. Aparentemente, ele o avistara no mesmo momento que eu. — Venha aqui!

Zakai não hesitou. Ele se afastou da parede com o ombro e, sem tirar as mãos dos bolsos, caminhou em direção onde Haziq estava, um de seus guarda-costas envolvendo seu pé com linho.

— Você viu quem entrou no meu quarto? — Haziq exigiu, seus olhos estreitos com a suspeita e fervendo com uma fúria mal contida.

Mas Zakai apenas sorriu.

— O que te faz pensar que alguém entrou no seu quarto? As cobras são criaturas astutas que gostam de se esconder. Talvez você devesse ser mais cuidadoso ao verificar suas acomodações. Todos nós odiaríamos vê-lo gravemente ferido.

Os olhos de Haziq se estreitaram mais ainda, mas ele foi distraído pela dor em seu pé e gritou quando o guarda-costas apertou demais o linho ao redor de seu tornozelo.

Observei Zakai por um bom tempo, e sua expressão despreocupada nunca mudou. Eu não precisava saber como ele conseguira entrar no quarto de Haziq. Escolhi não imaginar Zakai capturando uma víbora mortal. Não era preciso fazer nenhuma das duas coisas para ter certeza de que Zakai era o responsável por aquela picada no pé de Haziq. E entender que a ferida de Haziq era insignificante comparada ao dano que ele havia causado aos nossos corações.

Tínhamos sobrevivido a muitas perdas antes, como os membros da família que haviam conseguido sair de Sundara, nos fazendo um aceno de adeus enquanto nós permanecíamos. Mas nenhuma pareceu tão excruciante quanto a perda de Ahmad.

E, por essa razão, a dor de Haziq também me trouxe satisfação.

✫✫✫✫✫

O deserto estava se sacudindo, a areia girando e ondulando ao meu redor, formando ondas gigantes que se moviam cada vez mais perto, ameaçando me arrastar para baixo. Gritei, chamando por Zakai, mas ele não estava em nenhum lugar que eu podia ver. Eu estava sozinha, sozinha e...

Acordei sobressaltada, outro grito subindo da minha garganta enquanto meus olhos se abriam.

— Karys — Liri sussurrou, ríspida. — Acorde.

Pisquei, tentando desesperadamente me orientar, acalmar a maré crescente de medo que o sonho havia trazido. Olhei ao redor, percebendo que Zakai não se encontrava ali. O quarto ainda estava envolto em escuridão, tons de estanho apenas começando a se desenrolar ao redor da cortina da janela. Estava perto da hora do amanhecer.

— O que houve? — perguntei. — Onde está Zakai?

— Zakai está com Bertha. Ela não está bem.

Sentei-me abruptamente, o sangue subindo para a minha cabeça. Fiz uma careta, mas ainda consegui me levantar. Às pressas, me vesti com a túnica e então segui Liri para fora do quarto, caminhando depressa pela grama iluminada pela lua até o quarto onde Zakai estava sentado ao lado de Bertha, com a cabeça inclinada para ela.

— ... me perdoe. — Ouvi Zakai sussurrar.

— Ah, meu menino, eu já perdoei — Bertha respondeu.

Avancei, passando por Aranha, que estava sentado perto da porta, uma expressão triste em seu rosto comprido, seus olhos brilhando com o que parecia ser lágrimas não derramadas.

Meu coração bateu rápido no peito, o medo dançando por minha pele.

— Bertha — sussurrei, correndo para a cama dela e caindo de joelhos ao seu lado. Ela virou a cabeça devagar, sua mão segurando a minha enquanto Zakai erguia o olhar.

— Doce Karys — ela disse, sua voz fraca e baixa. — Você está aqui.

— Vou buscar mais água do poço para você — Zakai avisou, inclinando-se e beijando sua testa.

Ela ergueu a mão e levou-a até o rosto dele, fitando-o com amor nos olhos.

— Cuide dela — Bertha sussurrou. — E, Zakai, cuide-se também.

O medo que pisava devagar sobre mim, nesse momento, acelerou o ritmo. Eu tinha notado que Bertha andava mais devagar ultimamente, e a vi fazendo mais esforço do que o normal para respirar. Eu tinha ouvido Zakai pedir seu perdão, e pensei que devia ser por não reconhecer o quanto ela realmente estava doente. Porque a maneira como ela estava falando… como se… não, eu não ia nem pensar em tal coisa.

Zakai sorriu suavemente para Bertha e então ergueu o olhar para mim.

— Já volto — ele falou.

Assenti, voltando minha atenção para Bertha, observando enquanto ela lutava para puxar uma respiração. Coloquei a bochecha sobre os nós de seus dedos, minhas lágrimas molhando sua pele.

— Não chore, minha querida — ela pediu e, quando ergui a cabeça, vi que seus lábios tinham se inclinado muito ligeiramente, embora com esforço óbvio, pois tremiam nos cantos.

Usei o polegar para acariciar seu sorriso.

— Não me console, Bertha. Estou aqui para confortar você. Para ajudá-la a se recuperar…

— Ah, não, minha preciosa menina. Não há como eu me recuperar

— ela disse com um pequeno aceno de cabeça. — Meu corpo fez o melhor que pôde pelo tempo que pôde. Eu só sinto muito... — Ela sugou um sopro de ar fino e trêmulo.

— Sente muito pelo quê? — perguntei. — Não há nada pelo que se desculpar.

Ela apertou a minha mão na sua.

— Oh, há, sim. É só... — Ela moveu o olhar, fitando um ponto atrás de mim. — Precisávamos de algo bonito, Karys. E você é tão preciosa para todos nós. Você tem sido a nossa luz, a nossa esperança de que ainda há bondade no mundo. *Mais.* — Seus olhos encontraram os meus. — No entanto... — Ela fez uma careta, levando a mão ao peito.

— Ai, Bertha, não fale. Teremos tempo para isso depois. Apenas descanse. Trarei comida para você e um pano macio para sua cabeça.

— Não — ela insistiu, um fio de força adentrado sua voz. — Isso não é tudo. Talvez eu não devesse ter te protegido. Talvez ele também não devesse. Mas, Karys, ah, minha querida, foi feito por amor.

Meu coração bateu pesado.

— Tudo o que você já fez foi por amor, Bertha, eu sei disso.

Seus olhos ficaram nublados. Por um momento, ela me encarou como se eu não estivesse lá.

— Espero que um dia você possa nos perdoar. — Sua mão procurou a minha de novo e eu a peguei enquanto seus dedos envolviam os meus. — Espero que você nos odeie primeiro. Mas, Karys... — Suas palavras derreteram em sua respiração e precisei me inclinar para ouvir o resto do que ela tinha a dizer. — Não nos odeie para sempre.

Ela ergueu a mão e a passou sobre a minha bochecha. Suas pálpebras foram se fechando enquanto sua mão despencava na cama.

Ela ficou quieta e silenciosa. Minha visão embaçou enquanto meu estômago se contraía.

— Bertha! — gritei, me inclinando sobre ela e sacudindo os seus ombros largos. — Bertha! — Seu corpo maciço balançou e tremeu com os meus esforços, mas ela não abriu os olhos. Não, não, não! — Você não pode me deixar! — *Você* é a minha família. Não posso existir sem você! Chorando, deitei a cabeça em seu peito, envolvendo os braços ao redor dela, agarrando suas roupas, procurando o ritmo constante de seu coração. No entanto, abaixo da minha orelha havia apenas o silêncio. Outro grito surgiu de dentro de mim, assim como o sol despontava no céu: um raio de luz filtrado pela cortina que banhou o doce rosto de Bertha. Seu coração gentil havia parado de bater. Eu havia perdido outra pessoa entre as poucas que eram queridas e amadas por mim.

Capítulo Oito

— O da frente — Zakai sussurrou. Seu hálito de canela soprava perto do meu ouvido, sua boca mal se movendo. — Ele parece um caranguejo do deserto. Aposto que se eu o ameaçasse, ele também se esgueiraria como um.

Meus lábios se inclinaram, mas a raiva na voz de Zakai me impediu de relaxar. Eu estava no limite, e senti a distância entre mim e Zakai crescendo mais a cada dia desde que Ahmad havia tirado a própria vida e Bertha, nos deixado. Ultimamente, parecia que Zakai estava sempre com raiva. Apesar da óbvia satisfação de Zakai com a picada da víbora, Haziq estava se recuperando, ainda que seu pé permanecesse enfaixado. Mesmo assim, a luz do ódio nos olhos de Zakai não havia diminuído nem um pouco, apenas se tornado mais brilhante e adquirido uma forma mais diabólica quando Haziq ordenou que seus homens jogassem o corpo de Bertha em algum lugar distante no deserto para ser comido pelas criaturas noturnas.

— É só o corpo dela — Zakai havia sussurrado para mim, seu maxilar tão rígido que ele havia sibilado entredentes. — A alma dela está livre. — E então ele me abraçou enquanto eu soluçava.

Houve um profundo vazio após a perda de Bertha. Eu frequentemente tropeçava pelos terrenos de Sundara, a garganta entupida, os músculos doloridos enquanto a procurava. Mesmo sabendo que Bertha não seria encontrada, uma parte da minha mente ainda relutava em aceitar que ela havia mesmo partido para sempre. Eu me forçava a imaginar o corpo dela às vezes, enquanto olhava para a areia oscilante. Imaginava seu corpo derretendo sob o sol impiedoso enquanto as criaturas a devoravam, pedaço por pedaço, e eu sofria tanto que mal conseguia respirar. Alguns dias, parecia possível que a minha dor fosse crescer de uma forma que me despedaçaria, me dissolvendo em mil grãos de miséria, chovendo sobre o chão, não sendo mais eu mesma, mas o próprio deserto.

Alguns dias eu esperava que pudesse ser assim.

Olhei para o homem que Zakai havia mencionado, o caranguejo do deserto. Havia algo incomum nele, algo além da cor empoeirada de seu cabelo e da palidez de seus olhos.

— Vamos fingir que esses homens não estão lá — sussurrei de volta, encontrando seus olhos. — Me possua como se fôssemos só nós.

Zakai hesitou, parecendo momentaneamente surpreso, seus olhos fixos nos meus. Mas a raiva que fervia em seu olhar derreteu para a luxúria, e a minha respiração se tornou mais fácil, ao mesmo tempo em que uma onda de sangue fez o meu corpo pulsar.

Zakai torceu sua mão no meu cabelo, puxando-o bruscamente para que eu liberasse um profundo gemido, e a onda de umidade no meio das minhas pernas fez eu me contorcer. Meu olhar ficou turvo enquanto sua mão se movia para a minha bunda, agarrando uma boa parte dela e apertando-a. Fiz uma careta enquanto minha barriga se encolhia e meus mamilos endureciam. Minha respiração tornou-se ofegante enquanto seus olhos encontravam os meus. Me esqueci dos que assistiam.

Zakai me virou, e então envolveu o braço em volta da minha cintura, me puxando para cima e, sem aviso, me penetrando com força. Eu ofeguei, um calafrio percorrendo o meu corpo quando ele, mais uma vez, agarrou o meu cabelo, puxando-o enquanto empurrava para dentro e para fora, sua outra mão passeando por baixo de mim até beliscar o meu mamilo. Os sons da nossa união ficaram mais úmidos e altos enquanto eu agarrava o colchão abaixo de nós. Zakai me cavalgou impiedosamente, até que ambos gritamos em prazer ao mesmo tempo, Zakai desabando sobre mim enquanto lutávamos para recuperar o fôlego e entender o mundo em que nos encontrávamos mais uma vez.

Quando meus olhos se abriram, encontraram os do homem com cabelos cor de areia e olhos tão azuis quanto o céu. Zakai e eu éramos nativos, mas esse homem parecia feito do próprio deserto. Enquanto eu o observava, seu olhar me confundia, não por sua direção, mas pelo que vi ali:

não luxúria, interesse ou até mesmo o tédio às vezes presente nos olhos de nossa audiência. Ele parecia atordoado… e triste.

Subitamente inquieta, desviei o olhar, justo quando a cortina se fechou.

De volta ao nosso quarto, usei um pano macio para remover o *kohl* dos meus olhos enquanto Zakai estava perto da janela, com os braços cruzados sobre o peito, admirando a lua.

— Você gosta quando eu te machuco — ele murmurou. — Já pensou no porquê disso?

Fiquei envergonhada, embora seu olhar ainda estivesse longe de mim. Dei de ombros.

— Preciso? — Eu sabia que o que ele tinha dito era verdade, mas nunca tinha considerado com muita atenção. Depois do que acontecera com Ahmad, o prazer da dor me envergonhava também. — Isso só… me faz bem — adicionei. Aquela combinação de prazer e dor fazia a minha mente esvaziar. E porque eu confiava em Zakai, me permitia me entregar a ele com total abandono. Nunca tínhamos deixado os que assistiam ver aquilo antes. Sempre mantivemos para nós mesmos. Quando estávamos no palco, Zakai sempre me possuía com delicadeza, muito controlado. Eu também nunca havia chegado ao clímax na frente de ninguém antes, além dele. — Você está… arrependido sobre hoje à noite?

Ele se virou para mim, seu semblante pensativo, um pouco perturbado.

— Não sei. Eu *costumava* saber das coisas. Costumava ter certeza. Ou eu pensava que tinha. Mas agora… — Ele pareceu incapaz de decidir como terminar a frase. Encostou-se na parede, cruzando os braços de novo. — Sabe o que é o pior sobre Haziq ter lido aquela citação sobre crime e castigo na noite em que ele serviu Bibi no jantar?

Franzi a testa, confusa e despreparada para a abrupta mudança de assunto. Visões daquela noite horrível invadiram a minha mente e congelaram o meu sangue. Doía até mesmo pensar nisso.

— Não — consegui dizer.

A mente de Zakai estava em todos os lugares. Seus humores sempre tinham sido volúveis, mas desde que havíamos encontrado o corpo sem vida de Ahmad, ele oscilava entre a inquietação e a raiva como a picada rápida e dolorosa da cauda de um escorpião. Frequentemente, como agora, com uma mordida tão dolorosa quanto.

— A pior parte é que ele nem entendeu. Ele não percebeu que aquela leitura não era realmente sobre crime e castigo. — Zakai riu então, e isso me assustou pela severidade.

— Não — concordei, baixinho. — É sobre perdão e compreensão.

Ele riu de novo, e foi igualmente brutal.

— É engraçado, não é? Haziq, supostamente o homem mais erudito entre nós, na verdade, é um completo imbecil. Até você entende.

Até você. Ele estava apenas destilando veneno ou sua dor estava revelando a verdadeira natureza de seus pensamentos? Ele me considerava burra? *Karys* é ingênua. As palavras que eu o tinha ouvido falar para Haziq voltaram à minha mente, causando outra onda de dúvida. Zakai chegou a se dobrar, segurando a barriga enquanto ria. Ouvi as lágrimas em sua risada e, sem pensar, corri até ele, envolvendo os braços em sua cintura e pressionando-me contra ele. Ele se endireitou, abraçando-me e enterrando o rosto em meus cabelos.

— Karys, Karys. — Ele engasgou, a risada em sua voz desaparecendo, até que o som repetido do meu nome viesse apenas em uma cadência de respirações. Ele me agarrou, beijando o meu cabelo e passando as mãos sobre a minha pele até que os tremores que eu sentia em seu corpo finalmente se acalmassem. — Sinto muito. Muito mesmo.

— Pelo que você está se desculpando? — sussurrei.

— Por tanta coisa. Deus, por tanta coisa. Eu fui a razão pela qual Ahmad morreu. Eu fui responsável pelo Bibi.

Levantei a cabeça, olhando para ele.

— Não, Zakai.

Ele fechou os olhos com força.

— *Sim*. Depois das nossas aulas, depois que comecei a entender como a matemática funcionava, fui ver Haziq. Exigi ver os números de novo. Ele deve ter percebido que, *daquela vez*, eu pude entender e argumentar sobre as contas. Ele estava desconfiado, Karys. — Ele se inclinou para trás, batendo a cabeça contra a parede. — Que *idiota* eu fui. Tão cheio de ódio e arrogância que pensei que poderia enganá-lo. Ao invés disso...

Encostei a cabeça em seu peito, abraçando-o apertado de novo.

— Não é sua culpa, Zakai.

— Não? Então de quem é? Ele nunca saberia que Ahmad estava nos ensinando. Se não fosse por mim...

— É culpa de Haziq — eu o interrompi. — Eu só culpo Haziq. E... — falei, lágrimas brotando em meus olhos — ... Ahmad era bom e sábio. Ele também não teria te culpado.

Senti seu suspiro e percebi que ele queria argumentar comigo sobre sua culpa, mas antes que pudesse, passos do lado de fora do nosso quarto chamaram minha atenção. Sobressaltada, soltei Zakai, virando-me, enquanto um dos guarda-costas de Haziq afastava a cortina.

— Haziq exige sua presença no escritório — ele disse.

Uma faísca de inquietação acendeu dentro de mim.

— Nós dois? — perguntei.

— Sim.

Olhei para Zakai, mas seu rosto estava inexpressivo, não mostrando mais nem o riso nem a dor. Ele assentiu para mim, e seguimos o homem grande e forte pelo gramado até o escritório de Haziq, onde ele nos esperava atrás de sua mesa.

— Ah. Meus gêmeos. Desempenho entusiasmado esta noite. Os membros da plateia pagaram generosamente por isso. Um convidado em particular ficou bastante encantado. — Seus olhos me perfuraram, o brilho de malevolência fazendo-os parecer brilhantes. — Uma oferta foi feita por você. O americano a quer só para ele esta noite.

— Porra nenhuma! A resposta é não! — Zakai gritou, avançando até Haziq.

Dei um suspiro aterrorizado. Os olhos de Haziq se estreitaram, ao mesmo tempo em que seus lábios se curvaram para cima.

— Não cabe a você. Eu lhe dei liberdade para escolher os seus próprios limites. — Ele fez uma pausa, seu sorriso crescendo. — Até agora. O americano me fez uma oferta por Karys tão grande que não posso recusar. Ela não é mais uma criança. Certamente você sabe disso melhor do que ninguém.

Zakai estendeu o braço, me empurrando para trás de seu corpo. Tropecei, segurando-o, enquanto ele me protegia de Haziq.

— Ela não passará o tempo dela com homem algum — ele disse, sua voz um rosnado gutural. — Qualquer que seja o preço, dobre-o e adicione à nossa dívida. Morrerei em Sundara. Viverei os meus dias aqui, mas Karys não será vendida.

Haziq riu.

— Por que eu ia querer um velho em Sundara, com a beleza desvanecida, não produzindo qualquer espetáculo para atrair os clientes? Não preciso mais de você quando a própria Karys pode trazer ofertas tão altas. Quanto mais velho você fica, menos vocês se parecem gêmeos. A apresentação está ficando monótona. Ninguém acredita. Agora há pelos em seu rosto, escurecendo sua mandíbula mesmo quando você se barbeia. — Ele passou a mão pelo próprio rosto. — E o formato... mudou. Tudo errado. Traços muito angulosos. Seu corpo... — Ele gesticulou na direção de Zakai, fazendo uma expressão de desaprovação e decepção. — Antes... vocês pareciam gêmeos, dois lados opostos da mesma estrela, mas agora... — Balançou a cabeça e suspirou dramaticamente enquanto se levantava, mancando ao redor de sua mesa e se aproximando de Zakai. Quando olhei para o pé dele, um enjoo encheu a minha garganta. Havia uma bandagem ainda enrolada em volta da picada da víbora, mas o que estava abaixo já não parecia ser do tamanho de um pé normal, e o tecido de linho branco estava manchado de rosa, amarelo e marrom, com a putrefação infiltrando-se pelo material. Meu coração parou enquanto ele mancava lentamente ao redor de Zakai, seus olhos movendo-se para cima e para baixo, avaliando. Zakai o observou com desconfiança, como se Haziq tivesse se transformado na própria víbora que o havia saudado em seu quarto tão recentemente. — O que posso fazer para manter a apresentação interessante? — Haziq coçou o queixo enquanto seu olhar se fixava na virilha de Zakai. Algo maligno escureceu os seus olhos e um sorriso inclinou seus lábios grossos enquanto ele passava a mão sobre a faca presa em sua cintura. — Talvez o eunuco e a vadia. — Ele se virou, erguendo o dedo. — Sim! Gosto disso. Tem potencial. Os convidados virão em massa para ver algo assim. Talvez eu corte sua língua também. Sem pau. Sem língua. Como você irá agradá-la, então? — Ele riu.

A mandíbula de Zakai estava tão tensa que os músculos tremeram.

— Faça o que quiser comigo. Mas Karys volta para o nosso quarto, sozinha. Ela não passará o tempo dela com homem algum — ele repetiu.

Mas Haziq riu mais uma vez. Ele estava se divertindo com a situação. E sua alegria não tinha nada a ver com dinheiro, e tudo a ver com acertar as contas com Zakai.

— Lamento dizer que a minha resposta é não. Devo agir enquanto o ferro ainda está quente, como dizem os americanos. Como eu falei, seu ato está ficando monótono. Logo a boceta dela estará monótona também. Sou um homem de negócios. Devo vender as mercadorias enquanto elas ainda estão frescas, doces e... suculentas. — Um guincho horrorizado veio de algum lugar, e percebi que eu mesma tinha feito o som.

Zakai explodiu, agarrando uma cadeira e levantando-a sobre a cabeça.

— Corra, Karys! — ele gritou, bem quando os três guarda-costas de Haziq invadiram a sala. Tentei me esquivar por baixo do mais grandalhão, mas ele era rápido e me pegou pela cintura enquanto eu gritava. Meus pés saíram do chão.

Ele me segurou imóvel enquanto Zakai quebrava a cadeira na mesa de Haziq, a madeira estalando alto enquanto Haziq se protegia dos destroços que voaram. O corpo de Zakai girou para longe do segundo guarda-costas, que avançou. Ele apanhou uma perna da cadeira, com a madeira quebrada pontiaguda e afiada na ponta. Ele a balançou enquanto o homem agarrava, mas então recuou com um grito enquanto o sangue espirrava de seu braço, segurando o corte sangrento causado por Zakai.

Chutei e lutei enquanto Zakai brandia sua arma, tirando sangue, mas não o suficiente. Ele lutou como uma tempestade, uma força da natureza, mas, no final, os dois homens o dominaram, auxiliados pelas armas que possuíam, muito mais mortais do que a perna quebrada de uma cadeira de madeira.

— Acorrente-o contra a parede do lado de fora do quarto onde Karys estará — Haziq comandou. — Não tire sua masculinidade; ainda não. Isso será um prazer que eu quero ter. Deixe-o na noite. Faça-o ouvir. — Ele olhou diretamente para Zakai, seu peito subindo e descendo depressa. Um esgar de ódio manchou o belo rosto de Zakai. — Talvez o americano seja gentil. Ou talvez não. Mas ela gosta disso, não gosta? — Haziq riu. — Ahmad não gostava de violência, mas, ah, sua estrelinha gosta, não é? — O sorriso se alargou, e isso pareceu dar a Zakai um surto de força enquanto ele novamente tentava lutar contra os dois homens que estavam segurando-o, um dos quais esmagou o punho contra o estômago de Zakai, fazendo-o dobrar-se, e um sopro de dor exalado saiu de sua boca.

Solucei, tentando morder o braço que me segurava, mas estava muito fraca, e o homem que me mantinha presa era muito forte. Me deixei cair em seus braços, gritando o nome de Zakai. Ele gemeu, seu corpo espancado, mas seus olhos ainda brilhando com fogo.

— Karys. Lembre-se. Em um céu cheio de estrelas, você é o meu lar — ele disse, o olhar suplicante. — Vamos subir até o céu e ficarmos juntos de novo.

Subir até o céu. Essas palavras. Eu já as tinha ouvido antes. De repente, lembrei-me das instruções que Zakai havia escondido sob seu travesseiro. As instruções de como pilotar um avião.

Meu medo girou descontroladamente, lágrimas ainda escorrendo pelas minhas bochechas. E, ainda assim, uma sensação de calma também começou a se instalar. Zakai tinha um plano. *Liberte-se*, ele estava dizendo, *e vá para o deserto. Encontre-me no avião.*

Ele iria tentar nos levar bem alto até o céu, em um avião sobre o qual ele só tinha lido em um pedaço de papel.

Uma missão suicida.

Sem esperança.

E a nossa única escolha.

Fui arrastada do escritório enquanto Zakai era empurrado para longe, nossos braços se esticando um para o outro, mas sem gritos em nossos lábios. Uma esperança selvagem se apoderou de mim enquanto eu olhava para cima, meus olhos implorando às estrelas. *Ajudem-nos a nos libertar para que possamos escapar e nos encontrar sob seu grande brilho.*

Enquanto eu estava sentada na sala iluminada por velas, esperando pelo homem da cor do deserto que havia comprado o meu tempo, enxuguei minhas lágrimas. Ele podia ter comprado meu corpo, mas não tinha direito à minha alma. Ouvi os urros de Zakai do lado de fora e coloquei a mão sobre a boca, mordendo a pele macia da minha palma para não gritar. Eu não conseguia imaginar o que Zakai estava sentindo — o terror, o medo — sem saber o que ele veria ou ouviria de onde estava preso. Ambos estávamos amarrados, embora eu não estivesse acorrentada. Com um sobressalto, fiquei em pé quando a porta se abriu, soltando um grito abafado ao ver que era Tal, a mais velha das contorcionistas, com a voz tão doce quanto o mel dourado.

— Ah, pobre Karys — ela disse, correndo na minha direção e me envolvendo em um abraço.

Encontrei conforto momentâneo no calor de seus braços antes de me afastar.

— Eles estão com Zakai lá fora, acorrentado à parede — contei, exalando um suspiro de pânico. — Eles vão machucá-lo. Já machucaram... — Solucei, sem conseguir continuar.

— Shh — ela falou suavemente, acariciando o meu cabelo. — Zakai é inteligente. Zakai é forte e astuto. Ele vai sobreviver.

Assenti depressa, querendo acreditar.

— Um homem me comprou, Tal. Eu nunca estive com outro homem. Talvez ele seja como Berel…

— Não acredito nisso. Ele não parece cruel. Você ficará bem. — E embora eu quisesse ter esperança, quando ela se virou, eu a vi enxugar as lágrimas. — Pense na canção, minha querida. Sobre a passarinha encontrando sua voz. Finja que estamos no pátio e eu estou cantando ela para você. Sinta o sol em sua pele e o cheiro doce dos caquis maduros. Vá para lá em sua mente, meu amor, e nada e nem ninguém poderá te tocar enquanto você estiver longe. Agora, deixe-me limpá-la para que fique apresentável.

Tal limpou o meu rosto com um pano macio e reaplicou o *kohl*, ajudando-me a tomar banho e esfregando óleo de amêndoa doce na minha pele até brilhar à luz das velas. Então, ela me deixou depressa, e ouvi o som abafado de seu choro enquanto se afastava noite adentro.

Momentos depois, o tecido sobre a porta foi afastado, e o homem da cor do deserto entrou no quarto. Fiquei paralisada, com os olhos arregalados e as mãos unidas à minha frente.

Ele franziu a testa e deixou a cortina voltar ao lugar, olhando para trás uma vez e depois se aproximando de mim devagar.

— Seu nome é Karys? — Sua pronúncia era estranha, mas ele falava em inglês, uma língua que eu conhecia quase tão bem quanto a minha língua nativa. Ele era mais velho do que eu e Zakai, mas não tão velho quanto Haziq.

— S-sim — respondi.

Ele estendeu o braço.

— Sou Cody Rutland.

Fiquei olhando para sua mão, sem saber o que ele esperava que eu fizesse, lembrando-me do gesto que às vezes via Haziq fazer. Estendi a mão, segurando a palma dele.

— Cody Rutland — repeti.

— Você está tremendo, Karys. Por favor, não tenha medo de mim. Estou aqui para ajudar.

Para ajudar? O que isso significava? Do lado de fora, os gritos estrondosos de Zakai recomeçaram e me contorci ao ouvi-lo chamar o meu nome, os sons pesados das correntes sendo levantadas e batendo contra a pedra. Ele soava como o vento de inverno, como se sozinho pudesse derrubar o nosso pequeno mundo, tijolo por tijolo, com sua ira furiosa.

O homem, Cody Rutland, virou a cabeça, olhando na direção de onde vinham os gritos de Zakai. Eu o encarei, a angústia certamente evidente no meu rosto enquanto ouvíamos os sons de uma luta, de um estalo alto, e então os gritos de Zakai não sendo mais ouvidos. Soltei um gemido sufocado que não consegui conter, e Cody deu passos na minha direção.

— Karys, estou aqui para ajudar — ele repetiu.

— Ajudar, como? — perguntei, ofegante.

Ele acenou para a cama de almofadas.

— Por favor. Sente-se.

Engoli em seco, hesitante, mas obedeci. O que mais eu poderia fazer? Lutar contra ele? Para quê? Ele tinha duas vezes o meu tamanho, e os guarda-costas de Haziq não estavam longe. Por favor, seja o que Tal disse que você era. Por favor, seja gentil.

Mas se ele é gentil, por que está aqui? Os clientes de Sundara não eram conhecidos por sua bondade.

Cody Rutland fez uma pausa, parecendo lutar com as palavras em sua língua. Gemidos distantes chamaram a minha atenção e eu ofeguei quando Zakai começou a gritar de novo, embora com menos vigor do que antes. Ainda assim, meu coração subiu à garganta e um suspiro de alívio escapou dos meus lábios. Ele estava vivo. Os sons de correntes chacoalhando e de uma surra vieram momentos depois, seguidos de novo pelo silêncio, o descanso de seus gritos tanto um conforto quanto um horror.

— Ele é um lutador, não é? — Cody Rutland murmurou enquanto se sentava ao meu lado.

— S-sim — eu disse, observando-o. Meus pensamentos giravam. *Zakai disse para me libertar e encontrá-lo no deserto. Zakai é forte, mas tiraram sua força. Como ele vai me encontrar agora? Esse homem vai me machucar? Vai me tocar como Zakai me toca?* Um enjoo subiu à minha garganta e passei os braços ao redor de mim mesma.

O homem suspirou, pegando uma uva de um prato ao lado da cama.

— Karys, você sabe o que significa tráfico sexual?

Tentei me concentrar em suas palavras enquanto um calafrio de medo percorria o meu corpo. Tráfico sexual. Neguei com a cabeça.

Ele colocou uma uva na boca e mastigou.

— Significa que o que está acontecendo aqui é ilegal e que Haziq Hadid é um criminoso. Você é uma vítima dos crimes dele.

Eu o encarei. Eu não tinha conhecimento dessas palavras.

Cody Rutland me encarou por um momento e então soltou um suspiro.

— Você vai ter que confiar em mim, Karys. Outros estão vindo para ajudar. Estão a caminho, mas vai demorar um pouco. Isso tem que ser feito direito. Pode durar horas.

— Horas — eu disse. Agora, eu conhecia as horas. Uma medida de tempo. Havia vinte e quatro horas em um dia, e as doze restantes deste se estendiam diante de mim como uma sombra iminente enquanto o sol desaparecia.

— O que você vai fazer comigo? — perguntei timidamente.

— Eu não vou fazer nada com você, mas vou precisar emitir alguns sons, se vamos convencer os homens armados lá fora de que as coisas estão indo como eles esperam. — Ele observou o meu olhar confuso por um momento e então continuou: — Também é importante que eu seja convincente se for para o seu... amigo lá fora permanecer vivo e intacto. Eles *querem* que ele sofra, e a nossa encenação vai mantê-lo seguro.

Engoli em seco, assentindo, a esperança florescendo no meu peito. Ele não vai me tocar? Ele não vai me machucar?

— Mantenha-o seguro — pedi. Eu faria qualquer coisa por isso. Venderia a minha alma por Zakai se me pedissem.

Cody Rutland assentiu uma vez e então emitiu um som de gemido que me fez piscar e desviar o olhar, o calor invadindo a minha pele. Parecia que eu estava dando prazer a ele e, ainda assim, ele estava do outro lado do quarto.

Do lado de fora, as correntes de Zakai começaram a chacoalhar violentamente e seus gritos recomeçaram. Ouvi as risadas dos homens de Haziq em algum lugar próximo. Estreitei os olhos, meu peito se apertando.

Eles querem que ele sofra, e a nossa encenação vai mantê-lo seguro. Cody Rutland estava fazendo sons como se estivéssemos transando para que os guardas continuassem a desfrutar da dor de Zakai. Enquanto eles se divertissem, a vida de Zakai seria poupada. Soltei um grito de dor. Zakai urrou e rugiu, e os guardas deram risadas estridentes.

Continuou assim por um tempo que pareceu uma eternidade, meu coração chorando dentro de mim, minha alma entorpecida, meu único alívio vindo depois que Zakai se tornou tão indomável que os guardas puderam ser ouvidos batendo nele mais uma vez. Então o silêncio caiu sobre nós e, mais tarde, os abençoados lamentos que me diziam que ele ainda estava vivo. Ainda lutando. Mas por quanto tempo? Ninguém poderia sobreviver a esse tipo de espancamento contínuo, poderia? E se ele morresse, eu morreria. Uma estrela não poderia viver sendo apenas uma metade. Sua luz desvaneceria até o nada e piscaria uma última vez na escuridão.

Cody Rutland se cansou, finalmente sentando-se nas almofadas perto da porta. Eu também me sentei, e embora meus olhos estivessem tão pesados que eu mal conseguia mantê-los abertos, me recusei a dormir. Se Zakai ainda estava lutando, eu também lutaria... da única maneira que eu podia.

Fique viva. Mantenha-o seguro.

E, ainda assim, eu sabia que, embora seu corpo pudesse ser poupado, aquela noite estava matando sua alma.

Uma sombra se moveu atrás da cortina e eu inspirei, assustada. Cody

Rutland e eu nos levantamos ao mesmo tempo. Cody alcançou algo atrás de suas calças, mas antes que ele pudesse pegar, um vaso pesado desceu sobre sua cabeça e ele desabou no chão.

Zakai estava atrás dele, seu rosto desfigurado, mas com fogo brilhando nas profundezas de seu olhar em chamas. Meu coração disparou e soltei um grito estrangulado enquanto cobria a boca com as mãos.

Seus olhos selvagens me examinaram uma vez, e depois de novo, e aparentemente satisfeito com minha condição, por enquanto, ele se abaixou, pegando o pedaço afiado do vaso quebrado e levantando a mão sobre a garganta de Cody Rutland.

— Não! — sussurrei com veemência, correndo até Zakai e agarrando seu braço antes que ele pudesse começar a baixá-lo. — Ele nunca me tocou! — eu disse, o mais alto que pude.

Todo o corpo de Zakai estava tremendo, e ele emitia um som gutural e baixo no fundo de sua garganta. Ele tentou me afastar, mas não o deixei, agarrando-me ao seu corpo para que ele não atacasse o homem desacordado no chão.

— Ele fingiu — insisti. — Ele nunca me tocou.

Zakai balançou a cabeça uma vez, como se lutasse para se controlar, mas largou o pedaço de cerâmica, pegando minha mão ao invés disso.

— Vem — chamou ele, me puxando em direção à porta.

Quando nos abaixamos e passamos sob a cortina, ele pressionou as costas contra a parede e indicou que eu fizesse o mesmo, colocando o dedo em riste sobre os lábios cobertos de sangue. Eu o segui pelo corredor, com a respiração presa na garganta e o coração batendo forte pelo medo. Pensei em Cody Rutland, caído e ferido no chão, e a confusão me dominou. Ele não tinha machucado a mim nem a Zakai. Ele disse que outros estavam vindo. Mas quem? Quem estava vindo? Os soldados? Homens como os que Doren descrevera? Aqueles que haviam matado sua família e o deixaram para morrer?

Apertei a mão de Zakai com mais força. Eu não sabia se podia confiar em Cody Rutland, mas confiava em Zakai. Eu confiava nele com toda a minha alma. Enquanto passávamos pelos guardas e pelas garrafas vazias ao lado deles, seus roncos pesados ecoando na noite silenciosa, notei as correntes no chão, a rocha esfarelada onde grandes ganchos haviam sido fixados. Zakai literalmente moveu a terra para responder aos meus gritos.

Corremos silenciosamente pelas escadas, fugindo para o deserto o mais rápido que Zakai podia se mover com um corpo espancado e maltratado, correndo em direção ao avião. Uma luz brilhante de repente iluminou o céu, o som zumbindo de mil pássaros se movendo acima de nós e eu gritei, baixando a cabeça, sem entender o que poderia ser, nem a natureza súbita de sua chegada. Parecia o avião, só que diferente, e quando levantei a cabeça, vi o que pareciam ser homens descendo em cordas.

— Por aqui! — disse Zakai, me puxando enquanto mudava de direção, correndo pela areia macia, indiferente ao que poderia estar sob os nossos pés, focado apenas na luz estranha acima de nossas cabeças e nas figuras que iam descendo. No entanto, embora corrêssemos o mais rápido que podíamos, a luz nos seguiu sem esforço, e os homens desceram mesmo em movimento.

Eles estavam bem acima de nós, e quando ousei olhar para cima, um deles estava perto o suficiente para que eu visse os óculos redondos e escuros em seus olhos e a barba em seu queixo. Ele estendeu a mão para mim, e Zakai gritou, puxando-me para o chão e deitando-se sobre mim, me protegendo com seu corpo ferido.

Quando o homem caiu na areia e Zakai se levantou para lutar, o homem ergueu o braço, e um pequeno raio de luz saiu de sua mão. Zakai emitiu um som estrangulado de dor, seu corpo endurecendo enquanto caía no chão. Meu grito horrorizado rasgou a noite.

Capítulo Nove

As luzes eram brilhantes e a sala era fria. Todas as coisas eram beges. Tudo era estranho. Os cheiros e os sons, o chão e as janelas e os móveis dispersos que compartilhavam o mesmo espaço. Eu estava encolhida em uma cadeira dura perto da janela, o cobertor cinza áspero ainda enrolado em mim, meus pensamentos voando em todas as direções, o medo pesando no meu peito. *Onde estou? Eles vão me machucar?* Levei um susto quando a porta se abriu de repente. Eu me endireitei enquanto Cody Rutland entrava.

— Zakai — sussurrei, com a voz trêmula. *Onde está Zakai?*

Ele deu um pequeno sorriso, colocando uma pilha de papel na mesa localizada no meio da sala.

— Ele está bem. Está no hospital.

— O homem, ele o atingiu com um raio.

— Deu um *choque* nele. No entanto, depois do espancamento que Zakai sofreu, o choque o deixou temporariamente inconsciente. O homem fez isso só para que pudesse levar vocês dois no helicóptero. — Ele suspirou, passando a mão pelos cabelos cor de areia. — Zakai é um lutador, eu reconheço. E tenho conhecimento do assunto. — Ele fez uma pausa. — Prometi a Zakai que te levaria até ele assim que os médicos terminassem de cuidar dele, mesmo que ele tenha me acertado com um vaso. — Cody esfregou a parte de trás da cabeça, fazendo uma careta. — Tenho certeza de que nunca vou parar de ouvir gracinhas sobre isso — murmurou.

Minha garganta parecia obstruída. Não sabia se devia confiar nesse homem, nesse Cody Rutland, mas ele não me machucou quando teve a chance, e se o que ele estava dizendo era verdade, não havia machucado Zakai.

— Posso ir até ele agora? — pedi.

— Em breve. Preciso falar com você primeiro. Pode sentar comigo? — ele perguntou, indicando a mesa onde se encontravam mais duas cadeiras beges, duras e pouco acolhedoras.

Assenti, engolindo o nó. Quando me juntei a ele, Cody entrelaçou os dedos sobre a mesa e me observou por um momento, como tinha feito na tenda.

— Karys, você entende que o que estava acontecendo em Sundara era errado?

Pisquei, umedecendo os lábios.

— Eu... Eu acho que sim. Haziq não é um homem bom. Ele usa a crueldade e a intimidação para nos fazer obedecer. Mas... todos nós estamos em dívida com ele. Estamos pagando a dívida e trabalhando para ele. Os homens dão dinheiro a Haziq para assistir as nossas apresentações. É assim que comemos e vivemos.

— Não, Karys. Você não deve nada a Haziq. Ninguém deve. Haziq usa ameaças e subornos para levar seus prisioneiros até lá, e depois os usa de maneiras ilegais para enriquecer. É um crime muito sério.

— Não lhe devemos nenhum dinheiro? — sussurrei.

Algo afiado começou a me perfurar por dentro, mas não entendi completamente o que era. Tudo o que sabia era que eu queria gritar, gritar e fazer com que ele parasse de dizer tantas palavras que me confundiam.

— Estou com o governo dos Estados Unidos e nós resgatamos pessoas vivendo em situações como a sua, a de Zakai e a dos outros em Sundara.

— Estados Unidos? — perguntei.

Ele me olhou. Angústia adentrou sua expressão, e seus lábios se tornaram uma linha fina.

— Você... frequentou a escola, Karys?

— Não, mas sei letras e números, e sei como medir a água e contar os dias do ano.

Ele abriu um sorriso preocupado.

— Fui ensinada por Ahmad — adicionei.

— Quem é Ahmad?

Abaixei os olhos, inundada por uma onda de tristeza. Quanto eu daria para ter Ahmad ali comigo, para segurar a minha mão e me olhar daquele jeito sábio e gentil.

— Ahmad era o nosso professor e nosso amigo. Ele se enforcou do outro lado do muro.

— Sinto muito por isso, Karys. Se depender de mim, Haziq passará o resto da vida na prisão por seus crimes.

Prisão. Uma gaiola com grades. Encontrei seus olhos, aqueles olhos azuis como o oceano da minha imaginação, que eu nunca tinha visto.

— E o que vai acontecer com o resto de nós? — perguntei. Como sobreviveríamos sem Haziq?

Cody Rutland se recostou na cadeira.

— Isso é algo sobre o qual vamos falar mais tarde. Primeiro, preciso saber se você tem alguma lembrança antes de Sundara.

Antes de Sundara.

— Eu... eu me lembro das venezianas verdes e... de uma mulher. Eu me lembro do sorriso dela.

Ele tirou uma caneta do bolso e escreveu algo no papel à sua frente.

— Você sabe quantos anos tinha nessa memória?

Pensei nisso, mas não tinha ideia. Seis? Talvez sete? Quando as memórias começam? Balancei a cabeça.

— E Zakai? Você sabe se ele se lembra de algo antes de Sundara? — indagou.

— Zakai se lembra de estar com fome e dormir próximo às soleiras das portas, no frio. Ele se lembra de estar com os pés descalços e a cabeça coçando.

O rosto de Cody Rutland se tornou pensativo enquanto ele se concentrava no papel, escrevendo algo mais.

— Entendo. Mais alguma coisa? Sobrenomes?

Sobrenomes. Segundos nomes. Eu sabia que alguns em Sundara tinham, mas não eram necessários. Balancei a cabeça.

— Isso é tudo o que lembramos antes de sermos resgatados e levados para Sundara.

— Resgatados. — Ele me olhou. — Foi isso o que Haziq disse?

Assenti. Ele inclinou a cabeça, me observando de novo, até o meu coração acelerar e eu não conseguir mais encarar os seus olhos.

— Talvez eu não devesse ter dito que estava em Sundara para resgatar você — murmurou. — Isso não te ajudou a confiar em mim, não é?

Olhei para ele novamente. *Não.*

— Eu... eu não sei.

Cody Rutland batucou o papel à sua frente por um momento. Ele sorriu, mas pareceu forçado.

— Que tal visitarmos Zakai?

Respirei fundo e me levantei, deixando o cobertor cair de mim.

Segui Cody Rutland para fora da sala, em direção às luzes mais brilhantes e outras paredes beges. Muitos homens e mulheres passaram por nós, seus olhos arregalados e curiosos, suas roupas como as daqueles que assistiam. Esse era o lugar de onde aqueles homens vinham. Ali era Forastan. O lugar forasteiro. Me aproximei de Cody Rutland enquanto caminhávamos, não confiando totalmente nele, mas sem muitas opções à vista. Ele dissera que estava me levando a Zakai, e era a única coisa à qual eu podia me agarrar.

— Vamos entrar em um carro quando sairmos do prédio. Você já esteve em um carro antes?

— Não, mas Ahmad me contou sobre eles. São como aviões quando pousam e deslizam pelo chão.

Cody sorriu enquanto empurrava uma porta pesada, me levando para fora, para o ar quente da noite. Havia mais luzes lá fora, uma centena de luas brilhando de janelas e postes altos, algumas se movendo e outras paradas. Meus olhos saltaram, tentando absorver tudo, admiração e confusão dominando a minha mente. Cheirava engraçado do lado fora, como o vento quando o avião se afastava.

Cody abriu a porta do carro e eu entrei. Meus dedos foram passando pelo material estranho do assento, meu olhar se movendo de uma coisa para outra, itens que eu não sabia o nome e não entendia.

Andar de carro era como o helicóptero, só que menos emocionante. Ele ficava preso ao chão e se movia mais devagar, entre outros carros com suas luzes brilhantes na frente e atrás, e nas nossas laterais, se movendo para a frente e para trás. Inclinei-me em direção à janela, olhando os prédios passarem voando por nós, algumas pessoas caminhando. Virei a cabeça para observá-las. Não pareciam perigosas. Não pareciam soldados, criminosos ou inimigos. Tudo ali era rápido e brilhante, e confuso demais para compreender.

— Estamos quase chegando? — Parei de respirar.

— Sim, Karys — Cody respondeu. Ele me deu um aceno encorajador. Soltei um suspiro, curvando os ombros ligeiramente. — Você está indo muito bem. Eu sei que é muita coisa. — Ele parou o carro em outro estacionamento, e então estávamos caminhando de novo, entrando em um prédio menos iluminado, pessoas de branco indicando a Cody Rutland para onde ir quando ele perguntou.

Entramos em uma sala escura, cheia de sons esquisitos e mais móveis que eu nunca tinha visto antes. Um choro silencioso subiu pela minha garganta e explodiu quando vi Zakai deitado na cama alta. Tremendo de repente, corri até ele, segurando sua mão na minha e colocando a cabeça em seu peito. As lágrimas que eu tinha segurado enfim caíram em liberdade.

— Karys — ele sussurrou, e quando levantei a cabeça, seus olhos estavam abertos. — Karys, Karys. — Ergueu a mão tão trêmula quanto a minha, passando a palma enfaixada sobre meu cabelo, minha bochecha, capturando minha lágrima com a ponta do dedo exposto. — Minha estrelinha — disse ele, sua voz um mero sussurro. — Eles te machucaram?

Neguei com a cabeça, virando o rosto para beijar suas ataduras brancas e sentindo meu coração se alegrar.

— Não, Zakai — falei, baixinho, para que só ele pudesse ouvir. — Eles disseram que vieram para nos salvar.

Capítulo Dez

Levou oito dias para Zakai poder sair do hospital, seu corpo ainda se movendo devagar e com cuidado, enquanto lidava com as costelas quebradas e os pulsos fraturados. Seu rosto parecia melhor do que antes, embora os hematomas permanecessem amarelos e manchados, seus traços ainda inchados, fileiras escuras de pontos suturando seus cortes.

Tudo parecia excessivamente grande e ofuscantemente brilhante. Eu queria questionar cada coisa, entender e encontrar uma maneira de parar de temer cada passo que eu dava, mas era demais, e tudo muito avassalador de uma só vez. Na maior parte do tempo, eu ficava aconchegada a Zakai em sua cama no hospital, o ritmo constante de seu coração servindo como a própria linha da minha vida.

Desde que eu estivesse ao lado dele, segura em seu abraço, ele dormia. Mas, fora isso, ele parecia tenso. Seus olhos iam saltando de uma coisa à outra, um milhão de emoções cruzando sua expressão bruta, mais rápido do que eu poderia começar a categorizar.

— O que é este lugar? — perguntei.

Ele acariciou meu cabelo, colando os lábios na minha testa por um momento.

— É um lar, porque você está aqui.

Isso era suficiente. Por enquanto, era suficiente. Mas, antes de adormecer, ouvi Zakai murmurar:

— Não posso te proteger aqui, estrelinha. Sinto muito. — Mas ele *estava* me protegendo. Eu estava segura em seus braços.

Cody Rutland veio nos visitar, fazendo mais perguntas sobre Sundara, nos contando que os nossos outros familiares também estavam seguros e pedindo para descrevermos aqueles que nos observavam.

— Escrevi alguns dos nomes deles no meu caderno — lembrei.

Cody Rutland ergueu o olhar.

— Seu caderno?

— Estava debaixo do meu colchão. Tem uma capa amarela. Todas as minhas histórias estão nele também. — Encontrei os olhos de Cody Rutland. — Gostaria de ficar com as minhas histórias — eu disse. Aqueles relatos escritos eram o meu lembrete tangível da vida que, de repente, parecia tão distante, a qual eu tanto ansiava quanto desprezava.

— Nós confiscamos... *pegamos...* a maior parte do que estava em Sundara — ele contou. — Vou tentar recuperar as suas histórias para você, Karys.

Assenti, oferecendo-lhe o único sorriso que conseguia.

Ele saiu depressa depois disso, e Zakai e eu nos abraçamos de novo, o amor e a devoção que eu sentia por ele sendo a única coisa que me prendia a esse novo e diferente mundo. Sem seu amor, eu flutuaria para longe, sugada para as nuvens de onde nunca poderia retornar, mesmo que escolhesse.

Zakai e eu deixamos o hospital numa manhã chuvosa, voltando para o novo e confuso mundo, e acabamos novamente no prédio bege com todas as paredes beges e móveis beges que agora eu sabia ser chamado de Embaixada dos Estados Unidos. Por dentro era bege e por fora era cinza esse novo mundo sem cor no qual nos encontrávamos. Cody Rutland sorriu quando nos viu, com seus dentes brancos e alinhados, e nos guiou até uma sala que parecia semelhante àquela em que eu estivera pela primeira vez depois de voar de helicóptero.

— Gostaria de poder oferecer algo um pouco mais confortável para sentar — disse ele, sorrindo. — Mas posso oferecer uma bebida se estiverem com sede?

Zakai e eu negamos com a cabeça. Tínhamos bebido água de pequenos copos brancos antes de sair do hospital. Água, aprendi, não só corria por canos, mas também vinha em jarros transparentes e garrafas com tampas que você tinha que girar para abrir. E quando terminava de beber daquela garrafa, a gente a jogava no lixo para nunca mais ser usada. Perguntei-me de onde vinham essas garrafas e quem as fazia, mas as questões pareciam confusas e sem resposta, então as deixei de lado e foquei nas coisas que eu sabia.

— Onde está Tal? — perguntei. — Liri? Aranha? Todos os outros?

— Muitos deles estão se reunindo com os membros de suas famílias — Cody contou. — Estão hospedados por perto por enquanto. Posso levar um recado seu para eles, se quiser.

Suas famílias. Eu tinha sido a família deles. Eu e Zakai.

Assenti.

— Eu adoraria — pedi.

— Ok, ótimo. — Ele olhou para nós dois. — Tenho notícias para vocês e acho que ficarão felizes em ouvir.

Olhei para Zakai, pegando sua mão sob a mesa.

— Haziq Hadid está na prisão, onde ficará até o julgamento. Ou ficará deitado, seja como for. Ele teve que amputar a maior parte inferior da perna. Aparentemente, sofreu a picada de uma cobra venenosa.

— Que pena — falou Zakai, suavemente.

Os olhos de Cody Rutland permaneceram nele por um momento, avaliando.

— De qualquer forma, não espero que ele veja a luz do dia de novo.

Algo se soltou de dentro de mim, fazendo os meus ombros abaixarem.

— Ele não pode machucar mais ninguém? — questionei.

— Não — garantiu Cody Rutland —, nunca mais. — Ele fez uma pausa e eu apertei a mão de Zakai. — Vocês têm entendimento de como funcionava Sundara? Como operavam? Quero dizer, vocês sabiam do que se tratava? — Ele soltou um suspiro. — Não tenho certeza de como formular essa pergunta.

— Nós éramos vítimas dos crimes de Haziq — repeti o que ele me contou. Eu tinha pensado sobre isso no hospital. Tinha pensado no que isso significava. Toda a minha vida tive alguma noção de que, embora talvez Haziq estivesse nos usando, ele também estava nos ajudando, e uma parte de mim tinha sido grata a ele. Mas agora... Olhei ao redor para o mundo, para as pessoas caminhando casualmente nas ruas e os corredores do prédio em que agora estava sentada. Eles não estavam famintos ou sofrendo. Pareciam felizes e saudáveis, despreocupados com as coisas que eu tinha aprendido a temer longe de Sundara. Será que era por isso que Zakai estava tão irritado? Ele via esse lugar como uma vida melhor que poderíamos ter tido se Haziq nos deixasse partir?

Ou se tivéssemos reunido força de vontade e descoberto uma maneira de viajar por conta própria... atravessando o deserto que antes eu achava tão vasto e perigoso, mas agora me perguntava se...

— Sim, vocês eram vítimas dos crimes de Haziq... e de suas mentiras.

Ao meu lado, Zakai enrijeceu. Olhei para ele e depois desviei o olhar.

— Muitas das pessoas que vieram morar e trabalhar em Sundara me contaram histórias de como sofreram — falei, e minha voz soou pequena e fraca. Eu me *sentia* pequena. Eu me sentia fraca.

— Eles não estavam mentindo, Karys. Esta região tem um longo histórico de confrontos violentos, bombardeios e operações militares. É muito provável que muitas das pessoas que você conheceu em Sundara tenham sido vítimas que foram presas no meio desses conflitos turbulentos. — Ele lançou um olhar entre mim e Zakai. — Haziq Hadid se aproveitou das consequências dessas regiões, especialmente no que diz respeito às pessoas que ele poderia usar para o seu... espetáculo. — Ele fez uma pausa, mas continuou: — Ele usava olheiros para dar informações sobre a localização de indivíduos que poderiam interessá-lo para levá-los a Sundara, pessoas adequadas para os apresentações que ele criava.

— Aqueles que são diferentes — Zakai murmurou, seu corpo ainda imóvel e ereto, seu maxilar rígido mesmo sob o inchaço.

— Sim. Você está bem ciente das... aflições que as pessoas levadas para Sundara sofriam, ou de como eram diferentes. São pessoas facilmente vitimizadas, em especial nesta parte do mundo. — Ele olhou para trás de nós, pela janela com vista para os tijolos de outro prédio bege e nada mais. Até o céu cinzento estava coberto. — É mais difícil ser diferente em algumas sociedades, mas... isso é um tópico para outro dia. Basta dizer que Haziq Hadid se aproveitou desse fato e o usou para seu próprio ganho financeiro.

Meu cérebro zumbia. Eu estava absorvendo o que Cody Rutland estava dizendo, mas tinha dificuldade em organizar minha mente em algo que fizesse sentido. Mas quando vi a raiva fervilhando na expressão de Zakai, soube que ele entendia mais do que eu, e isso o estava deixando intensamente irritado e praticamente mudo.

Cody Rutland entrelaçou os dedos sobre a mesa.

— Pelo que pudemos determinar, os métodos de Haziq para obrigar as pessoas a trabalharem em Sundara variavam desde oferecer um fim a uma situação desesperadora ou, em alguns casos, situações de vida ou morte, a até a ele mesmo criar uma situação dessas e depois intervir como se fosse ajudar. Em alguns casos raros, ele parecia ter forçado as pessoas a trabalharem para ele, mas são a exceção, não a regra. Tive a impressão de que os indivíduos que ele forçava eram os mais propensos a causar problemas entre os outros e não valiam o esforço.

— E nós? — Zakai exigiu. — Não fomos enganados ou coagidos.

Cody Rutland recostou-se, tamborilando os dedos na borda da mesa por um momento.

— Você e Karys são um caso à parte, pelo fato de terem sido levados para Sundara quando crianças. Ainda estamos investigando a situação de vocês, mas tenho informações sobre a origem de Karys.

O aperto de Zakai na minha mão se intensificou enquanto eu me inclinava para a frente.

— De onde eu vim? — murmurei.

— As venezianas verdes — disse Cody Rutland de um jeito suave, seus olhos encontrando os meus. Ele abriu uma pasta sobre a mesa à sua frente e eu suspirei, levando a mão à boca, em choque. Cody Rutland virou a foto que tinha para mim, e eu abaixei a mão, de boca aberta, encarando-a com os olhos arregalados. Eu conhecia aquele lugar, porque vivia dentro das minhas memórias.

— Onde é? — perguntei.

— Não muito longe daqui. É um orfanato. Você viveu lá quando era criança. A mulher que cuidava de você faleceu há vários anos, mas a filha dela agora dirige o lugar e, felizmente, a mãe manteve os registros meticulosos.

— Quem é ela? — Zakai questionou suavemente, e eu ouvi o eco distante da tristeza em seu tom. *Ela*. Ele se referia a mim.

— Não importa — eu disse rapidamente. — Eu sou apenas a Karys, a outra metade de...

— Quem é ela? — Zakai repetiu, mais enfático desta vez.

Cody Rutland apertou os lábios, seus olhos se movendo entre nós, um véu de tristeza ofuscando os seus olhos.

— Ela é a filha de uma garota local da mesma cidade onde o orfanato fica e de um soldado dos EUA que serviu na região há dezessete anos e foi morto em serviço. Infelizmente, sua mãe morreu ao dar à luz e a família dela não podia arcar com seu sustento.

Cody puxou outra foto e eu suspirei quando ele a estendeu para mim.

— É ela — sussurrei, olhando para a mulher com um sorriso como um raio de sol. Fechei os olhos e soltei um longo suspiro, meus pensamentos agitados como os batimentos ruidosos de centenas de pássaros levantando voo. — Ela está morta. Meus pais também estão mortos — eu disse, após um momento, e minha voz soou distante. A súbita esperança que havia pulado no meu peito agora desaparecia como os pássaros voando para longe no grande além.

— Sim — confirmou. — Seus pais estão mortos. Mas seu pai tinha um irmão. Ele mora na cidade de Nova York e gostaria muito que você fosse morar com ele.

Pisquei.

— Cidade de Nova York?

— Ela não conhece os mapas — falou Zakai, em voz baixa, virando a cabeça pela primeira vez e olhando para mim. — Sinto muito por isso. Sinto muito. Garanti que Ahmad não a ensinasse. Ele discutiu. Ele teria te ensinado em dado momento, apesar da minha insistência, só que...

— Só que... — sussurrei. *Só* que Ahmad se enforcou em Sundara.

— Tudo bem — garantiu Cody, me tirando da lembrança que ainda causava uma dor insuportável no meu coração. — Temos um globo por aqui em algum lugar. De qualquer forma, Nova York fica a mais de oito mil quilômetros daqui. É do outro lado do oceano.

Fiquei encarando-o. Eu conhecia os quilômetros. Ahmad tinha me ensinado. Quilômetros eram uma medida de distância. Franzi a testa, pensando que devia estar lembrando errado das minhas lições. Como algo podia ser tão distante? E do outro lado do oceano? Havia lugares do outro lado do oceano? Como isso era possível? Eu não entendia. Senti como se a sala estivesse girando e agarrei Zakai para não cair da cadeira. Senti sua pele, quente e familiar.

— E Zakai? — perguntei, o medo como um vento frio chicoteando em minhas veias.

— Infelizmente, não conseguimos determinar de onde Zakai veio e Haziq diz que não se lembra. Provavelmente é mentira, mas sem as informações sobre ele, estamos em um beco sem saída. — Ele olhou para Zakai, que desviou o olhar. — Você disse que se lembra de estar com fome e viver nas ruas. Temos que presumir que Haziq o acolheu, mas por qual motivo, não sabemos. Talvez planejasse vendê-lo para alguém, mas nunca o fez... não temos confirmação disso: é apenas uma especulação. — Cody Rutland soltou um longo suspiro. — Como vítima de tráfico, há lugares aqui que o ajudarão a se estabelecer, aprender uma habilidade, tornar-se...

— *Aqui?* — indaguei. Eu nem sabia onde era *"aqui"*, mas isso não fazia diferença. — Zakai aqui e eu nesse lugar chamado Nova York? — Terror e desespero arranharam a minha pele por dentro. — Não!

— Karys — disse Zakai de um jeito suave.

— Não! — falei mais alto. — Eu não vou! — Puxei a cadeira para mais perto de Zakai, as pernas rangendo no chão. Passei o braço pelo dele e juntei as nossas mãos, recusando-me a soltar. — Eu *não* vou para Nova York ou qualquer lugar sem Zakai! Não viajarei oito mil quilômetros ou oito metros!

— Karys, eu entendo — tentou Cody Rutland. — Mas seu tio...

— Diga a esse tio que não! Eu não quero ele ou Nova York. Não vou atravessar nenhum oceano se isso me separar de Zakai!

Cody Rutland me encarou por vários instantes, seus lábios formando uma linha fina de novo. Ele suspirou.

— Vou falar com ele e ver o que seu tio diz — comentou Cody.

Soltei um suspiro. Meus membros estavam trêmulos. Não importava o que ele dissesse. Eu não iria. *Eu não iria*. Apertei mais forte a mão de Zakai.

Zakai colocou a mão no meu braço, envolvendo os seus dedos ao redor dele.

— É possível... — Zakai começou, mas então parou, apertando os lábios.

— Sim? — perguntou Cody Rutland.

Zakai olhou para mim, seu olhar tão triste que partiu meu coração.

— É possível que esse soldado dos EUA fosse...

— Também seu pai? — perguntou Cody Rutland, muito gentilmente.

Encarei Zakai. Ele não confirmou a pergunta de Cody Rutland, mas a expressão sombria em seus olhos me disse tudo o que eu precisava saber.

Cody Rutland soltou um suspiro.

— Não há indicação disso, Zakai. No entanto, há testes que podem ser feitos, se você quiser.

Zakai olhou para mim e depois desviou a atenção.

— Acredito que sou mais velho que Karys. Eu tenho... mais memórias de... do tempo antes de Sundara.

O tempo antes de Sundara. Franzi a testa. Ele nunca tinha me contado sobre ter mais memórias, apenas sobre a sarjeta, a fome e o frio. Meu coração se apertou e me senti de repente perdida, embora a minha localização não tivesse mudado. Eu ainda estava sentada ao lado de Zakai, meu braço firmemente entrelaçado ao dele. Mas algo que eu não conseguia identificar o estava afastando, e eu não sabia onde ou como segurá-lo para fazê-lo ficar.

— O pai da Karys serviu por três anos aqui, eu acredito. Mas, enfim, um teste pode confirmar ou negar uma relação de sangue. — Os olhos de Cody Rutland pareceram preocupados enquanto ele olhava entre nós dois. Ele conhecia a natureza do nosso relacionamento. Tinha visto de perto e pessoalmente. Após um momento de silêncio, Cody Rutland pegou a pasta e se levantou. — Vou fazer algumas ligações e depois trazer almoço para vocês dois. Ah, e um globo. Fiquem aqui e eu volto o mais rápido possível.

Ele se virou e saiu da sala e só então eu soltei Zakai.

— Karys — ele disse, a voz baixa. — Há uma vida esperando por você em Nova York.

Pisquei para ele, meu sangue esfriando vários graus, a sensação de estar perdida se expandindo dentro de mim.

— Minha vida é com você.

Ele colocou a mão na minha bochecha e encostou a testa na minha.

— Eu sei. E a minha vida é com você. Mas... há mais... lá fora. Eu deveria ter te contado. — Ele suspirou.

— Deveria ter me contado o quê?

— Como o mundo é grande, Karys.

Meus olhos procuraram os dele. Era ruim o mundo ser grande? Ele parecia tão triste, tão incrivelmente desolado. Sim, o mundo sempre pareceu um lugar assustador além das fronteiras de Sundara, e era verdade que eu nunca tinha ponderado sobre seu tamanho. Eu nunca tinha pensado em lugares além dos oceanos e coisas chamadas globos. Mas... se o mundo — o lugar que Bertha uma vez chamara de Forastan, porém agora eu sabia que era apenas um nome inventado — era muito, muito maior do que eu imaginava, talvez isso significasse que nem tudo era fome e sofrimento, dor e conflito.

Algo afundou dentro de mim. Algo que eu estava com muito medo de nomear. Algo escuro e feio.

Beijei-o com urgência, de repente desesperada pela familiaridade de sua boca, seu gosto, sua carne em mim, me consumindo para que eu não pudesse mais *pensar*.

Mas Zakai se afastou, um estalo molhado soando quando as nossas bocas se separaram, segurando as laterais do meu rosto. Um soluço pequeno escapou da minha garganta, e a expressão abatida de Zakai ficou ainda mais profunda.

— Karys — ele sussurrou. — Vai ficar tudo bem. Eu sonhei muitas coisas para você.

— Sonhou o quê? — exigi. — Você é o meu sonho.

Ele pressionou os lábios na minha testa e senti o calor da sua respiração contra a minha pele. De alguma forma, eu tinha a sensação de que ele estava chorando, embora não houvesse lágrimas.

O súbito som da porta abrindo nos fez separar, enquanto uma mulher de cabelos curtos e escuros colocava a cabeça para dentro da sala.

— Só quero verificar se vocês aceitam água.

Nós dois negamos com a cabeça, mas ela continuou parada ali, seu olhar curioso se movendo entre nós dois como se tentasse memorizar os nossos rostos.

— Tudo bem. Saiam da sala se mudarem de ideia — disse ela.

A mulher encostou a porta, mas esta não ficou completamente fechada e, após um momento, se abriu ligeiramente, criando uma brecha.

Zakai suspirou e pegou a minha mão na dele, beijando os nós dos meus dedos.

— Vamos esperar para ver o que Cody Rutland diz e depois conversamos mais, está bem?

Assenti. De repente me senti exausta, como se pudesse deitar ali mesmo no chão e dormir por dias e dias e dias.

De algum lugar fora da porta, duas vozes masculinas chegaram até nós.

— Rutland encontrou o tio da garota. Acho que ele está disposto a acolhê-la, que Deus o abençoe.

— Não brinca. Quem sabe a quantidade de terapia que essa criança vai precisar. — Meu aperto em Zakai se intensificou enquanto ouvíamos a conversa deles, percebendo que estavam falando sobre nós.

— Caralho — continuou o mesmo homem —, você deveria ter visto o que estava acontecendo lá. Você não poderia inventar nem se tentasse. Era um show de horrores sexuais para malucos que se divertiam vendo o grotesco e o bizarro.

Fiquei congelada ao lado de Zakai, que estava igualmente imóvel.

Grotesco?

Bizarro?

Nós.

— Eu nem sabia que havia mercado para esse tipo de perversão.

— Eu descobri que, quando se trata da sexualidade humana, há mercado para tudo, até para aberrações vagando por um oásis, transando uns com os outros, ou com qualquer um que os queira.

— Jesus. Um caldeirão fervilhando de obscenidades.

A dor apertou meu peito, e um zumbido distante soou nos meus ouvidos. Minha mente trabalhou para acompanhar a conversa sussurrada e todas as palavras que eu não conhecia, mesmo enquanto o meu coração afundava cada vez mais no peito.

O outro homem riu, mas terminou em um gemido de nojo.

— Uma descrição adequada desse lugar nojento chamado Sundara.

Nojento, nós éramos nojentos? Aberrações? Humanos anormais? E eu? E Zakai? Perversões grotescas? Contive um soluço. Será que era verdade que o que parecia amor para mim não passava de uma doença?

De repente, foi como se o meu mundo estivesse desmoronando e eu estivesse sendo arrastada para um buraco, tentando agarrar qualquer coisa familiar que pudesse me salvar, mas encontrando apenas punhados de areia que escorriam entre os meus dedos, deixando-me agarrando o ar.

— Infelizmente, eles têm lugares assim por toda a região — continuou um dos homens —, atendendo a diferentes apetites sexuais, incluindo o obsceno e o horripilante. Para ser justo, se é que ele pode merecer alguma justiça, Haziq Hadid não oferecia crianças.

— Exceto umas às outras.

Uma pausa.

— Sim — confirmou o outro homem, em voz baixa. — Exceto umas às outras.

Não percebi que Zakai tinha soltado minha mão até que meus dedos se fecharam e descobriram que não havia nada mais para segurar.

Capítulo Onze

— O nome do seu tio é Braxton Grant — Cody Rutland me contou, cruzando um tornozelo sobre o joelho enquanto se recostava na cadeira estofada. Seus cabelos cor de areia estavam mais curtos. Já não caíam sobre as orelhas.

Dobrei as pernas embaixo de mim no sofá do quarto de hotel para onde Zakai e eu havíamos sido transferidos enquanto esperávamos por... pelo quê? Pelas respostas que estavam para chegar? Por arranjos que estavam sendo feitos? Por nossas vidas que estavam sendo decididas por pessoas desconhecidas? Não sei. Tudo o que eu sabia era o peso do medo que se assentava na minha barriga, a incerteza e o vazio que me faziam querer dormir o dia todo. Eu parecia um dos besouros que às vezes encontrava no pátio, pensei. O que havia morrido há muito tempo e era apenas uma casca vazia, facilmente levada pela menor brisa.

Eu sentia saudades de Bertha. Sentia falta de Ahmad. Eu sentia saudades do resto da minha família que também havia sido arrancada de mim tão repentinamente, mesmo que não pela morte. Meu único consolo era que ainda tinha Zakai. Mas, por dentro, eu sentia que havia uma distância se formando entre nós, e não sabia se era ele ou eu quem estava se afastando.

Eu tinha escrito alguns bilhetes para a minha família, dizendo que os amava e sentia falta deles, e Cody Rutland prometeu que seriam entregues. Mas eu me perguntava quem poderia ler as minhas palavras, já que não conheciam as letras como eu as conhecia. Pelo menos, meu conhecimento estava aumentando a cada dia, enquanto lia um livro após o outro que Cody Rutland tinha trazido para me ajudar a passar o tempo.

— Então Grant é o sobrenome dela? — Zakai perguntou, entrando na sala, passando uma toalha pelos cabelos ainda molhados do banho. — Grant?

Cody assentiu.

— Os registros do orfanato indicam que Karys é o nome dado a ela pela mãe. E sim, Grant é o sobrenome paterno.

Karys Grant.

Soava estrangeiro. Um nome que eu não reconhecia. Uma garota que eu não sabia quem era e que não tinha ideia de como ser.

— E quanto a Zakai? — perguntei. — Qual será o sobrenome dele?

Cody Rutland fez uma pausa, lançando um olhar para Zakai.

— Por enquanto, ele terá que escolher um. Vamos preparar a documentação com esse nome. Um passaporte, etc. Já resgatamos outros para quem fizemos o mesmo. Nem sempre é possível rastrear a árvore genealógica. Eu gostaria que fosse. Muitas vezes, não encontramos nada. Mas vamos considerar isso como uma página em branco. — Cody Rutland ofereceu o que supus ser um sorriso encorajador.

Uma página em branco. A frase me lembrou de como Ahmad uma vez nos ensinara lições na camada de areia no pátio para depois apagá-las. Mas mesmo com a ampla varredura das folhagens, muitas vezes restavam os grãos na beirada e os pontinhos minúsculos de areia que uma vez tinham feito parte de um todo e agora existiam sozinhos.

— Escolher um? — indagou Zakai. — De onde?

— De qualquer lugar. — Ele acenou para a TV que só tínhamos tentado usar uma vez, e para as revistas na mesa perto da janela. — Posso imprimir alguns nomes norte-americanos e comuns para você também, se quiser.

Norte-americanos.

— Então, meu tio concordou em acolher Zakai também?

— Bem — disse Cody Rutland. — Essa é a próxima coisa que eu queria conversar com vocês. — Ele fez uma pausa. — Seu tio recusou acolher Zakai, *mas*... — Ergueu as mãos. — Consegui que Zakai entrasse em uma casa de acolhimento para homens em Nova York.

— Uma casa de acolhimento para homens? O que é isso? — perguntei.

Zakai estava estranhamente calado.

— É... bem, talvez seja como vocês viviam em Sundara. Um lugar em que se mora com pessoas das quais não temos parentesco, mas de quem nos tornamos amigas. Claro, não haverá ninguém como Haziq Hadid lá. Fica a apenas vinte minutos de metrô do apartamento de Braxton Grant, onde você morará, Karys.

— Eu não concordei com isso — afirmei.

Cody Rutland suspirou, olhando para Zakai.

— Bem, espero que agora concorde, sabendo que Zakai poderá estar muito perto de você.

— Uma casa de acolhimento para homens — repetiu Zakai, cautelosamente.

Cody Rutland assentiu.

— Sim. Eles normalmente abrigam homens que estão se recuperando do vício em drogas ou álcool. Mas também ajudam com reestabelecimento social, educação, habilidades profissionais. Será um lugar estável para você morar enquanto se estabelece — disse Cody. — Eu não mencionei que sou de Nova York. Não estou lá com muita frequência, pois viajo muito por causa do meu trabalho, mas conheço bem a área e é uma das mais seguras. As pessoas que administram a casa de acolhimento vão abrigá-lo e podem te ajudar com sua contínua transição.

Contínua transição. Olhei para Zakai, que ainda esfregava a parte de trás do cabelo, sua expressão distante como se estivesse imaginando esse lar para homens que Cody Rutland acabava de descrever. Zakai finalmente parecia consigo mesmo de novo, o inchaço tinha sumido e apenas vestígios amarelo-pálidos dos hematomas restavam. Seus pontos haviam se dissolvido, deixando apenas linhas cor-de-rosa muito claras, cada vez menos perceptíveis conforme os dias passavam. Confortava-me a familiaridade dos seus traços e o fato de que simplesmente olhar para ele não era mais um lembrete da terrível surra que ele sofrera. O olhar de Zakai encontrou o meu.

— Você irá, Karys? — ele perguntou. — Se eu for com você?

Observei-o por um momento, imaginando o ar sombrio ainda presente em seu olhar. *Nova York.* Do outro lado do oceano. *América.* Do outro lado do globo que Cody Rutland trouxe para mim, o que ficava no cômodo perto da nossa cama. O que fazia a minha garganta apertar e a minha cabeça latejar, o que eu rodava e rodava com a ponta do dedo, o azul e o verde girando tão rápido quanto a minha mente. Ir até um tio que eu nem conhecia e em quem nem confiava. Mas, se não lá, onde?

— Se eu estiver com você — eu disse —, irei para qualquer lugar.

Os lábios de Zakai se inclinaram, mas a expressão sombria permaneceu em seus olhos. Ele virou a cabeça em direção a Cody Rutland.

— Então eu concordo. Com a casa de acolhimento em Nova York. Eu concordo. — Ele olhou para a mesa na minha frente, onde havia uma revista aberta. A imagem de roupas íntimas masculinas, semelhantes às que Cody Rutland tinha trazido para Zakai, podia ser vista na parte de trás. — Klein — ele falou, dando de ombros. — Escolho esse sobrenome.

— Ótimo. — Cody Rutland assentiu, oferecendo um sorriso a Zakai.

Estendi a mão para Zakai, e ele veio sentar-se ao meu lado.

— O que acontece com as pessoas quando morrem neste lugar? — perguntei.

A testa de Cody Rutland franziu.

— Ãhn... geralmente são enterradas em um cemitério.

— Vocês também prenderam os guarda-costas de Haziq? — indaguei.

Ele assentiu, sua expressão ainda confusa.

— Dois deles — disse Cody. — Um foi morto na noite em que resgatamos vocês.

Olhei pela janela, talvez na direção de Sundara, talvez não, eu não tinha senso de direção — se é que já tivera algum.

— Eles jogaram Bertha em algum lugar. Eles podem te dizer onde está o corpo dela. É possível... encontrá-la e dar a ela um enterro adequado? Bertha me falou de sua mãe, que foi enterrada no chão com um *talit*. Bertha deveria receber o mesmo.

Cody Rutland me encarou por vários instantes, parecendo dividido e perturbado, mas finalmente assentiu.

— Se eu conseguir fazer isso acontecer, farei. É tudo o que eu posso prometer, está bem?

— Obrigada, Cody Rutland. E eu também concordo — sussurrei. — Com Nova York. Quando partimos?

Capítulo Doze

Duas semanas depois, Zakai e eu presenciamos uma caixa com os restos mortais de Bertha ser colocada dentro da terra. Cody e os outros homens nos helicópteros haviam encontrado o corpo dela no deserto e trouxeram de volta para nós. Não tinham como localizar o túmulo da mãe dela, mas eu esperava que Bertha soubesse que a amávamos demais para deixá-la para trás. Chorei sobre o solo fresco, minhas lágrimas molhando a terra enquanto eu dizia um último adeus à única mãe da qual me lembrava.

Depois, ainda naquele mês, decolamos em um céu perfeito e sem nuvens, observando os prédios e a areia se tornarem distantes. Na minha língua materna, disse um adeus silencioso a cada membro da minha família e ao único lar que conhecera. A aeronave era maior do que a que eu tinha visto pousar em Sundara semana após semana, mas ainda era um avião e eu não tinha motivos para temer que não estivéssemos seguros ao atravessar o céu. Estranho, refleti, ficar tão fascinada e surpresa pela água nas garrafas, e não sentir nenhuma apreensão sobre uma máquina gigante que se levantava do chão e voava pelo céu. E, no entanto, era exatamente assim que eu me sentia. Recostei-me na poltrona apertada e ereta, com a mão de Zakai na minha, um futuro diante de mim que eu não conseguia imaginar. Éramos pessoas do deserto deixando o deserto para trás. Mas descobrimos que, embora as nossas almas fossem conectadas, o nosso sangue não era. Quem quer que fosse o pai de Zakai, era diferente do meu.

— Cody disse que há aulas na Universidade de Nova York que passam meses e meses falando sobre um único assunto — contou Zakai, tirando-me do devaneio.

Olhei para ele. Zakai aparentava estar pensativo e triste. Desde que saímos de Sundara, seu humor parecia ter mudado da raiva para a melancolia tão rápido quanto o bater das asas de um pássaro. Não sabia se era apenas a velocidade e a estranheza da nova realidade, ou algo a mais que ele não estava compartilhando comigo, mas isso fazia o meu coração doer. Inclinei-me e beijei sua bochecha, aninhando o nariz em seu pescoço.

— O que mais Cody te contou sobre essa tal universidade? — Me afastei e Zakai sorriu.

— Apenas que nós dois temos muita sorte pelo contato que ele tem lá. A faculdade ficou feliz em nos conceder bolsas de estudo com base em nossas... circunstâncias.

Olhei pela janela, mordendo o lábio por um momento, tentando imaginar esse lugar desconhecido chamado universidade.

— Então eles sabem sobre nós... — Senti vergonha. Me lembrei das coisas que ouvimos os dois homens falando do lado de fora da sala em que estivemos. Por causa disso, tomei consciência da raridade da nossa situação em comparação com a de outras pessoas. Comecei a observar como os outros nos observavam, a curiosidade em seus olhares... ou, muitas vezes, tristeza... e sim, às vezes nojo. Perguntei-me como poderíamos começar uma nova vida em um lugar diferente, se tantos sabiam de onde viemos e o que fizemos.

— Sim, eles sabem, assim como os professores, que vão levar em consideração que não recebemos educação formal de nenhum tipo — confirmou Zakai, um traço de vergonha em sua própria voz. — Mas Cody disse que manteriam isso confidencial. Os outros estudantes não vão saber, a menos que contemos a eles.

— Meu tio saberá.

— Sim — disse Zakai. — seu tio saberá, mas ele é... da família. Ele não vai te julgar, Karys. E se ele julgar...

Olhei para ele, franzindo as sobrancelhas.

— Se ele julgar, o quê? O que poderemos fazer?

Zakai deu de ombros.

— Ir para outro lugar.

— Onde?

— Qualquer lugar. É um mundo vasto, estrelinha, e ninguém nos controla mais.

Sim, pensei, desviando o olhar para a janela, observando a terra que parecia infinita abaixo. Eu estava aprendendo que era realmente um mundo vasto, vasto mesmo.

✵✵✵✵✵

A alfândega era um labirinto de filas e rostos sérios que examinavam os nossos documentos e nos encaminhavam de uma pessoa para outra. Saímos do terminal em um misto de confusão e sono e avistamos um cartaz com nossos nomes escritos em letras de fôrma que chamou nossa atenção.

Karys Grant e Zakai Klein. Estranhos em uma terra estranha.

De mãos dadas, viramo-nos para a mulher que o segurava, a assistente social que nos disseram para procurar. Seu olhar encontrou o nosso, os olhos arregalando-se enquanto ela alternava o olhar de um para o outro.

— Oi. — Ela abriu um sorriso radiante, estendendo a mão. Zakai a pegou e apertou. — Sou Marybeth Williamson. Zakai. — Ela olhou de Zakai para mim. — Karys. Bem-vindos aos EUA.

Nós a seguimos pelo terminal até onde ela disse que nossas malas estariam. Minha cabeça girava enquanto eu absorvia toda a vista e os sons ao meu redor, as pessoas puxando as malas com rodinhas atrás delas, os carrinhos pequenos zumbindo suavemente sobre o piso acarpetado. Segurei a mão de Zakai, mais uma vez ancorada por sua presença, embora ele parecesse tão sobrecarregado quanto eu.

Marybeth Williamson conversou sem parar enquanto caminhávamos, e eu captei palavras o suficiente para entender que o meu tio estaria nos esperando lá fora em seu carro depois que pegássemos a bagagem que Cody Rutland nos dera, contendo várias roupas para Zakai e para mim, roupas que não nos destacariam como as que costumávamos usar em Sundara.

— Aqui estamos, então — anunciou Marybeth Williamson, levantando minha mala facilmente de algo que ela chamou de esteira e colocando-a no chão ao lado da de Zakai. Ele pegou as duas e seguimos

Marybeth Williamson para fora da grande porta deslizante, adentrando o ar frio da noite. Ela acenou com a mão, e então vimos um carro branco e pequeno parar na nossa frente, de onde um homem saiu. Zakai colocou nossas malas no chão e eu o segurei mais uma vez, sentindo o medo borbulhar dentro do meu peito.

O homem bonito e de cabelos castanhos sorriu, mas era um sorriso nervoso enquanto ele se aproximava devagar, o olhar fixo em mim.

— Karys? — perguntou.

Assenti, me aproximando de Zakai. O sorriso do homem se alargou e ele soltou um suspiro.

— Sou Brax. — Olhou para Marybeth Williamson e depois de volta para mim. — Ãhn, seu tio.

— Oi — sussurrei.

— Sou Marybeth Williamson. — A assistente social estendeu a mão e Braxton a apertou. — Bem, Zakai, você está pronto?

Balancei a cabeça, soltando sua mão e segurando seu braço. *Não*, não. Eu não estava pronta para ser separada de Zakai, não ainda. Tudo estava acontecendo rápido demais, cedo demais. Eu não entendia esse lugar, nem conhecia essas pessoas estranhas com sorrisos desajeitados e olhares inquietos. Eu precisava de Zakai.

— Não — eu disse desesperadamente, balançando a cabeça de novo. — Não, não esta noite. Não ainda. Não podemos ficar juntos só esta noite?

— Sinto muito, Karys — falou Marybeth Williamson. — Mas o homem que dirige a residência onde Zakai ficará está esperando por ele.

— Karys — começou Zakai, virando-se para mim e trazendo as suas mãos ao meu rosto. — Está tudo bem, estrelinha. Eu tenho seu endereço e o número do telefone do seu tio. Lembra que Cody nos ensinou a usar o telefone? Eu sei onde você está e como te encontrar.

— E — Marybeth Williamson interrompeu — seu tio tem o endereço e o número do telefone do lugar onde Zakai vai ficar. Você pode entrar em contato com ele quando quiser.

Não olhei para ela ou para meu tio, mas senti os olhos deles em mim. Meu olhar se manteve firme em Zakai e apenas nele. Lágrimas escorreram pelo meu rosto, e Zakai as enxugou com os polegares.

— Por favor, não chore — ele pediu, com muita tristeza nos próprios olhos. — Eu irei te ver amanhã.

Amanhã.

Todas as noites da minha vida que eu me lembrava tinham sido ao lado de Zakai, envolvida por seus braços.

Ele era minha única segurança naquele novo e vasto mundo.

— Eu não consigo. — Solucei. Não, não, não.

— Você consegue — ele insistiu. — Você é forte, Karys. Mais forte do que imagina. Faça isso por mim.

Não, eu não era. Como ele podia acreditar que eu era forte, quando era a força dele que sempre me protegia?

Ouvi meu tio pigarrear. Enterrei o rosto no peito de Zakai, e ele me puxou para perto, mas, depois de um momento, levantei a cabeça, ficando ereta, e dando a Zakai o único sorriso que fui capaz.

— Eu te amo — declarei.

— Eu também te amo. — E então ele me soltou, pegando sua mala e seguindo a assistente social em direção à calçada, desaparecendo na multidão de viajantes apressados. Meu coração bateu vazio. Me senti entorpecida. Entorpecida, assustada e sozinha.

— Ah, é só me seguir. — Ouvi o meu tio dizer e, quando me virei, ele estava caminhando em direção ao carro branco e pequeno.

Ele segurou a porta aberta para mim e eu entrei. Ele parecia saber que eu precisava de um tempo para me recompor e fiquei grata pelo silêncio, enquanto ele saía do aeroporto e entrava na rodovia.

— Deus, você não se parece nada com ele — Braxton disse depois de um momento, seguido por uma risada curta. — Você deve se parecer com sua mãe.

— Eu não a conheci — murmurei.

— Bem, eu trouxe fotos do seu pai. — Ele esticou o braço e abriu o compartimento na frente dos meus joelhos. Quando não me mexi, ele o fechou. — Mas, olha, eu posso te mostrar isso mais tarde.

Ele.

— O meu pai.

— Sim. Beaux. Ele era ótimo. Um excelente irmão mais velho. Todos nós sentimos falta dele. Nossa mãe ainda está viva também, mas ela é idosa e, infelizmente, foi diagnosticada recentemente com Alzheimer. Ela vive no Tennessee, que é, ãhn, onde nós crescemos. Talvez possamos tentar visitá-la neste verão, sabe, se ela não piorar muito... — Ele fez uma pausa. — Nossa, estou falando muito, né?

Meus ombros relaxaram um pouco e soltei uma pequena risada que foi mais um suspiro.

— Escute, Karys — ele continuou. — Sei que você está nervosa e com medo. Caramba, eu também estaria. Estou em território desconhecido assim como você. Mas o meu irmão, bem, francamente, ele teria me matado se eu deixasse a filha dele do outro lado do mundo sozinha, e Beaux era um cara assustador quando queria. — Eu olhei para Brax, que sorria para mim, mas seu sorriso desapareceu depressa enquanto ele voltava a olhar para a estrada. — Eu só queria que ele tivesse sabido sobre você. Sua vida teria sido muito diferente, eu juro. — Não olhei para o rosto dele, mas vi os nós de seus dedos ficarem brancos onde agarravam o volante.

Quando chegamos à sua casa, ele me levou para um conjunto de escadas externas, para dentro de um prédio e depois por outro lance de escadas. Seu apartamento me lembrou o quarto de hotel onde Zakai e eu tínhamos ficado depois que ele saíra do hospital. Era pequeno e limpo, com paredes brancas e carpete grosso na cor bege.

— Por aqui — ele disse, me guiando por um curto corredor até um quarto. Então colocou minha mala ao lado de uma cama com uma colcha colorida de flores. A visão daquelas flores surpreendentes fez a minha respiração ficar mais fácil. — Ãhn, então, eu sei que é vibrante, mas a minha namorada, Claire, escolheu a roupa de cama...

— É perfeito — murmurei, passando a mão sobre o tecido.

— Ok, ótimo. Fico feliz que você tenha gostado. Sou péssimo em decoração. Quero dizer, sou ruim pra caramba, de qualquer forma. Você vai conhecer a Claire amanhã. Ela vai te ajudar a comprar mais roupas, tudo bem?

Virei-me para ele.

— Posso ligar para Zakai?

A testa do Braxton franziu.

— Não esta noite, Karys. Está muito tarde. Amanhã, ok?

Amanhã. Eu estava exausta. Mesmo assim, a longa e escura noite se estendia diante de mim. A quem eu recorreria quando o medo chegasse?

— Eu gostaria de vê-lo ao amanhecer — eu disse.

Ele pressionou os lábios.

— Karys... podemos conversar sobre isso amanhã, mas acho... bem, se você vai recomeçar... acho que é uma boa ideia iniciar colocando uma certa distância entre você e Zakai. — Ele levantou as mãos. — Para ele também. Vocês dois precisam se estabelecer em suas novas vidas. Isso deveria ser a prioridade.

Novas vidas.

Encarei esse homem com quem eu tinha parentesco e, ainda assim, era um estranho. Desviei o olhar, passando o dedo sobre a borda da fronha. Zakai era minha prioridade.

— Eu gostaria de dormir agora — falei, suavemente.

Meu tio fez uma pausa, seu olhar vagando para o meu busto e subindo bem rápido enquanto ele pigarreava.

— Sim, claro. Você deve estar mais do que cansada depois desse voo. O banheiro é ao lado, à sua esquerda e, se precisar de algo da cozinha, água, o que for, eu vou deixar a luz sobre o fogão acesa. — Ele se dirigiu à porta, parando antes de passar por ela, voltando-se para mim. — Estou muito feliz que você esteja aqui, Karys. — Ele me deu um pequeno sorriso. — E sei que seu pai também estaria.

A porta se fechou devagar atrás dele e eu me afundei na cama, dissolvendo-me naquelas flores brilhantes que me lembravam de casa. Lágrimas silenciosas escorriam pelo meu rosto, e meu anseio por Zakai era como o peso de uma pedra sobre o meu coração.

Capítulo Treze

Como se eu estivesse em busca de cores, mais tons entraram na minha vida na manhã seguinte, quando Claire Simmons adentrou o apartamento de Braxton com os seus longos cabelos cacheados com a nuance de um nascer do sol ardente e os olhos tão azuis quanto o céu de um dia de verão. Ela se sentou em uma cadeira em frente a mim, que estava na mesa de jantar, e espalmou as mãos na madeira.

— Meu *Deus*, você é linda demais para caber em palavras. — Ela olhou para Braxton, que estava em pé no balcão servindo suco de laranja. — Brax, você não me disse que ela era tão deslumbrante.

Braxton sorriu para mim, mas o sorriso pareceu constrangido.

Eu corei, baixando o olhar.

— Obrigada — eu disse, usando o garfo para mover os ovos mexidos no meu prato.

— E ainda por cima tímida? — perguntou Claire. — Você é mesmo uma maravilha. — Ela levantou as mãos da mesa, batendo palmas. — Então, está pronta para irmos às compras ou o quê?

Olhei para Braxton, insegura. Eu tinha aprendido a contar o dinheiro, mas não tinha nada. Ele havia mencionado que Claire iria me levar para fazer compras, mas não mais do que isso. Felizmente, Braxton pareceu ler as preocupações em meus olhos porque se afastou do balcão, alcançando o bolso e tirando alguma coisa da carteira.

— Compre o que precisar. — Ele entregou um cartão de plástico para Claire. — As aulas começam em uma semana. Você vai precisar de um casaco e sapatos confortáveis.

Claire revirou os olhos, fazendo uma concha com a mão sobre a boca.

— Claro, vamos comprar sapatos *confortáveis*, porque é isso o que toda caloura da faculdade quer. Ainda bem que você tem a mim para te ajudar aqui, Karys — ela sussurrou em tom de brincadeira. Eu lhe dei um sorriso incerto.

— Tudo bem, tudo bem. Você é a especialista — disse Braxton, inclinando-se e beijando-a rapidamente. — Deixo Karys em suas mãos competentes. — Ele se aproximou de mim e, parecendo constrangido de novo, inclinou-se como se fosse me beijar na testa, recuou e, com sua retirada, levantei a cabeça mais alto, segundos antes de ele se inclinar novamente e acabar beijando o meu olho. Ele rapidamente se afastou. — Caramba, me desculpe. — Ele riu, desconfortável, suas bochechas corando enquanto eu piscava o olho que ele tinha beijado.

— Tudo bem — murmurei. — Obrigada... pelas roupas.

— Bem, então — falou Claire, encarando-nos de maneira estranha antes de se levantar. — Devemos ir?

Eu também me levantei enquanto Braxton se afastava.

— Sim. — Assenti. — Só vou colocar os sapatos — murmurei, saindo do cômodo.

✱✱✱✱✱

— Zakai! — Eu o abracei, o alívio me percorrendo enquanto o puxava para perto, enterrando o nariz em seu pescoço, inalando seu cheiro familiar como se fosse o oxigênio que eu precisava para voltar à vida.

Ele se afastou um pouco, seus olhos percorrendo o meu rosto, enquanto eu afastava uma mecha de cabelo da minha bochecha.

— Karys. Você parece ótima. Está tudo bem?

Assenti, convidando-o a entrar e fechando a porta atrás dele. Zakai olhou ao redor, inclinando-se para espiar a cozinha.

— É bonito aqui. Você gosta?

Olhei por cima do ombro, esperando Braxton aparecer a qualquer momento. Eu o tinha ouvido ao telefone em seu quarto, momentos antes da batida de Zakai à porta, mas ele também deveria ter escutado quando Zakai chegou.

— É legal, mas sinto sua falta. — Subi na ponta dos pés e segurei seu rosto, trazendo os lábios dele até os meus. Gemi contra sua boca, ávida pelo gosto dele, desesperada pela sensação da sua língua girando ao redor da minha...

Alguém pigarreou atrás de nós e Zakai se afastou rápido, um som úmido emergindo quando nossas bocas se separaram. Usei o dedo para limpar a umidade do canto dos meus lábios e então virei-me para ver Braxton parado ali, com uma expressão perturbada. Seus olhos foram além de mim.

— Zakai — ele falou, seu tom nada acolhedor.

— Senhor — respondeu Zakai, os seus olhos se estreitando de modo tão sutil que duvidei que Braxton tivesse notado. Mas eu notei. Eu conhecia cada expressão de Zakai e o que cada uma significava.

Peguei a mão de Zakai na minha.

— Vem ver o meu quarto — eu disse, puxando-o.

Braxton abriu a boca para dizer algo, hesitou, e então a fechou, obviamente mudando de ideia. Prendi a respiração quando passamos por ele, entrando no meu quarto e, em seguida, fechando a porta e trancando. Encostei-me à porta, soltando uma respiração. Tínhamos ficado juntos em um hotel do outro lado do mar por semanas, e eu me acostumara com a liberdade. Braxton estava longe de ser Haziq, mas sua presença constante e olhares irritados ainda eram indesejados. Não só isso, mas ele era um estranho. Bertha era superprotetora comigo às vezes, mas ela tinha esse direito. E eu a amava.

Zakai se virou, olhando da cama para a mesa de cabeceira, onde empilhei os livros em inglês que Cody Rutland havia comprado para mim — todos os quais eu já tinha lido mais de uma vez —, então, para a cômoda, e finalmente para a janela com as longas cortinas azuis.

— É bonito aqui — ele repetiu. — Você está confortável. Bem-cuidada.

Como ele podia parecer tão feliz e triste ao mesmo tempo?

— Sim. Eles foram gentis e acolhedores. Como é a sua casa?

Ele deu uma risada curta, embora sua expressão mal mudasse.

— Eu não usaria a palavra *casa* para descrevê-la. É mais como uma prisão.

— Uma prisão? — perguntei, alarmada.

Zakai balançou a cabeça.

— Não quis dizer isso. É só que... as pessoas que vivem lá são, em sua grande maioria, aquelas que não têm outro lugar para ir.

Franzi a testa, desejando aliviar a tristeza evidente em seu rosto.

— Geralmente não é culpa da pessoa quando ela não tem para onde ir. Olhe só para você...

— É mais complicado do que isso — ele me interrompeu, com uma rigidez na voz, e recuei diante da hostilidade.

— Eu... eu sei. — Mas eu não sabia. Realmente não sabia.

Zakai soltou um suspiro, passando os dedos pelos cabelos, sorrindo de um jeito que pareceu forçado.

— Desculpe, estrelinha. — Ele me puxou para perto, abraçando-me por um momento e então se afastando. Ele beijou minha boca, meu nariz e minhas pálpebras até eu sorrir. — Tudo isso é novo e... difícil. Não dormi mais do que alguns minutos a noite passada sem você.

Levei as mãos até o rosto que eu amava, beijando-o suavemente.

— Eu também não — sussurrei. — Procurei você. Queria que estivesse comigo.

Ele sorriu suavemente.

— Eu também. Não consegui ouvir nem sentir sua respiração. Não pude cheirar sua pele. Então faremos o que for necessário para passar por isso e depois nunca mais dormiremos uma noite longe um do outro.

Felicidade preencheu o meu coração.

— Sim. — Exalei fundo. — Essa promessa vai me ajudar a superar cada dia que se passa entre o agora e o futuro.

— Eu também — ele garantiu. — Eu também.

Nos beijamos por alguns minutos, minha pulsação acelerando enquanto ele pressionava seu corpo contra o meu. Tudo estava certo no mundo. Enquanto eu estivesse nos braços de Zakai, nada poderia me machucar.

— Gosto da sua cama — ele murmurou entre os beijos. — Parece confortável.

Dei uma leve risada.

— E é. Vem conferir você mesmo.

Peguei sua mão e comecei a levá-lo até lá, mas ele se virou, indo em direção à cadeira coberta pelas roupas que eu havia comprado naquele dia com Claire. Zakai pegou um sutiã rendado e o segurou pendurado em um dedo enquanto olhava para mim, erguendo uma sobrancelha escura. Me movi para trás dele, envolvendo os braços ao redor de sua cintura.

— Claire diz que lingeries bonitas dão confiança a uma garota — murmurei. — Quer ver em mim? — brinquei, levantando a barra de sua camiseta e deslizando as palmas sobre sua barriga lisa e definida.

Zakai deixou o sutiã cair de volta na cadeira e inspirou com força quando deslizei a minha mão sob o cós da sua calça de moletom, envolvendo a minha palma ao redor de seu comprimento, deslizando para cima, bem devagar, de modo que o fez gemer e mover os quadris. Ele inclinou a cabeça para trás, exalando um suspiro enquanto endurecia, expandindo-se no meu aperto. Ele sussurrou o meu nome, a palavra terminando em um gemido rouco quando comecei a acariciá-lo.

— Você sempre foi confiante — ele disse.

Suas palavras fizeram minha mão hesitar, mas depressa recuperei o ritmo. Confiante? Nisso?

— Sim — concordei. — Sempre.

Ele se virou, e minha mão deslizou por sua pele sedosa enquanto ele me empurrava para trás em direção à cama, minhas pernas batendo no colchão e me fazendo cair sobre o jardim brilhante de flores de tecido. Por um momento, ele simplesmente ficou parado aos pés da cama, olhando para baixo, a ereção se projetando à frente dele. A visão fez os meus mamilos endurecerem e o meu sangue bombear quente.

— Acho que não foi isso o que Claire quis dizer — ele falou.

Pisquei para ele, confusa.

— O quê?

Ele puxou a camisa pela cabeça e chutou os sapatos. Enquanto tirava a calça, arranquei minha camisa e então, Zakai puxou minha calça e a minha calcinha pelas pernas, jogando-as no chão. Ele veio sobre mim, e soltei um pequeno gemido quando, sem as preliminares de sempre, ele usou o dedo para me penetrar. Eu ainda estava um pouco seca, então o atrito me fez inspirar bruscamente.

— Você se lembra da primeira vez em que eu estive dentro de você? — Zakai perguntou enquanto começava a mover a mão, seu polegar esfregando o ponto túrgido entre as minhas pernas em círculos lentos e sensuais. A felicidade que isso causava foi permitindo que seu dedo deslizasse com ainda mais suavidade.

— S-sim. — Exalei fundo, parando e permitindo que o meu corpo relaxasse sob o efeito hipnótico do prazer que havia começado a me percorrer devagar e agora havia ganhado velocidade. — Claro. Eu te observei se tocando debaixo da água do banho quando você não sabia que eu estava olhando — disse, minha voz lenta com o crescente prazer e a excitação da memória. Eu o tinha pego no flagra e a visão tinha me chocado e me fascinado. Minha pele ficou quente, e meu corpo começou a formigar em áreas das quais eu tinha sido, na maior parte do tempo, inconsciente até aquele momento.

Um sopro de riso saiu de sua garganta.

— Fiquei envergonhado, mas então quando vi...

— Que eu estava excitada — sussurrei.

— Sim — ele respondeu, a voz rouca. — Me assistir te deixou excitada, e eu... Deus, eu mal podia acreditar quando você...

— Quando perguntei se podia te assistir fazendo de novo — eu falei, o prazer em um ápice febril, meus quadris se erguendo de encontro a sua mão mágica.

Zakai removeu o dedo e eu fiz um som de desapontamento. Mas tão rápido quanto isso, ele se moveu sobre mim, substituindo o dedo por sua masculinidade. Suspirei, relaxando no colchão enquanto ele me penetrava, e o prazer que havia diminuído momentaneamente reacendeu. Ele baixou a cabeça até os meus seios, tomando um mamilo em sua boca e sugando suavemente enquanto eu gemia, cada vez mais molhada. Após um momento, ele levantou a cabeça, trazendo os seus lábios até os meus e me beijando profundamente, sua língua se movendo em sintonia com o ritmo de seus quadris.

— Logo você começou a me tocar. E você me pediu para te tocar também. Perceber que eu podia te dar prazer fez eu me sentir como um rei. Me fez pensar que poderia conquistar o mundo — sussurrou, quando seus lábios se afastaram dos meus.

Meus olhos se abriram enquanto eu observava o prazer consumir sua expressão, mas mesmo apesar da intensidade do momento, havia uma tristeza no fundo de seu olhar, e me perguntei, com a mente nublada, por que a memória estava trazendo a ele tanto felicidade quanto tristeza, enquanto para mim só me trazia alegria.

— O dia em que você esteve dentro de mim pela primeira vez — eu disse devagar, trazendo-o de volta ao início da conversa. — Nós tínhamos nos tocado por horas. Nós dois chegamos ao clímax mais vezes do que poderíamos contar, usando nossas mãos e bocas.

Seus olhos encontraram os meus, um momento de intimidade que havíamos compartilhado milhares de vezes antes, mas esse parecia diferente de alguma forma que eu não conseguia definir. Talvez porque estávamos relembrando duas pessoas que não existiam mais.

— Nós estávamos embriagados um pelo outro, não é, Karys? Nem mesmo sabíamos... — Sua respiração ficou curta enquanto ele soltava um pequeno gemido, suas pálpebras se fechando pela metade. — Nós nem mesmo sabíamos como tudo funcionava, mas eu deitei em cima de você e comecei a te beijar e penetrei, só um pouco, e, Deus, foi como se eu tivesse acabado de chegar ao céu. Como agora. Eu gozei antes mesmo de começar a me mexer.

Agarrei as costas de Zakai, levantando meus quadris para que cada uma de suas investidas atingisse o lugar que fazia pequenas faíscas de prazer dançarem diante dos meus olhos.

— Sim, eu me lembro. Eu amei aquele dia. — Ofeguei. Porque eu tinha amado. Ele estava certo, eu estava embriagada por ele, embriagada pelo prazer que tínhamos aprendido a dar um ao outro, embriagada pela maneira como tudo parecia mais maravilhoso, mais bonito, brilhando com cor, vida e admiração.

Zakai acelerou e minha visão ficou embaçada enquanto meus músculos começavam a se contrair.

— Eu te amei tão completamente. — Ele respirou fundo e eu cheguei ao clímax, gritando seu nome, minhas unhas arranhando suas costas enquanto ele gemia seu próprio prazer, desabando em cima de mim, e ambos respiramos com dificuldade no silêncio do meu novo quarto. — Eu não conseguia parar de pensar em você — ele continuou, com calma. — Em nós. Eu sonhava naquela época. Não tinha nada, mas acreditava que os meus sonhos eram valiosos, e ofereci cada um deles a você. Não era feio, Karys — ele murmurou contra o meu pescoço. — Apesar de onde estávamos, era inocente. E era natural. Não era sobre mais nada além de você e eu. Não estava nos termos de mais ninguém além dos nossos. — Ele se levantou ligeiramente, olhando para mim. — Você sempre foi confiante no que me dá prazer, porque aprendemos juntos. Ensinamos um ao outro. Nunca estivemos com mais ninguém.

Alarmada, eu parei.

— Você... você quer dormir... com outra pessoa?

Seus olhos se aqueceram e ele sorriu.

— Não. Deus, não, estrelinha. — Ele segurou meu rosto e deslizou o polegar sobre a minha bochecha. — Você é a única que eu quero, para sempre. Mas você...

Estendi a mão, colocando a minha sobre a dele.

— Zakai! Eu nunca ia querer alguém além de você. Seus sonhos são valiosos. Por que está sugerindo isso?

Ele suspirou.

— Eu só me questionei...

— Se você era o suficiente para mim? — perguntei, incrédula. — Você é mais que suficiente. Sempre.

Ele encarou meus olhos. Os seus estavam molhados de emoção e eu o amava tanto que parecia que poderia explodir além do meu corpo como mil raios de luz filtrando pelos meus poros.

— Sempre — ele sussurrou de volta.

Passei a mão na pele aveludada de suas costas e pelos músculos arredondados de sua bunda. Eu não sabia ao certo de onde isso vinha. Em parte, me sentia confusa, mas em outra era como se meu cérebro estivesse nublado pela névoa persistente de felicidade.

— Há outras coisas pelas quais podemos ser confiantes, Karys. Coisas... coisas que realmente importam...

— Você importa — eu disse, franzindo a testa. O que poderia importar mais do que o meu amor por Zakai? Eu não conseguia entender mais nada.

— Eu sei — ele falou, quando nossos corpos se desconectaram e ele rolava de cima de mim. — Eu sei e eu amo você. Eu te amo tanto que isso me machuca.

Virei de lado, apoiando o cotovelo no colchão e a cabeça na mão. Ele parecia infeliz, apesar do prazer que tínhamos acabado de compartilhar e isso me preocupava.

— Por que você está dizendo isso, Zakai?

Um barulho na porta me sobressaltou, e Zakai se apressou em sair da cama e pegar sua calça.

— Espere um momento, por favor! — gritei enquanto nós dois nos vestíamos às pressas. Será que tínhamos sido barulhentos? Não fazia ideia. Nunca tinha importado antes e eu não estava acostumada a prestar atenção nessas coisas. Alisei o cabelo rapidamente enquanto caminhava em direção à porta, abrindo-a e recebendo Braxton com um sorriso confuso. — Sim? — perguntei.

A mandíbula de Braxton estava tensa. Ele olhou por cima do meu ombro em direção a Zakai.

— Você não deveria voltar para sua residência em certo horário?

— Sim — respondi em seu nome —, mas ainda não por várias ho...

— Na verdade — Zakai interrompeu, caminhando até onde eu estava e me beijando rapidamente na testa —, eu deveria voltar mais cedo. Tenho que ajudar a preparar o jantar.

Meu estômago afundou. Parecia que ele tinha acabado de chegar e agora estava partindo.

— Mas eu pensei...

— Eu te ligo mais tarde hoje à noite, prometo. Braxton — ele murmurou enquanto passava pelo meu tio.

Eu o segui, ignorando Braxton quando ele chamou o meu nome, apressada para alcançar Zakai.

— Mas, espera, você acabou de chegar — apontei.

Zakai lançou um olhar por cima do meu ombro, onde o meu tio obviamente ainda estava parado, nos observando na porta. Zakai encontrou meus olhos, dando-me um pequeno sorriso enquanto se inclinava, sussurrando no meu ouvido da maneira que ele fazia enquanto nos apresentávamos para aqueles que nos assistiam.

— Vou dormir melhor esta noite com você na minha pele — ele sussurrou, e então se virou, abrindo a porta do apartamento e saindo.

Pensei em agarrá-lo, implorar para ele ficar, mas senti os olhos do meu tio sobre mim, e me forcei a acalmar as emoções confusas. Zakai precisava causar uma boa impressão em sua nova casa, e eu precisava dar a ele tempo e espaço para isso. Ainda assim, doía.

— Posso falar com você, Karys?

Fechei os olhos por um momento e depois me virei para o meu tio, caminhando até onde ele estava.

— Claro.

Seu olhar era duro e sua expressão, severa.

— Escute, Karys, sei que você está acostumada... — Ele apontou com a mão em direção ao meu quarto. — A *isso*. Eu sei que foi ensinado a você para parecer normal onde morava, mas não é. Não é normal e não está tudo bem. Você tem dezessete anos. E estima-se que Zakai tenha cerca de vinte anos, o que significa que ele é um adulto. É inapropriado.

Uni as mãos na frente do corpo, olhando para baixo. Me senti confusa, envergonhada de uma forma que nunca sentira antes, nem mesmo com todos os olhos sobre mim, julgando e encarando.

Inapropriado? O meu amor por Zakai ou a expressão física desse amor? Lembrei-me do que tínhamos ouvido dos dois homens do lado de fora da sala em que estávamos e senti uma nova onda de humilhação com a lembrança.

Era um show de horrores sexuais para malucos que se divertiam vendo o grotesco e o bizarro.

— Sinto muito — sussurrei.

Meu tio soltou um suspiro lento.

— Não... — Ele passou a mão pelos cabelos. — Caralho. Quero dizer, caramba. — Ele soltou outro suspiro. — Estou pedindo para você ter paciência comigo também. Isso tudo... é novo para mim. Eu sei que você também está lutando, Karys, e quero tornar isso mais fácil para você, não mais difícil. Mas... tem que haver regras aqui. Meu trabalho é te dar moradia e alimentação, mas também zelar pelo que é melhor para você.

Zelar pelo que é melhor para você. O que Braxton queria dizer era: Zakai, não.

Braxton estendeu a mão e pegou as minhas nas suas. Ele olhou para nossos dedos unidos por um momento e o meu coração acelerou. Eu me senti estranha, desconfortável, mas não sabia o que fazer. Meu tio usou o polegar para desenhar um círculo na minha pele e então, como se tivesse feito isso sem querer, deixou as minhas mãos caírem como se, de repente, tivessem pegado fogo.

— As aulas começam em uma semana — ele disse, secando as mãos nos quadris. — Faculdade. É um presente muito generoso que Cody Rutland conseguiu para você, e uma oportunidade que não é dada a todos. Muito foi tirado de você, Karys, mas existem muitas pessoas boas e dispostas a ajudar a deixar tudo isso no passado. — Ele encontrou o meu olhar. — Você tem a chance de construir uma boa vida, uma vida incrível. Você pode ser quem quiser ser — ele continuou, sua voz cheia de certeza.

Inclinei a cabeça.

— Quem eu quiser ser?

— Isso mesmo, como... — Ele olhou para cima como se precisasse pensar. — Uma médica, uma advogada ou... uma contadora, como eu. Eu trabalho com números.

— Zakai gosta de números.

— Esqueça Zakai. — Ele levantou as mãos e as deixou cair. — Por enquanto. Apenas... pelo menos por agora. Pense em você, Karys. Você precisa tentar.

— Não posso pensar apenas em mim — murmurei. — Eu não sou nada sem Zakai.

Seu rosto se transformou em piedade.

— Isso não é verdade. É uma mentira. Te contaram muitas, muitas mentiras, Karys, e eu, como seu familiar, tenho o dever de ajudá-la a reconhecer a verdade.

A verdade sobre eu ser nada sem Zakai? Alguém me disse isso? Haziq? Não. Se *fosse* uma mentira, eu a tinha contado para mim mesma. A confusão foi se tornando pesada. Era dura e desconfortável. Tão sufocante quanto o calor do meio-dia no deserto. Olhei pela janela atrás da cabeça do meu tio, onde o vento soprava a chuva contra o vidro. O calor do deserto era apenas uma lembrança.

— Karys — Braxton me chamou, arrastando o meu nome. — Você sabe o que significa sofrer uma lavagem cerebral?

Eu o encarei por um momento.

— Não. — Nunca tinha ouvido esse termo.

— Bem, lavagem cerebral significa que te moldaram para acreditar em algo que não é verdade. Às vezes, até os seus sentimentos seguem essas mentiras.

Continuei a encará-lo. Ele estava dizendo que tinham feito uma lavagem cerebral para que eu pudesse sentir as emoções que sentia por Zakai? Isso me parecia tão ridículo quanto se ele dissesse que eu tinha imaginado cada nascer e pôr do sol em toda a minha vida. As visões dessas cores viviam em mim tão vibrantes e reais quanto o meu amor por Zakai.

Meu tio desviou o olhar do meu.

— Esqueça isso por agora. Ouça, eu sei que você está sendo lançada em direção a sua nova vida numa velocidade vertiginosa, mas eu realmente acho que é para o melhor. — Ele sorriu. — É tudo uma questão de se ajustar e o quanto antes você começar a se sentir confortável em sua nova vida, neste novo ambiente, mais rápido você se adaptará às suas aulas, começará a fazer amigos. Você é linda. Merece ser jovem e se divertir, conhecer todo tipo de gente. — Seu sorriso se tornou um pouco desajeitado e ele enfiou as mãos nos bolsos, olhando para o outro lado.

Como eu poderia ser outra coisa *senão* jovem? Eu queria conhecer novas pessoas? Que tipo de diversão ele queria dizer?

Muitas perguntas passaram pela minha cabeça, mas em vez de perguntar, simplesmente sorri e assenti.

Braxton pareceu aliviado.

— Ótimo — disse ele.

— Ótimo — concordei, embora por dentro as dúvidas e a melancolia chovessem sobre o meu coração como a água que corria em filetes prateados pelas janelas.

Capítulo Catorze

— O que aconteceu com você? — Ofeguei, levando as pontas dos dedos ao olho de Zakai, enquanto ele se encolhia e se afastava.

— Nada — ele disse, começando a caminhar em direção ao prédio onde tínhamos a nossa primeira aula do dia.

Uma garota passou por nós dois, e os olhos dela se arregalaram quando viu Zakai. Eu lancei um segundo olhar para ela enquanto ela fazia o mesmo com ele. Não era no olho inchado de Zakai que ela estava reparando. Sua expressão foi de admiração e apreciação.

— Nada? — questionei. — Isso definitivamente é alguma coisa. — Parei, segurando seu braço para que ele se afastasse dos outros alunos que passavam pela porta.

Eu já sabia para onde tínhamos que ir. Braxton e Claire haviam me levado para dar uma volta pelo campus alguns dias antes, para que eu me sentisse confiante em andar no gigantesco labirinto de prédios que, para mim, pareciam uma cidade inteira. Uma cidade com cinco vezes o tamanho de Sundara. Eles até imprimiram um mapa e marcaram os locais das minhas aulas em grandes círculos vermelhos.

Zakai suspirou.

— Um dos homens da minha... casa veio procurar briga. — Ele deu um sorriso irônico, mas vi um lampejo de violência brilhar em seu olhar. — A aparência dele está bem pior do que a minha.

— Você contou para alguém? — indaguei. — Para que o punissem?

— Não funciona assim, Karys. *Eu* puni *ele*. E gostei. Lembra de todo aquele treinamento que fiz em Sundara, caso fosse necessário? Finalmente foi útil.

Usei o ombro para subir a minha mochila e coloquei as mãos na cintura.

— Aqui não é Sundara. Você não tem que esconder uma víbora na cama de alguém. As... regras são diferentes aqui em Nova York...

— Para você — ele disse. — Não para mim.

Franzi a testa e alcancei a gola da sua camisa, alisando-a. Havia um rasgo na costura do ombro e uma mancha na frente. A calça jeans que ele usava parecia velha e muito grande. Zakai obviamente seguiu o meu olhar e adivinhou os meus pensamentos.

— Isso é o melhor que eu pude fazer. — Ele desviou o olhar e eu senti sua vergonha. — Eles me deixaram escolher em uma caixa de peças de doação de alguém. — Ele sorriu, mas foi um sorriso pequeno e tenso. — Suponho que eu deveria ser grato.

Assenti, passando a mão pelo peito dele. Eu tinha sido levada para um passeio só para fazer compras, e Zakai aparentemente tivera que escolher roupas de uma lixeira. Senti raiva por ele.

— Suas roupas não importam. Nunca importaram antes e não importam aqui também.

— Tudo bem, estrelinha. — Zakai se afastou da parede em que tinha se apoiado enquanto falávamos, deu uma volta ao meu redor e eu me virei em sua direção, seguindo-o e envolvendo seu braço no meu.

— Quanto ao seu olho machucado, pelo menos você vai tentar ficar longe daquele homem? — perguntei. — Eu... me preocupo com você.

Outra garota que estava caminhando deu a Zakai um olhar de apreciação. O orgulho me dominou. Claro que Zakai era lindo para mim. Perfeito. Hipnotizante. Mas eu nunca tinha pensado em como ele era atraente quando se tratava de outras mulheres. Aqueles que nos assistiam eram quase exclusivamente homens, e seus olhares famintos eram, na maioria das vezes, direcionados a mim. Ou a *nós*.

Zakai olhou para mim.

— Claro, estrelinha — ele disse. — Agora, me mostre onde é essa aula. Estou pronto para aprender sobre literatura inglesa.

✡✡✡✡✡

Nova York era barulhenta, lotada e *apressada*. Tudo parecia estar correndo, até a brisa veloz que levantava as folhas nas calçadas e o lixo nas sarjetas, exigindo que se apressassem pelas ruas da cidade, esvoaçando contra as minhas pernas e fazendo-me correr mais rápido também.

Para onde quer que eu olhasse, alguém passava voando, um telefone pressionado à orelha, o olhar distante e desfocado. Não era como o deserto, onde era necessário olhar por onde pisávamos, já que criaturas venenosas espreitavam a apenas um passo de distância. Embora eu não pudesse deixar de me perguntar se a cidade possuía seu próprio veneno e, em dado momento, sem suspeitar, os dentes de um predador viriam perfurar a minha pele.

A loucura da correria fazia minha cabeça girar e me deixava sem ar, então, eu esticava o pescoço, meu olhar buscando o céu pacífico e sereno. Mas tudo o que podia ver eram os topos dos prédios, perfurando as nuvens e obscurecendo a paz que eu procurava.

Apesar do congestionamento e da confusão, havia maravilhas a serem encontradas no lugar que eu agora chamava de lar, uma das quais era a biblioteca da minha faculdade. Às vezes, quando eu entrava, ficava parada no átrio, olhando para cima e admirando os doze níveis superiores magníficos, cada um protegido por uma espécie de vidro mosaico e dourado. Eu tinha ouvido alguém sussurrar para outra pessoa que as placas douradas haviam sido adicionadas para evitar os suicídios, como já haviam acontecido numerosas vezes lá, e as palavras murmuradas no silêncio me fizeram pensar em Ahmad. Uma cascata vertiginosa de dor me engoliu. Eu corri para as escadas, subindo até que a memória fosse esmagada pelo grande fôlego que puxei para dentro do meu corpo ofegante. Então escolhi um monte de livros ao acaso, mergulhando em informações até finalmente conseguir respirar de forma tranquila de novo. Como um lugar tão enorme poderia conter nada além de histórias e conhecimento? Mas era exatamente isso. Esse era seu único propósito e nada mais. E pelo que eu tinha ouvido, havia muitos outros lugares como aquela biblioteca no campus e na cidade, até espalhados pelo mundo. Isso confundia o meu cérebro e fazia as minhas entranhas se apertarem de desespero ao perceber o quanto havia para *saber*, quão pouco tempo eu tinha para aprender e o quanto da minha vida já havia sido desperdiçada em completa ignorância. Será que era por isso? Era por isso que os visitantes tinham rido de mim? Fisicamente, eu nunca tinha sido como os outros, mas será que eles *sabiam* que eu era deseducada? *Ingênua*?

Burra?

Então, sim, havia a admiração, mas também havia o luto. Luto por conhecer o escopo e a extensão das mentiras que tinham sido contadas a mim, as informações que tinham sido mantidas longe de mim de propósito para que eu pudesse encontrar satisfação em nossa pequena e limitada vida baseada em ganância e exploração, doença e pecado. Eu parava em frente às calçadas de restaurantes lotados, lembrando-me da alegria que sentira na vez que encontrei um damasco perfeitamente maduro, colhido de uma árvore, porque eu não tinha como imaginar o que poderia haver além daquilo.

Eu odiava aquela garota e, ao mesmo tempo, ansiava por ser ela novamente.

Braxton e Claire me levaram ao Aquário de Nova York, que era uma maravilha de se ver. Eu sabia que a grande baleia-azul de que Doren tinha me contado, certa vez, era muito grande para caber em um lugar como aquele; mesmo assim, o lugar me fez lembrar dele e o meu coração se apertou ao me recordar da sua voz. Observei os peixes coloridos nadando nos tanques e me perguntei se eles sabiam como seu mundo era confinado e como estavam presos na realidade. Eu disse a Claire que precisava usar o banheiro e caminhei depressa pelo corredor até ficar parada em um canto escuro, confusa pelas lágrimas que escorriam pelas minhas bochechas.

Havia tristeza, uma parte inesperada e outra parte não, mas também havia felicidade. Minha maior alegria eram as aulas. Eu amava os livros didáticos com páginas e páginas de informações que eu nunca considerei existirem antes. História, ciências, geografia e mais matemática do que eu jamais tinha sonhado que existisse. Eu amava o papel e as canetas, e os professores que ficavam diante do quadro grande na frente da sala e nos ensinavam os assuntos específicos sobre os quais eram apaixonados.

Mas, acima de tudo, eu amava estudar inglês. Provavelmente levava três vezes mais tempo para ler os livros do que os outros alunos, mas não me importava. Eu me apegava a cada palavra. Dentro das páginas havia um lugar seguro, longe da confusão daquele lugar avassalador em que eu me encontrava, o qual ainda lutava para entender nas pequenas e grandes coisas.

E os livros me davam a confiança de saber que eu estava usando as palavras da maneira certa, aplicando-as como deveria para que não soasse como a estranha que eu era.

Eu amava as histórias e as frases, e a maneira como os escritores e os poetas juntavam as palavras de modo que faziam o meu coração doer, prenderem a minha respiração e eu me sentir compelida a voltar e ler o trecho de novo e de novo, revivendo sua magia. Eu amava mergulhar em contos que me levavam para outras terras e faziam eu me apaixonar por heróis valentes e heroínas corajosas dos quais, quando eu fechava o livro e o colocava de lado, sentia falta como se fossem o meu próprio sangue e carne. Aprendi que, enquanto as regras da matemática eram estritas e finitas, as regras para escrever, uma vez aprendidas, poderiam ser quebradas com estilo e elegância. Que maravilha saber uma coisa tão bem, entender cada nuance maleável dela e moldá-la como argila em algo totalmente novo e único.

Os professores se encontravam comigo e faziam muitas concessões por saberem que eu estava tentando alcançar os outros, mas eu estava determinada a aprender e, assim, em poucos meses, já me sentia mais confiante na minha capacidade de fazer as tarefas no nível dos meus colegas.

E entendi o que Zakai queria dizer quando falou sobre minha autoestima. Ele quis dizer que ela melhoraria em áreas que não tinham nada a ver com ele. Alguma parte de mim se sentia triste e desconfortável com isso, mas a outra parte se alegrava. Eu estava começando a perceber que eu era mais do que havia me dado conta. Mais do que *qualquer pessoa* havia se dado conta. Até mesmo ele.

Fiz alguns amigos nas aulas que me pediram para estudar com eles à tarde. Hesitante, eu aparecia, tímida no começo, mas antes que percebesse, estava interagindo e contribuindo para as discussões. Eu não conhecia esse lado de mim, mas, surpreendentemente, gostava muito.

Esperava por Zakai todos os dias antes da aula, e às vezes ele aparecia, mas depois das primeiras semanas, na maioria das vezes, ele não vinha mais. Eu ficava angustiada com sua ausência e não conseguia entender por que ele perderia a oportunidade de adquirir conhecimento. Por que não amava estudar como eu?

Zakai tinha *buscado* conhecimento uma vez, mas eu me perguntava se tinha sido apenas um meio para um fim — deixar Sundara para trás. Quanto a mim, aprender acendia a minha alma. E por mais que eu quisesse passar um tempo com Zakai, não suportava deixar a classe. Quando ele *estava* na aula, eu olhava para trás e o via me encarando, aquele olhar triste e pensativo, mas quando eu perguntava o que ele estava pensando, ele apenas dava de ombros e dizia que gostava de me olhar, e era só isso.

Eu sempre tinha sido capaz de ler Zakai como um livro, muito antes de conhecer letras ou palavras, mas e agora? Agora suas expressões eram um mistério. Ele tinha se tornado mais silencioso do que nunca, visitando algum mundo interno para o qual eu não havia recebido convite. E uma parte de mim começou a se perguntar se eu realmente já o tinha compreendido como imaginava. E se eu nunca tivera o conhecimento sobre a alma de Zakai, como poderia começar a compreender agora todas as suas curvas e nuances?

Os hematomas em Zakai continuavam a aparecer. Assim que um começava a sumir, ele chegava com um novo, inchado e feio.

— Você contou para alguém? Esse homem precisa ser expulso da residência — falei.

— Ah, não. Eu soco tão bem quanto apanho. Não se preocupe comigo.

— Me preocupo com você. Com quem mais eu deveria me preocupar?

Zakai me puxou para perto, encostando sua testa na minha, seu olhar tão sombrio que a minha respiração falhou.

— Consigo mesma — ele disse, e então, em resposta ao franzir da minha testa, seu tom suavizou. — Está *tudo bem* se preocupar consigo mesma, Karys. Está tudo bem se afastar.

Agarrei sua camisa, aproximando-me o máximo que podia enquanto ainda olhava em seus olhos perturbados.

— Não vou me afastar. Isso é loucura.

— Não, estrelinha. Isso é a vida.

Eu ri, esfregando o meu nariz contra o dele numa tentativa de fazê-lo sorrir, mas meus esforços falharam.

— Minha vida não é nada sem você — respondi suavemente.

— Não, isso já foi verdade, mas não é mais. Vejo você fazendo amigos e estou feliz por você. As pessoas ficam encantadas com você, Karys. Você sempre foi fácil de amar. Eu? Nem tanto.

Isso não era verdade, embora eu admitisse que Zakai poderia ser tão espinhoso quanto um cacto quando queria. Seu constante cenho franzido certamente fazia as pessoas hesitarem em se aproximar dele. Eu nunca tive medo de seus espinhos, e ele nunca os usara para me ferir. Mas nos lugares em que ele era afiado, eu sempre tinha sido suave. Onde ele era enigmático, eu sempre expusera o meu coração. E ele estava certo em outro aspecto também: eu *estava* prosperando naquela nova vida. Tinha mais do que jamais havia sonhado. Mas tudo isso não significava nada se eu não tivesse mais Zakai. Fisicamente, me sentia completamente sozinha. Por tantos anos, havíamos dormido lado a lado. Todas as noites. Meu corpo ansiava pelo dele. Seu toque. O som de sua respiração. Seus beijos. Seus sorrisos. Seu carinho. Meu corpo parecia... vazio sem ele. Nada, nenhuma palavra, nenhum amigo novo, poderia substituir essa perda. Minha mente podia estar exausta todas as noites, mas o meu corpo ansiava pelo dele.

Liguei para a casa de Zakai todas as noites no único telefone disponível: uma linha fixa que estava ocupada metade do tempo, ou se alguém atendesse, gritavam por Zakai e, se ele não estivesse por perto, simplesmente me diziam para ligar mais tarde.

— Ele não apareceu na faculdade de novo? — Braxton perguntou certa noite, depois que coloquei meu novo celular sobre a mesa com um pouco de força, irritada e chateada. Virei-me para ver o meu tio de pé no corredor, olhando para mim onde eu estava na sala de estar, admirando além da cidade. Seu olhar desceu pelo meu corpo, vestido apenas com uma camisola, e depois encontrou os meus olhos.

Balancei a cabeça, desviando o olhar.

Braxton fez um som de desaprovação.

— Como ele pode ser tão ingrato a ponto de desperdiçar essa oportunidade? Tantas pessoas se esforçaram para fazer isso dar certo para vocês dois e ele está cuspindo na cara delas. Que idiota. Você está muito melhor sem ele, Karys. Muito melhor.

Voltei a olhar para a janela. Zakai estava longe de ser um idiota. Apesar de sua falta de escolaridade, ele era inteligente e perspicaz. Eu só estava começando a perceber a extensão disso agora que tinha uma nova perspectiva sobre... *tudo*. Ele tinha entendido o que estava acontecendo em Sundara muito mais do que eu. Ou talvez mais do que eu jamais quis entender. Ele me protegera. Carregara o fardo. E parte de mim se sentia grata por isso, mas a outra parte se sentia irritada. Ferida.

Karys é ingênua.

Eu tinha sido, poderia admitir isso. Talvez de muitas maneiras, algumas das quais eu ainda não tinha a percepção para compreender — mas ainda assim eu era.

No entanto, estava me esforçando para me tornar uma versão melhor da garota que eu tinha sido. E não podia deixar de me perguntar se essa garota nova era uma pessoa que Zakai amaria mais... ou menos.

Capítulo Quinze

Bati à porta da casa de acolhimento onde Zakai morava. Enquanto esperava, observei o ambiente, meus olhos passando das tábuas sujas do alpendre para as pilhas de folhas e lixo no canto, até as teias de aranha acima da porta. A tinta da fachada estava descascando, e dois dos números da casa estavam pendurados de cabeça para baixo. Baseado na forma como Zakai tinha descrito sua nova moradia, eu tinha uma visão bem diferente do lugar. Ele dissera que era limpo e confortável, e talvez o interior se encaixasse nessa descrição, mas o exterior certamente não.

No entanto, a esperança cresceu ao ouvir passos se aproximando. Claire tinha me ensinado a usar o transporte público e me acompanhado em vários lugares, mas eu tinha descoberto como encontrar o endereço da casa onde Zakai morava, e mal podia esperar para contar a ele que fizera o trajeto todo sozinha e ver o orgulho brilhar em seus olhos.

Ele veria que eu não era mais tão ingênua.

A porta se abriu e um homem alto e forte apareceu, seu olhar opaco enquanto me encarava. Franzi o nariz pelo cheiro que emanou do interior, tão avassalador quanto a visão do gigante à minha frente.

— Estou procurando Zakai Klein — eu disse, me endireitando, tentando parecer maior do que a metade do tamanho dele.

Os olhos do homem se estreitaram.

— Você é irmã dele?

— Não.

— Hum. Bem, ele se foi. — Ele abriu um pouco mais a porta. — Mas você pode entrar e ficar um pouco, se quiser. — Seu sorriso cresceu, assim como o brilho no olhar, que enviou um arrepio de inquietação pela minha espinha. Se esse homem decidisse me arrastar para dentro e me violentar, havia pouco que eu poderia fazer para impedi-lo.

— Você sabe para onde ele foi? — Minha voz subiu de tom pelo desespero que percorreu a minha mente.

Sua expressão se tornou carrancuda. De repente, o homem pareceu uma criança crescida demais.

— Não, não faço ideia. Metade do tempo ele nem dorme aqui.

Minha boca se abriu em choque.

— O quê? Por quê?

O homem suspirou.

— Eu não li a porra do diário dele, tá bom? Ele parou de dormir aqui regularmente há semanas. Acho que vai ser expulso de vez a qualquer momento. Ele não pertence a esse lugar mesmo. — Ele começou a fechar a porta.

Há *semanas*? Zakai tinha parado de dormir lá havia semanas? Então onde ele dormia?

— Espere! — Estiquei a mão, pronta para empurrar, mas ele parou, abrindo a porta de novo. — Por favor. É muito, muito importante que eu o encontre.

Ele me olhou mais uma vez e então suspirou.

— Muitas vezes ele voltava com os copos daquela cafeteria de logo vermelho, que fica perto do campus, mas é tudo o que sei. Espero que isso ajude.

Então ele fechou a porta na minha cara e ouvi seus passos pesados enquanto ele voltava para as profundezas da casa onde Zakai evidentemente não morava mais.

✡✡✡✡✡

Meus pés se chocaram contra o pavimento, o turbilhão de desespero ganhando velocidade junto aos meus passos apressados. *Onde você está?* Como ele poderia simplesmente desaparecer? Por que deixaria sua casa sem me contar? Ele não dormia lá regularmente há semanas? Eu o tinha visto nesse meio-tempo e ele não tinha dito uma palavra.

Ele estava dormindo nas ruas? Minha mente viajou para a imagem que eu sempre tivera dele como uma criança antes de Haziq tê-lo resgatado — faminto e sem-teto, catando comida nas sarjetas. Parei abruptamente, apertando os olhos por um momento. Não, não resgatado. *Ele tinha sido uma vítima*. Lágrimas ameaçaram cair. Tínhamos viajado meio mundo para ele acabar exatamente onde começara?

Havia apenas uma cafeteria com logo vermelho num raio de cinco quarteirões do campus. Empurrei a porta, meus olhos vasculhando as mesas dos estudantes, alguns com notebooks à frente, expressões concentradas, ou outros pequenos grupos rindo baixinho e conversando em sussurros animados. Tudo se fundia em um zumbido vibrante de atividade humana que se somava à estática preocupada da minha mente.

Caminhei entre as mesas da frente, esticando o pescoço para espiar o fundo, meu fôlego parando quando avistei Zakai sentado a uma mesa com uma mulher loira. Respirando aliviada, me movi na direção deles, a cabeça de Zakai se levantando antes de eu chegar à metade do caminho, seus olhos se arregalando em surpresa.

— Karys? — ele perguntou enquanto eu me aproximava. — Está tudo bem?

A bela mulher loira, com cabelo puxado para trás em um rabo de cavalo arrumado, lábios carnudos e vermelhos, olhou para mim, curiosa, mas eu a ignorei, meu olhar fixo em Zakai.

— Está tudo bem com *você*? Acabei de voltar da sua casa. — Não pude evitar o tremor na minha voz.

Ele congelou, nuvens de tempestade tomando conta da sua expressão, relâmpagos brilhando em seus olhos noturnos.

— Você *foi* lá? — Sua voz soou como um trovão enquanto ele se levantava parcialmente da cadeira. Ele olhou para a mulher e depois para mim, relaxando devagar de volta em sua cadeira, embora a expressão permanecesse turbulenta.

— Sim! — confessei. — Que escolha eu tinha? Você não aparece nas aulas. Não consigo entrar em contato com você pelo telefone!

A mulher pigarreou, pegando o celular da mesa.

— Zakai, eu realmente preciso ir. Me liga, está bem? — Ela empurrou um cartão ao lado do telefone para mais perto dele e Zakai o pegou, concordando e colocando-o no bolso.

Recuei enquanto a mulher se levantava, e ela me deu um sorriso forçado, estendendo a mão.

— Sou Giselle Blanchet, aliás. Karys, eu presumo?

Pisquei, apertando a mão dela rapidamente antes de soltá-la.

— Prazer em conhecê-la — murmurei.

Ela continuou me encarando, seu olhar avaliador.

— Você também é deslumbrante. — Ela me olhou de cima a baixo, e depois voltou para o meu rosto. Embora suas palavras fossem gentis, sua expressão não era. — Uma pena que não é alta o suficiente. — Com isso, ela passou por mim, dando um aceno curto para Zakai ao sair.

Me sentei na cadeira em frente a Zakai.

— Quem era *ela*? — perguntei.

Zakai se recostou na cadeira.

— Uma amiga. Ela é dona de uma agência de modelos. Eu a conheci neste café há algumas semanas.

Algo se estilhaçou na cozinha e nós dois olhamos naquela direção por um momento, enquanto risadas explodiam e o garçom, que obviamente tinha derrubado a louça, deu um passo à frente e brincou, fazendo uma reverência. Eu não estava de bom humor para rir. Voltei meu foco para Zakai, seu rosto também desprovido de humor.

— Uma agência de modelos? — perguntei, retomando a conversa.

Zakai assentiu, apontando para um grande anúncio na lateral do prédio do outro lado da rua, mostrando um homem tomando uma bebida alcoólica.

— Igual a isso — disse ele. — Aquele homem na foto é um modelo. Eles usam o rosto dele para vender produtos.

Encarei o homem sorridente com o copo de um líquido âmbar na mão. O homem não era tão bonito quanto Zakai, mas era atraente e parecia estar aproveitando bastante a bebida.

— É só sentar e deixar as pessoas tirarem fotos de você — murmurou Zakai. — Como isso pode ser difícil? — Ele sorriu, mas não havia prazer algum por trás do gesto. — Estou acostumado a ser observado, afinal de contas.

Recuei diante de sua amargura. Eu conhecia Zakai por seu humor cortante, mas nunca me senti como um de seus alvos. Talvez eu estivesse excessivamente sensível, mas senti uma parede se formando entre nós, e não sabia como derrubá-la ou o que fazer para impedi-la de crescer.

Zakai suspirou, franzindo a testa e passando a mão pelos cabelos desgrenhados enquanto olhava para longe.

— Desculpe, Karys. Eu só estou... cansado. Com quem você falou? — ele perguntou. — Na casa?

— Eu não sei o nome dele. Um homem enorme com dentes podres e um cheiro ainda pior.

Você o teria chamado de sapo louco uma vez. Você teria me feito rir. Você costumava me fazer sentir tão segura... Agora me sinto sozinha, embora você esteja bem na minha frente.

— Jeremy — ele murmurou. — O único naquele lugar com um pingo de decência, se isso te diz alguma coisa.

Observei seu rosto por um momento.

— Você odiava aquele lugar desde o começo — falei, me dando conta disso.

Ele brincou com a xícara de café vazia à sua frente.

— Não é isso, é só que lá não tenho liberdade suficiente. Não vou ser preso de novo, Karys. — Ele olhou para longe, pela janela além, onde as luzes da rua tinham acabado de se acender.

— Onde você está dormindo? — perguntei suavemente. — Quando não está naquela casa.

Ele deu de ombros.

— Fico acordado. Tem muitas cafeterias abertas a noite toda.

Meu coração pesou ainda mais ao imaginar Zakai sozinho em uma cafeteria iluminada no meio da noite.

— E ainda assim você descreveu aquela casa como se fosse um lugar bom para morar. Me falou que havia apenas uma pessoa te dando problemas. Por quê? Por que esconder as coisas de mim de novo? Para me proteger?

Seus olhos se voltaram para os meus.

— Eu te disse, Karys. Não posso te proteger aqui. Não mais. E você não precisa de mim para isso. O mundo é seu, cada pedacinho dele.

A confusão me dominou. Eu não conhecia essa versão de Zakai, essa suposta outra metade de mim, e uma parte do meu coração murchou. Estendi a mão sobre a mesa, pegando a dele, ansiando por alguma forma de conexão, traçando seus dedos familiares.

— Tem que haver outro lugar — murmurei. — Podemos... podemos ligar para Cody Rutland e contar sobre aquela casa. Com certeza ele vai te ajudar a encontrar outra.

— São todas assim.

— Você não sabe disso...

— Eu sei, Karys. Os homens de lá, eles viveram em todas elas. Eu ouvi as histórias. É uma pior do que a outra.

Meus ombros caíram.

— Mas... deve haver uma que seja tolerável. Temos que tentar, Zakai!

— *Nós* não temos que tentar nada — ele rebateu.

Desviei o olhar, magoada. Sempre tínhamos sido nós dois contra o mundo. Sempre. Ou será que eu estava enganada?

— É só temporário — falei, baixinho. — Um teto sobre a sua cabeça até conseguirmos ser mais independentes. Até podermos ficar juntos de novo. É só um pequeno sacrifício.

— Cansei de fazer sacrifícios, Karys — ele disse com os dentes cerrados. — Giselle ofereceu para eu morar com ela.

Pisquei.

— Morar com a... Giselle? — Meu sangue esfriou. — Por que ela te ofereceria isso? — perguntei.

Ele balançou a cabeça, sacudindo seu cabelo bagunçado.

— Ela quer ajudar. E... quer que eu trabalhe para a agência dela.

— Não quero que você more com ela! — avisei. — Não confio nela.

Zakai soltou um suspiro, seus olhos percorrendo o meu rosto, o ciúme e a desconfiança claramente visíveis na minha expressão.

— Eu não disse que quero morar com ela. Só estou dizendo que não vou morar naquela casa. Não vou. — Ele afastou a mão da minha.

Meu estômago se contraiu, e o ciúme que senti se transformou em indignação.

— Também não amo a casa do meu tio. Sinto falta de você. Também quero estar em outro lugar. Com você. Mas não vou desperdiçar essa oportunidade. — Usei as mesmas palavras de Braxton, cheia de frustração com a ideia dessa tal Giselle e também com a teimosia dele. Os músculos de Zakai se contraíram, e senti a dor na maneira como ele manteve os ombros rígidos, como seu olhar se tornou opaco. O arrependimento me dominou de imediato. — Estamos nisso juntos. Como sempre estivemos — acrescentei.

— Não — ele disse em voz baixa. — As coisas são diferentes agora.

— Algumas coisas são, sim. Mas nem tudo precisa ser. — Mordi o lábio por um momento. — Venha ficar *comigo*. Por favor.

Zakai soltou um suspiro.

— Seu tio nem quer que eu *visite* a casa.

— Olha — falei devagar, considerando. — Diremos que vamos

obedecer a qualquer regra que ele estabelecer. Até mesmo assistir às aulas todos os dias.

Zakai olhou para mim e sua expressão foi cedendo. Ele sentia minha falta da mesma forma que eu sentia a dele? Seu corpo e alma doíam por estarmos separados? O que ele fazia quando estava com raiva? Frustrado? Precisando desabafar sua dor... ou mostrar seu amor?

— Por favor — pedi, antes que ele pudesse dizer mais uma palavra. — Por mim.

Ele suspirou, tamborilando silenciosamente os dedos na mesa, olhando para baixo de forma desolada.

— Você sabe que eu faria qualquer coisa por você, não é, Karys? — Seu olhar encontrou o meu, subitamente intenso, se não um pouco triste ainda.

Hesitei diante do tom estranho em sua voz, mas assenti, um sorriso curvando os meus lábios.

— Eu sei, Zakai.

Capítulo Dezesseis

Apertei a mão de Zakai enquanto abria a porta do apartamento de Braxton, puxando-o para dentro.

— Braxton? — chamei.

— Estamos aqui. — Ouvi Claire responder da sala de estar.

Lancei um olhar encorajador a Zakai, e ele me devolveu um pequeno sorriso tenso.

Meu sorriso estava radiante quando chegamos onde Claire e Braxton estavam sentados no sofá, com uma lareira acesa no canto e a TV ligada com o volume baixo. O rosto de Braxton se endureceu quando viu Zakai. Ele se levantou.

— Eu pensei que tinha deixado bem claro…

— Por favor, tio Braxton — falei, soltando a mão de Zakai e me aproximando. — Eu sei o que você disse, e entendo que existem regras a serem seguidas. — Mordi o lábio inferior, olhando para Zakai, que estava de pé com as mãos nos bolsos, a expressão vazia. Respirei fundo. — Mas a casa onde Zakai está morando não é um bom lugar. É sujo e desconfortável, e as pessoas de lá não são legais.

De repente, tive uma sensação estranha de *déjà vu*. O escritório de Haziq me veio à mente, a visão de mim em pé diante dele, enquanto ele estava sentado em sua mesa. Eu me considerava fraca, enquanto Zakai sempre havia sido forte na frente dele, por mais tirano que Haziq fosse. Mas agora Zakai estava atrás de mim. Eu o tinha forçado a me deixar fazer o que antes era seu papel, e isso estava custando muito para ele. Internamente, vacilei. Mas não, às vezes o orgulho precisava ser sacrificado. Disso dependia dormir ao relento… ou na casa de Giselle.

— Sinto muito em ouvir isso — meu tio disse. — Mas deveria ser apenas uma situação temporária. — Ele olhou para Zakai. — Se estivesse aproveitando a oportunidade que foi concedida a você de ser admitido na faculdade, valeria a pena sacrificar algum desconforto por um futuro no qual você poderia morar onde quisesse.

— Obrigado pelo conselho, senhor — Zakai respondeu, e eu me arrepiei com o desdém em sua voz. Lancei um olhar de advertência para ele. *Me ajude aqui.*

Claire também se levantou, pondo a mão no braço de Braxton.

— Braxton está certo, Zakai. Sinto muito que você não goste da casa em que está morando, mas deve ser melhor do que a de onde você veio.

Zakai lhe deu um sorriso frio.

— Sim, há diferentes níveis de inferno, não é? Tenho certeza de que você não está familiarizada com nenhum deles.

Os olhos de Claire se estreitaram.

— Zakai! — adverti, dando uma pequena risada como se ele estivesse brincando, mas sua expressão contou uma história diferente.

Braxton fez um som de desdém na garganta.

— Bem, de qualquer forma, você não pode ficar aqui — meu tio avisou. — Não é apropriado, e não é bom para Karys. E minha sobrinha é minha prioridade.

— Entendi — disse Zakai, começando a se virar.

— Espere! — implorei. — Por favor. Tem que haver um meio-termo.

— E, veja — falou Braxton. — Não te proibi de vê-lo fora da casa. Ele só não pode visitar aqui sem supervisão, nem pode morar aqui.

— Me *proibir*? — rebati, incrédula. — Não é seu trabalho me proibir de fazer nada. Eu também vou sair. Vou viver nas ruas com Zakai se for preciso!

— Eu *não* vou permitir que ele te arraste junto com ele — Braxton rosnou.

— Karys — Zakai me censurou, virando-se de novo para mim. — Seu tio tem razão. — Ele veio até mim, colocando as mãos dos lados do meu rosto e me beijando na testa antes de se virar e caminhar depressa em direção à porta da frente.

— Zakai, espere, não! — gritei, seguindo-o, e o mínimo de afeto que ele havia demonstrado fez eu me sentir desesperada e desamparada. Eu queria muito mais. Ouvi Braxton e Claire me seguindo, mas corri atrás dele mesmo assim, porta afora e pelas escadas até o saguão. Antes de chegar na porta da frente, ele se virou de repente, de um jeito que quase trombei com ele.

— Karys, volte para dentro.

— Não! Eu vou com você.

— Com certeza você não vai — insistiu Braxton.

— Karys — disse Claire. — Os dois estão certos. Volte para dentro. Está ficando tarde. Zakai pode tomar as suas próprias decisões.

— E tome aqui. — Braxton enfiou a mão no bolso e tirou algo da carteira. — Vou pagar um quarto de hotel para você esta noite. Pode tentar encontrar uma casa mais adequada amanhã. — Ele estendeu algum dinheiro para Zakai, que não pegou e, depois de um momento, Braxton guardou o dinheiro de volta na carteira e a colocou no bolso.

— Não vou deixar você ir sozinho à noite — eu falei, segurando o braço dele. Lembrei-me da noite em que fui "vendida" para Cody Rutland. Lembrei-me dos gritos incessantes de Zakai, da maneira como ele havia sofrido e sido espancado por horas a fio. Lembrei-me dele me resgatando e me puxando para o deserto, protegendo o meu corpo com o seu. Ele estava disposto a morrer por mim. Zakai *jamais* me deixaria dormir na rua sozinha.

Zakai soltou um suspiro baixo.

— Tudo bem, Karys. Por você, eu voltarei para a residência. Vou dormir lá esta noite e ver o que pode ser feito amanhã para encontrar um lugar melhor.

Dei um pequeno e esperançoso suspiro.

— Você vai?

— Sim, estrelinha. Eu vou.

Assenti, o alívio fluindo por minha mente preocupada como um gole de água fresca.

— E você estará na aula na segunda-feira? — perguntei.

— Aham. Eu vou.

Soltei um lento suspiro

— Promete?

Ele passou o polegar sob o meu olho, enxugando uma lágrima.

— Prometo. — Ele olhou atrás de mim, seu olhar fixo no lugar onde eu sabia que Claire estava. — Cuide dela.

— Nós cuidaremos. — Ouvi Braxton dizer. — Cuide de si mesmo. Se não o fizer, será por sua conta. Não arraste Karys com você.

O olhar de Zakai se moveu para Braxton e permaneceu fixo nele por vários instantes antes de se voltar para mim mais uma vez, seus olhos percorrendo os traços do meu rosto como se estivesse tentando gravá-los na memória. Ele deu alguns passos para trás, ainda com o olhar fixo no meu. Eu nunca tinha visto aquela expressão em seu rosto antes, e eu não sabia o que era. Sem uma palavra, ele se virou e foi embora.

Outra lágrima escorreu pelo meu rosto. Senti o perfume floral de Claire quando ela colocou as mãos nos meus ombros ao se aproximar.

— Volte para dentro, Karys.

Enxuguei as lágrimas e depois a segui de volta. Então fui para o meu quarto e me deitei na cama. Ele prometeu que me veria na aula na segunda-feira. Então, por que eu me sentia tão aflita e perturbada? E por que temia que sua expressão, que eu não sabia como interpretar, fosse, de algum jeito, uma despedida?

Capítulo Dezessete

Meu coração despencou no chão enquanto eu me sentava no meu lugar, na frente da sala, olhando para trás de minuto a minuto para ver se ele tinha entrado sorrateiramente pela porta dos fundos e talvez fosse estar sentado no seu lugar de sempre, observando-me com aqueles olhos escuros e a mesma expressão sombria dos últimos dias. Mas eu não sentia o peso de seu olhar. Eu sabia que ele não estava ali, mesmo que continuasse a ter esperança.

Zakai não apareceu durante toda aquela semana, e embora eu tivesse ido à cafeteria onde o havia encontrado antes, não havia sinal dele lá. Eu não tinha mais onde procurar e ninguém para ligar. Mantive-me ocupada participando das sessões de estudo às quais eu era convidada, me sentindo bem-humorada pelo bate-papo entusiasmado em grupo e a forma gentil de me incluírem. Várias vezes, jurei sentir os seus olhos em mim de algum lugar próximo, aquela onda familiar de calor inundando os meus membros e fazendo a minha pele formigar. Mas quando olhava ao redor, ele não estava em lugar algum e o que eu pensava ser o peso de sua atenção se derretia em uma melancolia que parecia vir tanto de dentro de mim quanto de fora. Uma vez, pensei que fôssemos almas gêmeas e me perguntei se, embora eu não pudesse vê-lo, ele estivesse em algum lugar por perto e que, por isso, eu conseguia sentir sua dor além da minha.

Arrastei-me para a aula na sexta-feira, dando um olhar desesperançoso para o lugar habitual de Zakai — vazio como eu suspeitava.

— Droga. — Ouvi alguém dizer à minha esquerda e olhei para o garoto sentado ao meu lado, encarando desanimado o lápis em sua mão, a ponta quebrada no papel à sua frente. Ele me deu um sorriso torto. — Será que você teria um lápis para me emprestar?

Me abaixei, vasculhando no bolso da frente da minha mochila, e peguei uma caneta.

Eu a entreguei para ele.

— Eu não uso lápis — avisei.

Ele a pegou, girando-a em seus dedos.

— Ah. Não tem medo de compromisso, então? — sussurrou, olhando para a nossa professora que estava virada para o quadro-negro. — Impressionante.

Apesar do peso no meu peito pela ausência de Zakai por uma semana, e do crescente abismo entre nós que eu não conseguia entender, sorri.

— Acho que não. Você, no entanto — eu disse, indicando com a cabeça o lápis quebrado na mesa à sua frente —, talvez duvide demais de si mesmo.

Ele olhou para baixo, rindo da faixa de metal vazia no topo do lápis, onde a borracha fora usada até o fim, e piscou para mim, pegando a caneta.

— Isso acaba hoje — garantiu, sorrindo.

Sorri de volta e os nossos olhares se encontraram por um momento antes de a professora se virar, começando a aula.

Uma hora depois, eu me levantei, juntando minhas coisas.

— Obrigado — falou o garoto ao meu lado, segurando a caneta na minha direção.

Eu dispensei com um gesto.

— Fique com ela como um símbolo do seu novo eu, um eu mais confiante.

Ele riu.

— Tudo bem, então — respondeu, deslizando a caneta para dentro da mochila e estendendo a mão. — Dawson Enders, a propósito.

Peguei sua mão.

— Karys Grant.

Ele sorriu de novo e eu o observei com atenção. Ele era atraente, com o mesmo cabelo castanho-claro de Cody Rutland, mas seus olhos eram da cor verde e profunda das folhas que balançavam nas árvores fora da janela do meu novo quarto. Eu o tinha visto pelo campus antes, sempre cercado por mulheres bonitas.

— Prazer em conhecê-la, Karys.

Sorri para ele e me virei para ir embora.

— Então, ãh. — Ele correu para me alcançar enquanto eu andava. — Posso te pagar um café em troca da sua generosidade?

— Não precisa. Tenho canetas de sobra.

— Ainda assim, você me ajudou em um momento de desespero, e eu gostaria de retribuir.

Eu o encarei, notando a expressão brincalhona em seu olhar.

— Tudo bem — concordei. — Eu adoraria um café. Conheço uma cafeteria aqui perto.

Levei Dawson para a cafeteria onde havia encontrado Zakai na semana anterior, mas nunca mais desde então, mantendo uma conversa tranquila enquanto caminhávamos. Ele era um calouro também, mas ao contrário de mim, já havia decidido seu bacharelado em finanças.

— Já tem alguma ideia da especialização que você vai fazer? — ele perguntou.

— Na verdade, não. Há muitas opções. Não estou nos Estados Unidos há muito tempo. Ainda estou aprendendo sobre todas as carreiras que existem para escolher. É... avassalador.

Ele concordou.

— Imaginei, pelo seu sotaque. De onde você é?

De onde eu era? Sundara, uma miragem depravada concebida por mentirosos e frequentada por monstros. E o que exatamente isso *me* tornava? *Uma vítima? Uma tola?*

— Eu vim do deserto — murmurei.

De soslaio, vi Dawson inclinar a cabeça, como se estivesse curioso, mas não olhei para ele.

— Do deserto? Tipo... do Oriente Médio?

— Sim.

— Ah. Qual lugar do...

— Aquela ali é a cafeteria — eu disse, indo em direção à rua e caminhando até lá. Dawson me seguiu, e ambos atravessamos.

Dawson abriu a porta e a segurou para mim enquanto eu entrava. O aroma do café e das delícias de confeitaria era forte no ar, e o burburinho das risadas e das conversas adicionavam ainda mais calor.

— Tem uma mesa ali — indicou Dawson, apontando para uma mesa para duas pessoas perto da parede.

Nós passamos pelas mesas, meus olhos indo para o lugar onde Zakai havia se sentado com a mulher chamada Giselle. A mesa estava ocupada, mas por duas garotas, ambas imersas em seus celulares. Sentamos e eu dei mais uma olhada no ambiente antes de tirar o casaco e sorrir para Dawson.

— O que vai querer? — ele perguntou. — Café? Alguma coisa para comer?

— Apenas um *latte*, por favor — eu disse.

Ainda era estranho beber líquidos quentes. Mas eu tinha que admitir que eram um conforto no meio do ar cortante da Costa Leste. Eu me lembrei, pela milésima vez, como o mundo era grande, como havia regiões diferentes, e quanto eu ainda tinha que aprender. Sabia que estava em um lugar muito melhor, mas sentia falta de todas as coisas com as quais estava familiarizada. Antes, eu não tinha liberdade, mas tinha uma *família* que me conhecia e amava. Que eu não precisava me explicar. Comidas que tinham o gosto certo. Bebidas na temperatura certa. E um homem que, sem dúvida, me amava. *Diferente de agora.*

Dawson foi em direção ao balcão, onde uma fila havia se formado. Me recostei na cadeira, meus olhos vasculhando a loja mais uma vez até pararem em um conjunto de sofás perto do fundo, de costas para mim. No meio de um sofá vermelho, eu pude ver o topo da cabeça de alguém, seu cabelo tão escuro quanto o céu da meia-noite. Meu coração disparou e eu me levantei, atraída por ele como uma mariposa pela chama.

Quando contornei o sofá, vi que não era apenas Zakai, mas também duas garotas, uma de cada lado, ambas viradas para ele, focadas em qualquer coisa que ele estivesse dizendo.

Ele olhou para cima quando me aproximei.

— Zakai?

— Oi, Karys — ele falou casualmente.

— *Oi, Karys?* — imitei, incrédula, colocando as mãos na cintura. — Você prometeu que estaria na aula. Você *prometeu.* — Me encolhi por dentro diante do tom de lamúria da minha voz.

Zakai suspirou, e uma das garotas se aproximou mais dele, a outra me encarando, a expressão ao mesmo tempo curiosa e hostil. Senti algo dentro de mim encolher.

— Desculpe, estrelinha. — Sua voz pareceu entediada. — Essa foi uma promessa que eu simplesmente não pude cumprir.

Fiquei ali, deslocada, sem entender o que estava acontecendo.

— Karys? — Olhei para trás, piscando para Dawson, que estava a poucos metros atrás do sofá, com dois copos de café nas mãos. Seu olhar se moveu para Zakai, um desdém óbvio mudando sua expressão.

Zakai e as duas garotas esticaram o pescoço, olhando para Dawson também, Zakai virando-se para mim primeiro, a expressão vazia, mas os olhos brilhando com alguma emoção que não consegui ler. *Por que não consigo te ler? Eu costumava conhecer cada humor e cada pensamento seu.* Aquela sensação de encolhimento aumentou, fazendo-me sentir com meio metro de altura. A dor física que preencheu o meu coração veio com uma fisgada forte.

Olhei para as garotas bajuladoras ao lado dele.

— Parece que você é mais fácil de amar do que pensava — murmurei para Zakai.

— Parece que sim — ele falou, sem alterar a expressão. — Volte para seu amigo, Karys. Ele está esperando há muito tempo por isso.

Franzi a testa, balançando a cabeça.

— Por que você está sendo cruel?

Algo brilhou em seus olhos, mas ele disfarçou depressa, levantando o braço e passando-o ao redor da morena à sua direita.

— Não estou sendo cruel, estou apenas ocupado.

A dor dentro de mim ficou quente e cortante, e o peso de todos os olhares na minha direção pareceram excessivamente pesados. Só hesitei por um instante antes de me virar e seguir Dawson até a nossa mesa, meu corpo tremendo, minha cabeça avoada pela traição.

Sentamo-nos e eu peguei o copo que Dawson me entregou.

— Obrigada — eu disse, usando o copo para esconder o meu rosto até sentir que tinha retomado o controle da minha expressão. Estava perdida e profundamente confusa. O que aconteceu? Só havia passado uma semana desde que Zakai havia me olhado com amor e prometido sacrificar-se para que logo pudéssemos estar juntos.

Parecia que o meu coração estava se partindo ao meio. *Ele estava tocando aquela garota. O que mais ele teria fe...*

— Karys?

Olhei para cima, vendo a preocupação nos olhos de Dawson.

Zakai havia prometido sempre me amar, mas agora... *Finja que eles não estão lá, estrelinha. Olhe nos meus olhos. Foque em mim.* Mas eu não conseguia mais olhar para Zakai em busca de força.

Eu tinha que encontrar a minha própria. De alguma forma. Mesmo que não tivesse ideia de por onde começar.

— Desculpe — murmurei. Pelo canto do olho, vi Zakai e as duas garotas saírem pela porta, enquanto elas tagarelavam com vivacidade. Lá fora, Zakai enfiou as mãos nos bolsos do casaco, a expressão sombria enquanto a delas era animada, até que os três desapareceram na esquina e saíram de vista.

Ele se foi.

Dawson pigarreou e eu movi minha atenção para ele, que me observou por um momento.

— Aquele cara... quem ele é para você? — Ele pareceu ligeiramente cauteloso, como se esperasse por uma resposta que não queria ouvir.

Quem Zakai era para mim? *Meu amante. Meu melhor amigo. Meu irmão de alma. A outra metade de mim.* Dei a ele um sorriso que pareceu tão espectral quanto o afeto de Zakai por mim, o amor que pensei que nunca poderia morrer. Balancei a cabeça.

— É... complicado — sussurrei, colocando o copo na mesa, mexendo na luva de papelão em volta do copo.

Ele bebeu um gole do seu café.

— Tão complicado quanto um lápis quebrado e sem borracha?

Fitei os seus olhos brincalhões e sorri, suspirando.

— Não tão complicado quanto isso — sussurrei.

— Ótimo. — Ele olhou para longe e depois voltou a me encarar, as maçãs de seu rosto ganhando um tom corado. — Eu tenho que confessar uma coisa. Eu, ãhn, te observei na aula por semanas. Fiz de tudo para chamar sua atenção e nada funcionou. Você estava sempre esperando por aquele cara. — Ele indicou o lugar onde Zakai tinha partido.

O balão cheio de dor no meu peito liberou uma pequena quantidade de sua pressão, mas o suficiente para me fazer inspirar de novo.

— Me desculpe, eu não sabia.

Ele sorriu.

— É, eu percebi. — Ele olhou para baixo por um momento. — A verdade é que ensaiei quebrar a ponta daquele lápis por horas. Sabe, para fazer direito, e não parecer proposital.

Apesar das minhas emoções ainda estarem girando, consegui sorrir.

— Não, você não fez isso.

— Eu fiz.

— Olha, você fez um ótimo trabalho. Foi muito convincente.

Dawson riu e depois pressionou os lábios enquanto levantava uma sobrancelha.

— Tudo isso para dizer que estou realmente feliz que você esteja aqui comigo, Karys. E espero que possamos fazer isso de novo.

✶✶✶✶✶

A neve começou a cair alguns minutos depois que deixei a cafeteria, grudando em meus cílios e derretendo na minha pele. Por um momento simplesmente parei, erguendo o rosto e observando o espetáculo dos flocos brancos de gelo que caíam do céu.

Ahmad havia me falado sobre a neve e o gelo. Ele me contou sobre furacões, tsunamis e coisas que eu nunca tinha ouvido falar, sendo uma garota do sol e da areia. Mas aprender sobre algo era uma coisa, vivenciá-la era completamente diferente.

A neve era... maravilhosa e mágica e... muito fria.

Enterrei as mãos nos bolsos, cobrindo o rosto até a metade com o cachecol.

Meu olhar se fixou em uma figura solitária sentada no banco do ponto de ônibus sob um toldo de plástico. *Zakai.* Minha respiração condensou na minha frente quando parei, indecisa e incerta. Sua cabeça se ergueu e os nossos olhares se encontraram do outro lado da rua, um deserto vazio estendendo-se entre nós — vazio, mas ardendo com um calor que queimava e feria.

Meus pés começaram a se mover antes que eu os instruísse. Vi Zakai começar a se levantar, mas, depois, aparentemente mudando de ideia, ele se sentou de novo e esperou minha aproximação. Pela postura de seus ombros, percebi que estava se preparando. Será que doía nele ser cruel comigo? Valia a pena por algum motivo que eu não conseguia compreender?

Ele me veria como uma igual e me explicaria? Ou distorceria e ocultaria? A dor que eu sentira na cafeteria subiu mais uma vez, mas com ela veio um resquício de ira e ressentimento. Ele havia mentido para mim. *Tudo* havia sido mentira? Desde sempre? E se não tinha sido, por que era tão fácil me descartar agora? Me machucar e me trair?

— Está nevando. Você deveria ir para casa — Zakai disse quando cheguei onde ele estava sentado.

Apertei mais o casaco ao redor de mim. Era quente e grosso. Zakai era quem estava vestido de maneira inadequada para o clima.

— Por que está fazendo isso? — questionei.

— Fazendo o quê?

— Sendo cruel comigo! O que eu fiz para você?

— Você não fez nada, Karys. Nós só temos vidas diferentes agora, e temos que vivê-las.

— Não precisamos ter vidas diferentes! Você está criando essa distância entre nós.

— Não, estrelinha. Está acontecendo naturalmente.

— Não me chame assim — falei, as lágrimas ameaçando cair. — Você não tem esse direito depois de me tratar como uma ninguém! E nada está acontecendo naturalmente. Você é quem está tornando as coisas assim.

A devastação me apertou com força e, com um soluço abafado, me virei, correndo para a rua, onde uma buzina soou alta e um táxi derrapou enquanto o motorista pisava no freio para evitar me atropelar. Ouvi Zakai gritar meu nome e soltei um grito baixinho, quase escorregando também, mas então me equilibrei e contornei o carro. O motorista colocou a cabeça para fora da janela e gritou alguma coisa para mim, mas continuei caminhando, ao som dos passos de Zakai ecoando nas minhas costas. A neve foi caindo mais forte, obscurecendo minha visão, e com um choro abafado, me enfiei em um beco, pressionando o meu corpo contra a parede de tijolos, minha respiração rápida saindo feito plumas brancas de vapor.

— Karys! Que porra você está fazendo? — Zakai questionou, sua presença ocupando o estreito espaço, sua própria respiração uma nuvem branca. Ele adentrou mais o beco e eu recuei. Sua expressão era tanto de raiva quanto de medo. — Pelo amor de Deus! Você é idiota? Você quase morreu!

— Se eu sou idiota, é graças a você! — gritei.

Um calafrio o percorreu e ele apertou o casaco velho mais forte contra o corpo.

— Do que você está falando?

A tristeza pegou fogo, se transformando em chamas de raiva.

— Alguma vez você já me amou de verdade? — exigi.

Zakai me observou, cauteloso.

— Claro que eu te amei.

— Mas não como uma igual. Como uma criança! Você me protegeu. Me manteve ignorante. Alimentou meu medo. Todos esses anos. Que idiota devo ter parecido para você!

Zakai ficou parado e passou a me observar como quem encara uma cobra que está prestes a dar o bote.

— Eu te protegi — ele disse devagar. — Eu te mantive *feliz*! Você queria ser amarga como eu, Karys? Queria *odiar*?

Ele se aproximou, e o vapor opaco de nossas respirações se misturou, o ritmo de nossos peitos subindo e descendo em sincronia.

— Eu queria ser como você — falei. — Queria compartilhar os seus fardos e os seus medos. Odiar naquela época ou odiar agora? O que é melhor, Zakai? Odiar *Haziq*? Odiar os clientes que nos assistiam e nos *compravam*? Que roubavam a nossa dignidade e a nossa liberdade? Que zombavam e abusavam de nós? Ou odiar *você*? — Empurrei seu peito e, embora seu corpo tivesse se movido para trás, ele não se afastou. — Eu merecia a verdade — adicionei. — Ao invés disso, Brax disse que sofri uma lavagem cerebral.

A raiva floresceu na expressão de Zakai, a lenta abertura de uma flor bonita, porém escura e mortal. Ele se aproximou ainda mais, me pressionando completamente contra os tijolos ásperos. Ouvi alguém passar pelo beco onde estávamos, mas a forte nevasca agia como uma porta, nos obscurecendo de vista.

— Ah, *Brax* disse — sibilou Zakai. — O que mais *Brax* diz? Ele admite que deseja estar no meio das suas lindas pernas? Ele te contou que gostaria de ter invadido seu belo corpo de todos os jeitos que eu...

O tapa ecoou antes que eu percebesse que havia levantado a mão. Sua cabeça virou e eu aspirei um fôlego chocado, piscando enquanto esperava que ele se virasse. Ele voltou o rosto devagar, seus lábios formando um sorriso sem humor.

— Ele me diz a verdade — falei. — Ele me respeita o suficiente para se conter. Ele não faz eu me sentir como uma grande idiota.

Uma gota de sangue apareceu no canto da boca de Zakai, onde seu dente devia ter tocado seu lábio. Meus membros tremeram e meu peito estava dolorido com tantas emoções que eu nem conseguiria nomear. Me senti fora de mim e ainda assim hiperconsciente de cada respiração, cada faísca na expressão de Zakai, cada batida do meu coração acelerado.

Ele se inclinou na minha direção e eu recuei. Seu perfume me envolveu, e seu corpo bloqueou o frio. O tempo parou, mesmo que as nossas respirações acelerassem e minha pulsação aumentasse mais ainda.

Ele envolveu os dedos lentamente em torno do meu pescoço, seus olhos fixos nos meus, observando-me intensamente, brasas brilhando em seus olhos de obsidiana. Sua mão estava quente contra a minha pele, e seus dedos se fecharam mais firmemente enquanto seu olhar se tornava mais focado... esperando por... o quê? Inspirei uma pequena respiração através da minha via aérea que se fechava. Nossos olhares estavam colados e eu sentia que mesmo que eu quisesse, não conseguiria desviar o olhar.

Eu o senti mexendo no zíper, e uma onda de excitação quente percorreu o meu corpo, à medida que uma onda de umidade se acumulava entre as minhas coxas. *Sim, sim, sim.*

Seus dedos apertaram com mais força, e a parte de trás da minha cabeça bateu contra o tijolo, fazendo-me estremecer. O olhar de Zakai se aguçou. Meus mamilos ficaram duros, pequenos pontos doloridos, ansiando pelo calor de sua boca, de sua língua. Tentei gemer, mas nenhum som saiu.

Ele levantou o meu vestido de inverno e puxou para baixo a meia-calça e a minha calcinha, apenas o suficiente para ele deslizar a mão entre minhas pernas. Ele não quebrou o contato visual enquanto deslizava um dedo na minha umidade quente, seu olhar se tornando preguiçoso, seu foco vacilante. Ele exalou um suspiro trêmulo, removendo o dedo e se aproximando, usando a mão para guiar seu comprimento duro para dentro de mim, me empurrando contra a parede com um golpe brusco. Seus dedos se apertaram em torno do meu pescoço, tornando quase impossível respirar.

Me senti sem ossos e sem espinha dorsal, seu corpo sendo a única coisa que me sustentava. Derreti ao seu redor, como um floco de neve beijando o sol.

Eu queria *sentir* Zakai, focar na fusão de nossos corpos, me perder no prazer inconsciente de seu toque. Seus dedos se contraíram no meu pescoço e eu os alcancei, enrolando a mão ao redor da sua, nossos olhares ainda presos um no outro.

— Não — eu sussurrei com os últimos vestígios de respiração. *Não, não. Assim não*. Eu quero apenas quem você é.

Ele parou por uma fração de segundo; depois duas. Algo se quebrou em seus olhos, uma mistura de alívio e desolação que eu não conseguia entender. Seus dedos se afrouxaram no meu pescoço e eu soltei um suspiro ofegante misturado com um gemido de êxtase enquanto ele começava a se mover. Zakai quebrou o contato visual, pressionando seu rosto no meu pescoço e passando seus lábios macios no lugar que ele havia acabado de agarrar. Ele alcançou a minha perna e a levantou, movendo-se com firmeza, mas suavemente, dentro de mim, e sua outra mão se moveu atrás das minhas costas para que ele, e não eu, sofresse os golpes da parede áspera e desigual.

Algo havia mudado entre nós, algo maior do que o surto de raiva e violência que havia derretido em uma união que era lenta e quase terna, mas eu estava muito atordoada com o prazer físico para me concentrar no que poderia ser.

— Abra os olhos, Karys — ele murmurou contra minha pele. — Abra-os bem. — Mas ele não levantou o rosto do meu pescoço, nem olhou para as minhas pálpebras bem abertas. — Assim é bom, estrelinha. Bem assim.

Suas investidas aumentaram em velocidade e fervor e eu me ajustei para que ele fizesse contato com a minha carne inchada e formigante a cada pressão de seu corpo. Segurei em seus ombros com firmeza enquanto o prazer se acumulava, a neve parecendo cair em sincronia com a nossa paixão frenética. Ela girava e flutuava e caía do céu e eu sentia como se estivesse caindo livremente também, girando vertiginosamente em direção a um fim tanto familiar quanto desconhecido.

Meu grito de libertação foi roubado pelo turbilhão branco, o frio mal contido por nossos esforços febris. Minhas unhas cravaram no tecido do casaco de Zakai enquanto ele também estremecia com a libertação, seu gemido abafado no meu pescoço enquanto ele se pressionava em mim pela última vez. Nossos corpos relaxaram juntos enquanto nossos suspiros de satisfação preenchiam o pequeno espaço onde estávamos, conectados pelo corpo, se não ainda pelo coração.

Zakai se afastou devagar, e seus olhos se desviaram dos meus enquanto ajustávamos as nossas roupas. O silêncio do momento reverberou na minha cabeça. Eu me sentia desequilibrada. Minhas emoções eram um emaranhado torcido de perguntas e confusão. Eu não sabia se deveria tentar alcançar Zakai ou empurrá-lo para longe.

Ele puxou o casaco ao redor de si, enfiando as mãos nos bolsos enquanto encontrava o meu olhar. Por um momento, simplesmente nos encaramos, e tive a estranha sensação de que, embora ele estivesse bem na minha frente, se eu estendesse a mão para ele, a ponta dos meus dedos atravessaria seu corpo como se ele não estivesse realmente ali. Uma miragem. Nada além de um sonho febril. O contorno nebuloso de alguém que um dia eu havia conhecido. Apesar do calor do prazer que acabava de percorrer o meu corpo, de repente me senti fria. Sozinha.

Zakai, como se lesse os meus pensamentos e concordasse com eles, me deu um pequeno e triste sorriso.

— Adeus, estrelinha. — E antes que eu pudesse abrir a boca para dizer qualquer coisa, ele saiu do beco e entrou na nevasca.

Fiquei ali parada por um momento, minha mente tentando dar sentido ao que havia acabado de acontecer, gelo se formando ao redor do meu coração como se o frio tivesse penetrado através da minha pele. Meus músculos relaxaram enquanto um sopro de respiração escapava dos meus pulmões. Dei um passo à frente, minha cabeça movendo-se de um lado para o outro enquanto procurava sua silhueta que se afastava. Mas a neve era ofuscante e não deixou sequer um rastro de seus passos para trás.

Capítulo Dezoito

Braxton e Claire montaram uma árvore na sala de estar e a decoraram com luzes cintilantes e bolinhas de vidro coloridas. À noite, quando Braxton ia para a cama, eu deitava debaixo, espreitando através do brilho e fingindo que estava sob as estrelas. Fiz as provas finais e a universidade fechou para as férias de Natal. A celebração do nascimento de Cristo veio e se foi. Braxton comprou para mim uma bolsa marrom com símbolos repetidos na mesma tonalidade bege daquela cadeira em que eu me sentara quando Cody Rutland disse que eu era vítima de tráfico sexual. Claire gritou: "Uma Louis Vuitton! Você é uma garota de sorte!". Eu sorri para ela e agradeci muito ao meu tio pela bolsa marrom e bege. Eu não gostava de como a "sorte" fazia eu me sentir.

No último dia do ano, Braxton e Claire se vestiram com roupas elegantes. Claire tinha feito um penteado e passado um batom vermelho e brilhante. Ela trouxe uma garrafa de champanhe, que Braxton abriu na cozinha, ambos rindo enquanto o líquido transbordava pelo topo e Braxton levava à boca, arqueando as sobrancelhas enquanto sorvia a espuma.

Eles serviram três taças do líquido borbulhante e pálido e eu segui o exemplo deles quando ambos ergueram as suas taças.

— Feliz Ano-Novo — disse Braxton. — À felicidade. À abundância. E à nova vida de Karys — ele acrescentou. — Feliz aniversário antecipado.

— É isso aí! — Claire concordou enquanto ambos bebiam. Eu dei um pequeno gole na minha taça, tossindo quando aspirei algumas bolhas pelo nariz.

Eu havia esquecido que 1º de janeiro era o meu aniversário. Eu só tinha descoberto isso havia seis meses. E agora eu oficialmente seria uma adulta. *À nova vida de Karys*, Braxton dissera. Isso significava que a minha vida antiga tinha oficialmente desaparecido? E o que aconteceria se eu não estivesse pronta para abandoná-la? Ela sumiria de qualquer maneira como uma flor em uma súbita rajada de vento?

Quando Braxton e Claire saíram para sua festa, fiquei na janela, olhando para a noite fria e clara lá fora, sentindo falta de Zakai tão desesperadamente que mal podia suportar a dor. Onde ele estava? Não tínhamos nos falado desde aquele dia na tempestade. Eu tinha esperado. Eu tinha esperanças. Mas ele não havia me contatado uma única vez. Será que ele estava com frio? Com fome? Onde estava morando? Eu me sentia perdida e à deriva. A raiva incandescente havia se reduzido às cinzas e se dispersado sob o vento de inverno. Metade de mim havia ido embora.

Um homem e uma mulher passaram na rua, rindo e conversando, com as cabeças inclinadas uma contra a outra por causa do frio. Eu os observei desaparecerem de vista e depois fui até o computador, abrindo uma aba e procurando Giselle Blanchet. Várias páginas apareceram, a primeira, óbvio, sendo a agência de modelos dela. Havia uma página com os modelos que ela representava e eu percorri os rostos deles, um mais bonito que o outro, mal respirando e prendendo o ar assim que vi Zakai, seus olhos me encarando da tela, um pequeno sorriso em seu rosto lindíssimo.

Ele estava trabalhando para ela. Será que estava morando com ela também?

Cliquei na aba que dizia "contato" e, sem me permitir mudar de ideia, disquei o número listado sob o nome de Giselle.

Meu coração acelerou e a minha respiração ficou irregular enquanto eu aguardava, o tom de discagem alto no meu ouvido. Após um momento, a voz de uma mulher surgiu na linha.

— Giselle Blanchet — disse ela. Eu congelei, e minha boca se abriu para falar, mas não emitiu som. — Alô? Por favor, com quem eu falo?

— Ah, oi — finalmente consegui dizer, rouca. — Aqui é Karys Grant. Eu estava... eu pensei...

— Olá, Karys. Como você conseguiu este... — Ela fez um som de estalo na língua. — Ah, droga, esqueci que estava redirecionando minhas ligações do trabalho para cá hoje. — Uma pausa. — Suponho que esteja procurando Zak.

Zak. Por um momento fiquei confusa, mas depois percebi que ela estava usando um apelido.

— Sim — eu disse com um sussurro. — Eu esperava que você pudesse me ajudar a entrar em contato com ele.

— Claro que posso. Ele está morando aqui. Espere um pouco.

Meu estômago se afundou enquanto ela afastava o telefone da boca e gritava:

— Zak, amor, você já saiu do chuveiro ou ainda está na cama?

Uma porta se abriu e eu ouvi o que parecia ser o barulho de água corrente ao fundo e a resposta abafada de Zakai.

Ele estava no chuveiro. Nu.

E ela acabava de entrar no banheiro.

Isso me disse tudo o que eu precisava saber.

Cliquei no botão de encerrar a ligação, minha respiração saindo em exalações irregulares enquanto eu tentava não chorar, uma batalha perdida que eu não era forte o suficiente para lutar.

Lá fora, os sons estridentes de buzinas e comemorações ecoavam pela noite. Outros estavam celebrando enquanto eu, pouco a pouco, morria por dentro.

✡✡✡✡✡

— Karys, acorda — murmurou Braxton. Pisquei, desorientada pelo sono, a sala entrando em foco enquanto eu me sentava. Eu tinha adormecido no sofá. Meus olhos estavam ardendo e colados pelas lágrimas que eu havia derramado enquanto o mundo lá fora festejava.

Braxton suspirou, sentando-se no sofá e me encurralando. Me afastei o máximo que pude.

— Você se divertiu? — perguntei.

Braxton soltou uma risada que terminou em um soluço.

— Demais.

— Ah. — Consegui me sentar um pouco, apoiando as costas nas almofadas atrás de mim. — Cadê a Claire?

Braxton massageou a testa e depois fez uma careta.

— Ela foi para casa. Está brava comigo.

— Por que ela está brava?

Balancei a cabeça, tentando afastar o cansaço que fazia eu me sentir pesada e confusa. Só queria me arrastar para a minha cama e voltar a dormir. Queria desligar o mundo, as visões que começavam a se infiltrar novamente nas bordas da minha mente: Zakai nu no chuveiro da Giselle e o conhecimento de que o relacionamento deles era tal que ela não hesitava em entrar no banheiro. Mesmo horas depois, a imagem parecia uma adaga no meu coração.

— Claire está brava porque esperava um anel e um pedido na véspera de Ano-Novo.

Mordi o lábio, confusa por um momento. *Pedido.*

— De casamento, você quer dizer?

Braxton soltou uma risada curta.

— Sim, Karys, de casamento. — Seu olhar clareou um pouco e ele inclinou a cabeça, olhando para mim com uma sobriedade repentina. — Deus, esqueço que em alguns aspectos você é tão ingênua. Tão... infantil. — Seu olhar turvou-se de novo e ele estendeu a mão. E, embora a minha cabeça permanecesse imóvel, meus olhos acompanharam sua mão enquanto ele afastava uma mecha de cabelo do meu rosto, seu dedo arrastando lentamente sobre a minha pele enquanto a afastava.

Karys é ingênua.

As palavras que Zakai uma vez dissera a Haziq ecoaram na minha mente, fazendo meu estômago se contrair e meu coração se apertar de forma dolorosa.

Mas fui distraída pelo modo como Braxton estava olhando para mim, e me tornei cautelosa com o que vi em seu olhar.

Ele admite que deseja estar no meio das suas lindas pernas?

Não, não, não é verdade. Ele é meu tio. Ele deveria cuidar de mim. Se não ele, quem?

— Tão inocente e, ao mesmo tempo, tão vivida e, porra, tão linda — ele sussurrou, com os olhos meio semicerrados. Prendi a respiração e a ansiedade percorreu o meu corpo, um lampejo de tensão que fez os meus músculos se contraírem em preparação para a fuga. — Não quero me casar com ela, Karys. Metade do tempo eu nem quero transar com ela. — Sua cabeça caiu na mão e ele massageou as têmporas por um momento. Seu corpo inclinou, mas ele se reequilibrou com um solavanco. — Metade do tempo eu queria que fosse você embaixo de mim. Jesus, isso é errado, eu acho. — Ele levantou a cabeça e me olhou, confuso, enquanto eu permanecia imóvel, incapaz de me mover. — Mas será que importa que duas pessoas sejam parentes se elas acabaram de se conhecer?

— Tio Braxton, eu...

— Não, shh. — Ele levantou a mão, mandando-me parar de falar. — Não me chame de tio. Jesus. É errado. Eu sei.

Ele me olhou de novo e vi algo mudar em seus olhos, uma decisão que se formava. Ele se aproximou e pressionou a boca na minha, inclinando a cabeça e explorando os meus lábios com a língua. Soltei um grito abafado de angústia, tão pega de surpresa que nenhuma palavra saiu. Tentei recuar, mas não tinha para onde ir. Virei a cabeça, sua boca molhada deslizando pela minha bochecha quando finalmente consegui força para empurrá-lo para longe, arrastando-me para trás, sobre o braço do sofá, até me jogar da beirada.

Caí no chão acarpetado com um baque, levantando-me depressa e limpando a umidade da saliva dele do meu rosto. Braxton também se levantou, cambaleante, mas se segurou e avançou, estendendo a mão como se fosse me ajudar a me equilibrar.

— Deus, você está bem?

Recuei, erguendo a mão em um gesto de pare, meu peito subindo e descendo em exalações de pânico. Ele parou, sua expressão de alguma forma atônita e abobada.

— Meu Deus, Karys. Me desculpe. Não sei o que eu estava pensando.

Soltei um soluço abafado, envolvendo os braços ao meu redor enquanto o meu corpo começava a tremer. A devastação pareceu uma névoa densa se instalando na minha mente.

— Você disse que ia me ajudar a identificar as mentiras que me contaram — falei, minha respiração saindo em um suspiro trêmulo. — Você disse que me ajudaria a descobrir a verdade. Mas você não passa de uma mentira!

Contornei-o, criando o máximo de espaço possível no meio dos móveis. Corri para o meu quarto e tranquei a porta.

Sua batida foi instantânea.

— Por favor, Karys. Eu sinto tanto. Estou bêbado e sou um idiota. Por favor, me perdoe.

Minha respiração saiu em rajadas entrecortadas de ar enquanto tentei não chorar para acalmar meu coração dilacerado.

— Vá embora — implorei.

Ouvi a respiração do outro lado da porta e depois um baque suave como se sua cabeça tivesse batido na madeira. Levantei-me enquanto ele soltava um suspiro.

— Conversaremos pela manhã — ele murmurou e então ouvi seus passos se afastando desajeitadamente, e finalmente o clique suave da porta do seu quarto se fechando.

Encostei-me na parede, pressionei as palmas das mãos contra a superfície e apertei os olhos, reunindo forças. Depois de esperar tempo suficiente para que Braxton adormecesse, afastei-me da parede e corri para o meu armário, pegando a pequena mala.

Troquei de roupa e depois coloquei na mala apenas os meus livros e as roupas com as quais havia chegado; as que Cody Rutland nos trouxera no quarto do hotel onde tínhamos ficado depois de sermos resgatados de Sundara — o que pareceu ter acontecido uma vida antes. Elas não vestiam bem e não tinham estilo, eu sabia disso agora, mas as agarrei como me abraçaria a um salva-vidas em uma tempestade. Pertenciam à garota que eu havia sido e eu precisava dela agora. Então joguei-as na mala junto com uma bolsa de itens de higiene e fechei o zíper.

Saí do meu quarto da forma mais silenciosa possível, mas na quietude imóvel do apartamento, ouvi os roncos barulhentos de Braxton vindos de trás da porta fechada do seu quarto.

Calcei as botas, vesti o casaco, peguei a minha mochila da faculdade do gancho perto da porta e saí do apartamento. Eu não tinha para onde ir. Mas não podia ficar lá. Não podia viver sendo observada daquela maneira de novo.

A porta principal do prédio se abriu e Claire entrou, um redemoinho de neve leve a seguindo para dentro. Parei quando ela me viu, seus olhos se arregalando.

— Karys! Meu Deus, para onde você está indo? — Ela correu na minha direção. — Querida, você está pálida. O que houve?

As lágrimas irromperam de mim como uma nascente de água surgindo de repente em um solo rachado e seco.

Claire me envolveu em seus braços e eu larguei a alça, deixando a mochila escorregar do meu braço, agarrando-me a ela, precisando desesperadamente do toque suave e maternal.

— Me conte, querida — ela sussurrou. — Me conte, o que houve? É o Zakai de novo? Você não pode ir até ele, lindinha. Ele não é bom para você.

Balancei a cabeça contra os pelos do casaco dela, as fibras macias fazendo cócegas em minhas bochechas encharcadas.

— Não — eu disse, a voz afogada em lágrimas. Olhei para ela, implorando. — Braxton me beijou — sussurrei, minhas bochechas esquentando, embora tivesse sido ele quem me traíra. Então, por que eu sentia tanta vergonha?

Claire congelou, sua testa franzindo com um leve tremor.

— O quê?

Recuei, notando o pelo do casaco dela molhado e amassado, o lugar onde meu rosto tinha encostado estava agora bagunçado, com os pelos em ângulos estranhos, como o cabelo de Zakai ficava pela manhã. Senti um baque no estômago apenas com o pensamento fugaz do nome dele.

— O meu tio me beijou — gemi.

Claire recuou, empinando os ombros para trás. Seus olhos ficaram frios.

— Sua mentirosa — acusou, o veneno em seu tom de voz. — Sua mentirosinha. — Seus lábios se ergueram, mas não havia simpatia em seu sorriso. — Eu sabia que você tinha problemas. Eu disse a ele. Como você não teria? Mas eu não sabia que você era completamente doente.

A esperança escorreu do meu corpo, deixando-me abatida e sem vida. Peguei a mochila e minha mala e passei por ela.

— Para que porra de lugar você está indo? — ela exigiu.

Não respondi. Eu não sabia. Abri a porta e saí na noite.

Enquanto caminhava pelas ruas, as palavras de Claire repetiam na minha mente.

Eu sabia que você tinha problemas. Mas eu não sabia que você era completamente doente.

Problemas.

Doente.

Quem sabe a quantidade de terapia que essa criança vai precisar?

Eu me senti como uma ferida ambulante. Uma chaga purulenta. Eu era grotesca e bizarra.

Os olhos verdes de Claire continuavam a brilhar frios na minha mente, meu coração pesado batendo no meu peito. No deserto, havia um lagarto com olhos como os de Claire, tão verdes quanto uma folha nova brotando. À distância, parecia dócil e inofensivo.

Mas se você o confrontasse, ele atacaria.

✯✯✯✯✯

Eu não tinha para onde ir, absolutamente nenhum lugar. Exceto para Zakai. Talvez eu tivesse entendido mal o relacionamento dele com Giselle. Talvez eles fossem apenas colegas de casa. Um arrepio percorreu o meu corpo. *E se não fossem?*

Karys é ingênua.

Nunca, em nenhum momento da minha vida que eu conseguia me lembrar, havia ficado sem Zakai a quem recorrer. Talvez estivéssemos... distantes. Mas ele não me rejeitaria agora, não nesse momento de profunda necessidade. Ele pensava que eu estava bem-cuidada antes, mas uma vez que soubesse que eu precisava dele, nunca me mandaria embora.

Você sabe que eu faria qualquer coisa por você, não é, Karys?

Sim. Sim.

Na pressa de sair da casa de Braxton, deixei o celular para trás. Parei em um café com acesso à internet e tirei o notebook que Braxton havia comprado para mim da mochila, usando o Wi-Fi deles para acessar a internet. Franzi a testa para a tela por um momento. Eu tinha aprendido a usar o computador. Até entendia alguma coisa da internet, embora houvesse muito para assimilar. Mas não tinha certeza de como encontrar o endereço de Giselle além de colocar o nome dela em um site de busca. Digitei e respirei aliviada quando seu endereço apareceu em um site chamado Encontre Pessoas.

Enfiando o papel com o endereço no bolso, joguei o computador na mochila e me dirigi para a porta. Eu me sentia nervosa e enjoada, com o peso do desespero por essa reviravolta inesperada na estrada da minha vida, mas também sentia um pouco de determinação. Eu tinha um endereço e um destino.

Por favor, que eu esteja nos braços de Zakai antes que esta noite acabe.

Foi uma rápida viagem de metrô até a rua onde Giselle estava listada. Fiquei olhando para o prédio dela — de vidro e aço. O que me lembrou da impressão que eu tinha da própria mulher. Afiada, fria e inegavelmente bela.

O porteiro vestido com um uniforme completo abriu a porta para mim, inclinando seu chapéu enquanto eu oferecia um pequeno sorriso e me dirigia à recepção em forma de meia-lua no meio do saguão de mármore.

— Boa noite. Como posso ajudá-la?

Afastei uma mecha de cabelo do rosto. Só podia imaginar minha aparência. Desgrenhada, manchada de lágrimas e totalmente patética.

— Estou aqui para ver Giselle Blanchet, por favor.

— Ela está esperando pela senhorita?

Desviei o olhar.

— Não exatamente. Mas se você pudesse avisá-la que estou aqui, meu nome é Karys Grant e gostaria de falar com alguém que está hospedado com ela.

O homem franziu a testa.

— Claro, senhorita. Só um momento, por favor. — Ele se virou de forma suave, pegou o telefone e discou. Após um momento, desligou. — Sinto muito, mas ela deve estar fora esta noite.

— Ah — eu disse, desanimada, mais lágrimas ameaçando cair. Olhei para trás, para a rua fria e escura. O que eu faria agora? Ficava na frente do prédio esperando Giselle e Zakai voltarem?

O homem pigarreou.

— Há uma festa de Ano-Novo no bar da cobertura, senhorita. Talvez os seus amigos estejam por lá? A senhorita pode deixar as malas aqui atrás do balcão e ir verificar.

Um sopro de esperança reascendeu.

— Ah, o bar da cobertura?

— Sim — ele disse, gentilmente. — Basta pegar aquele elevador ali até o último andar. — Ele apontou para um grupo de elevadores à sua esquerda.

— Muito obrigada. Tem certeza de que posso deixar as minhas malas aqui por um tempinho?

— Cuidarei bem delas.

— Obrigada mais uma vez — falei, levando as malas até o balcão e entregando-as. — Não posso dizer o quanto eu sou grata.

— Feliz Ano-Novo, senhorita.

Dei-lhe um sorriso grato e me dirigi aos elevadores. Enquanto subia, alisei as minhas roupas. Eram as roupas largas e sem graça que eu havia usado para atravessar o oceano. Essa jornada até a festa era composta por menos quilômetros, mas não parecia menos assustadora. Eu era a garota sem lar de novo, só que, desta vez, eu não tinha Zakai ao meu lado.

Relaxe. Ele é sua outra metade.

Ou era.

Certamente ele não se esqueceu disso tão rápido.

Saí do elevador. Conversas e o tilintar de taças soavam por baixo da música que vinha de algum lugar da outra extremidade daquele espaço ao ar livre. A noite estava fria, mas os aquecedores colocados ao redor do perímetro e os inúmeros corpos em movimento mantinham o frio afastado. Andei pela multidão cintilante, entre pessoas que pareciam efervescentes de alegria enquanto inclinavam a cabeça para trás e riam ou bebiam champanhe. Eu me senti como uma erva daninha em um jardim de rosas, como se a minha mera existência diminuísse a beleza delas.

Meu peito se apertou quando o vi — dor e alegria, ambivalência e exaltação, emoções conflitantes que bateram em minhas veias ao ritmo da música que ecoava pela noite.

Ele estava sentado a uma mesa alta, seu olhar fixo nas luzes da cidade, Giselle ao seu lado, inclinada sobre a mesa quadrada enquanto gesticulava e falava animadamente com outra mulher de vestido preto e curto que capturava a luz dos holofotes e lançava arco-íris deslumbrantes na minha direção.

Ele levantou a cabeça e seu olhar vermelho e desfocado encontrou o meu. O queixo caiu e sua pele oliva empalideceu. Ele balançou a cabeça devagar enquanto eu me aproximava, como se eu pudesse ser um sonho do qual ele estava lentamente acordando.

— *Karys?* — Giselle perguntou, incrédula, sua voz elevando-se sobre o barulho da festa. — É você?

Mantive o olhar fixo em Zakai.

— Olá — cumprimentei, muito baixinho para ser ouvida, implorando a Zakai com os meus olhos, meu coração afundando lentamente quando ele permaneceu sentado sem me reconhecer. Ele piscou, como se tivesse dificuldade para manter os olhos abertos. Uma garçonete que eu não tinha notado se aproximou e colocou um copo na frente de Zakai, retirando a miríade dos vazios que já estavam lá.

— Olá também para você. Vejo que encontrou Zak. Por favor, junte-se a nós, sim? Pessoal, esta é a Karys. Ela é praticamente a irmã do Zak. Não é linda? — Vi Zakai pegar o copo e arrematar o líquido claro através do meu campo de visão periférica enquanto Giselle estendia a mão e inclinava o meu queixo, virando o meu rosto, suas longas unhas vermelhas arranhando a minha pele. — Eu te dispensei baseada na sua altura, mas... pensando melhor... talvez modelo fotográfica. — Ela virou o meu rosto na direção oposta, em direção a Zakai, e eu o observei encará-la, sua expressão vazia, os seus olhos ainda embaçados. — Uma Cleópatra moderna. Estas maçãs do rosto, estes *lábios* — Giselle continuou — são muito fotogênicos para serem desperdiçados. Por que ir à universidade quando eu poderia torná-la milionária em questão de meses? — Ela riu, soltando o meu rosto.

— Eu... talvez — eu disse. Talvez essa fosse uma segunda chance para mim e Zakai, outra maneira de estarmos juntos. Ele não havia sido bem-vindo na casa do meu tio, e eu não era permitida na residência coletiva onde ele havia morado inicialmente, mas talvez... talvez pudéssemos fazer isso juntos de novo: atuar para quem observava.

Apesar de sua óbvia embriaguez, Zakai pareceu estar observando a minha expressão atentamente. Seu olhar queimou e ele soltou um rosnado baixo que eu me perguntei se tinha imaginado, em meio à cacofonia ao redor. Ele se levantou muito repentinamente, contornando a mesa e me pegando pelo braço de um jeito brusco. Me puxou pela multidão e, embora eu tivesse tentado protestar, para dizer que ele estava me machucando, o barulho estava alto demais para ele ouvir meus apelos silenciosos.

Ele me levou por uma porta perto dos elevadores, subiu um curto lance de escadas e voltou para a noite fria, desta vez em uma área vazia no telhado com nada além de tubulações e cascalho.

— O que você está fazendo aqui, Karys? — indagou ele, entredentes.

Observei-o, o desespero crescendo, sua própria expressão cheia de fúria. Ele parecia um estranho para mim, e o pequeno fogo que eu mantinha queimando lentamente começou a morrer.

— Eu... eu preciso de você. Talvez pudéssemos... o que Giselle disse... poderíamos ficar juntos dessa forma... eu poderia... — Parecia que uma bolha de ar estava se expandindo lentamente na minha garganta, crescendo, aprisionando minhas palavras. Meu coração bateu forte, ecoando no meu cérebro e dispersando os meus pensamentos.

Zakai se aproximou e, por um instante maluco, pensei que se ele pudesse me abraçar, me acalmar, dizer que tudo ficaria bem — porque ele faria tudo ficar. Porém, ele trouxe o rosto perto do meu, o maxilar apertado, as palavras sibilando através de seu hálito saturado de álcool.

— Você estava certa, Karys. Eu realmente te via como uma pequena idiota. Não mais do que Bibi. — Ele sorriu, seus lábios se esticando cruelmente, seus olhos meras fendas em seu rosto. — Minha própria macaquinha dançarina — ele rosnou. — Sorte a minha.

Minha alma murchou como uma flor sem água sob o sol impiedoso do meio-dia.

Zakai me segurou subitamente e me levou em direção à baixa mureta de concreto na beira do telhado. Ele me inclinou. Meu coração bateu com força enquanto eu soltava um guincho aterrorizado, debatendo os braços, agarrando-me a ele.

— Antes você gostava do perigo — disse ele. Ele trouxe seu rosto perto do meu mais uma vez. — Mas não mais. Não mais. — Ele me virou, empurrando para baixo para que eu me sentasse no chão de cascalho. O ar saiu dos meus pulmões junto com um choro dolorido. — Isso é bom, estrelinha — ele falou, e a luz do luar e algo que eu não conseguia nomear brilharam em seu olhar de sílex. — Vá para casa agora, Karys. Volte para sua vida e me deixe viver a minha. — Ele virou as costas, cambaleando levemente enquanto se afastava, me deixando onde eu estava.

Capítulo Dezenove

O café onde minha amiga Carly trabalhava ficava a apenas alguns quarteirões da faculdade. Eles serviam sanduíches, saladas, sopas, café e assados de padaria. Eu já tinha ido lá uma ou duas vezes, nos grupos de estudo para os quais ela havia me convidado, e fui lá no dia seguinte após ter deixado o apartamento do meu tio e Zakai ter esmagado o meu coração em um milhão de pedaços. Carly estava lá, então pedi um emprego, e ela falou bem de mim para a gerente, uma mulher mais velha com um corpo curvilíneo e centenas de tranças penduradas em suas costas. Dentro de uma hora, eu tinha o meu primeiro emprego.

Tentei sentir a alegria da conquista e a vitória de tal necessidade agora que eu estava completamente sozinha, mas a nuvem de desespero que se enrolara em mim recusava-se a se dissipar. Eu estava entorpecida. À deriva em um mar de melancolia sem terra à vista.

Guardei a mala em um armário de suprimentos no restaurante, atrás de caixas de produtos de limpeza, e só carregava comigo um pequeno saco Ziploc com itens pessoais na minha mochila. Após as aulas, eu passava os dias em que não estava trabalhando na biblioteca. Escovava os dentes no banheiro e me limpava o melhor que podia, e passava as noites dormindo na frente das portas das casas, o meu casaco envolto firmemente em mim, o tremor dos meus membros me impedindo de dormir.

Estava cansada no trabalho, mas grata pelo calor e pelo zumbido constante de atividade que mantinha distantes os meus pensamentos sombrios. Enquanto minhas mãos estivessem ativas e o meu corpo, em movimento, eu conseguia acalmar a mente.

Após a primeira semana no meu novo emprego, a gerente, Ayana, me pegou mexendo na minha mala antes do trabalho.

— Karys — ela disse, parada atrás de mim enquanto eu me virava —, onde exatamente você está morando, garota?

Calor invadiu o meu rosto.

— Eu... em lugar nenhum — murmurei, incapaz de encontrar os seus olhos. Ela me demitiria agora? Eu tinha colocado o endereço do meu tio no formulário que preenchi, e agora ela sabia que era mentira.

— Então você vai ficar comigo — ela falou, sua expressão suave. — Não vou ter uma funcionária que não toma banho regularmente. — E embora as suas palavras fossem duras, seu olhar foi gentil e a oferta, generosa. Comecei a dormir em seu sofá, cheia de gratidão.

À noite, o grito das sirenes — que parecia ser o ruído de fundo constante da cidade de Nova York — desaparecia, substituído pelo balido distante das cabras e pelos gritos silenciosos dos pássaros noturnos agitando-se nas árvores. Eu sentia o cheiro do óleo de amêndoa que eu usava, e o vento quente e seco atravessar a minha pele. Então, inevitavelmente, algum som me trazia de volta do meu transe, o mundo real retornava correndo, e eu me tornava ciente das lágrimas quentes escorrendo por minhas bochechas e do vazio ao meu lado onde Zakai sempre estivera.

Sangrei uma semana depois de me mudar para o apartamento de Ayana e isso fez eu me sentar na borda da banheira, chorando nas minhas próprias mãos. Eu não tinha tomado as pílulas anticoncepcionais dadas por Haziq desde que havia deixado Sundara e, no fundo da minha mente, eu tinha me preocupado com as consequências. Que coisa terrível teria sido descobrir que eu estava carregando um filho de Zakai. E, ainda assim, a prova de que eu não estava parecia o último fragmento de esperança — ao qual eu estava me agarrando, embora não admitisse para mim mesma — a ser arrancado de mim, deixando-me num abismo ainda mais profundo de desolação.

Depois de um tempo, eu me levantei. Quer eu quisesse ou não, e independentemente da natureza desesperada do desejo, eu não tinha meios de obrigar Zakai a permanecer na minha vida. Só podia contar comigo mesma.

Abri minha primeira conta bancária e comecei a depositar os cheques e quase todos os centavos das minhas gorjetas. Eu comia uma vez por dia, fosse a refeição grátis fornecida pelo meu local de trabalho ou, nos dias em que não tinha um turno a cumprir, o fast-food mais barato que eu conseguia encontrar — hambúrgueres espremidos entre duas fatias macias de pão ou uma torta feita com discos redondos de carne sobre um molho de tomate doce e salgado. Meu estômago ainda não estava acostumado com essa nova dieta pouco apetitosa do país que agora eu chamava de lar. Mas eu devorava tudo, de qualquer maneira. Eu sempre estava com fome. A sensação me fazia pensar em Zakai. Ele morava em um castelo agora, feito de aço e vidro. Hoje, era eu quem parecia uma mendiga.

A estação mudou. A neve derreteu. Botões de flores começaram a aparecer nas árvores, e a temperatura ficou amena. Eu nunca tinha conhecido as estações de forma tão drástica e fiquei maravilhada em como a natureza se movia de um extremo para o outro. Como será que ela sabia a hora de mudar?

Comprei um novo celular. Eu tinha economizado o suficiente dos salários para poder alugar um quarto para mim, e fiz isso no final de abril com a ajuda de Carly.

— É uma caixinha de fósforo, Karys. Mas é limpa. E tem vista para o jardim.

Os donos do prédio eram um casal que morava acima do apartamento de um cômodo no porão. A mulher, que Carly disse ser da Índia, tinha plantado o que pareciam ser centenas de flores tropicais brilhantes em vasos coloridos e, agora que o clima estava mais quente, ela as tinha levado para fora.

— Chamar isso de *jardim* pode ser bem generoso. Meu Deus, está uma bagunça lá fora — disse Carly, franzindo o nariz sardento para a miríade de vasos coloridos que cobriam cada superfície da laje de concreto, de modo que mal havia espaço para andar entre eles, deixando a cortina cair novamente no lugar. — Mas pelo menos você tem luz solar.

Empurrei a cortina de novo, observando as já exuberantes vinhas e as flores vibrantes cheias em seus vasos. Meu humor melhorou e, por um momento, senti uma sensação há muito tempo perdida de... animação. Tentei guardá-la comigo, mas não consegui segurá-la, só sabia que tinha estado lá. Por um instante, senti o calor da emoção antes que escorregasse por entre meus dedos ávidos.

— Eu aceito — murmurei.

Minha professora de inglês adotou o livro *O profeta* para as aulas, porém decidi ficar em casa no dia da discussão, encolhida na cama. Eu nunca tinha faltado em uma aula, mas era doloroso demais ouvir o livro que eu tinha lido pela primeira vez sob o brilhante sol de Sundara. Sabia que eram palavras de Kahlil Gibran, mas na minha mente, elas também eram de Ahmad, e eu sentia seu espírito em cada linha memorizada e em cada passagem comovente. Ouvir os outros falarem as palavras que, na minha mente, pertenciam àquele tempo, era uma agonia que eu não podia suportar.

Eu não tinha ideia se sair da casa do meu tio afetaria a bolsa de estudos que eu havia recebido, então, me preparei quando chegou a hora de me inscrever nas aulas de novo. Mas para a minha grande alegria, quando me inscrevi para um período integral de aulas, todas foram aprovadas. Eu frequentaria de novo no outono seguinte, desta vez, como uma veterana.

E quando fui comprar os meus livros, nervosa por não ter dinheiro suficiente depois de pagar aluguel e as contas de consumo do quarto alugado, me disseram que os meus livros didáticos já haviam sido pagos. *Braxton*, eu pensei. Tinha que ser. Sua maneira de pedir desculpas?

Não demorou muito tempo depois disso e eu o vi parado na esquina, do lado de fora do meu local de trabalho, me observando do outro lado da rua. Parei de trabalhar, olhando-o de volta, mas sem dar a ele nenhum sinal de que estaria disposta a conversar.

— Quem é aquele? — Ayana perguntou, chegando ao meu lado e seguindo o meu olhar.

— Meu tio — murmurei. Senti o olhar de Ayana e, obviamente, o que quer que ela tivesse visto na minha expressão a compeliu a ir até a porta da frente, onde ficou com as mãos na cintura, encarando Braxton até ele baixar a cabeça e se afastar.

Mas, alguns dias depois, um pacote chegou ao restaurante endereçado a mim e, quando o abri mais tarde, em casa, estava cheio de fotografias do meu pai e uma coleção de suas medalhas e distintivos militares. Examinei cada item, minhas mãos tremendo ao saber que meu progenitor também tinha tocado nesses itens. Trouxe sua foto para mais perto, olhando para ela, meus olhos percorrendo as suas feições bonitas, vendo mais de Braxton nele do que em mim. Ele era um homem que eu não conhecia e nem reconhecia. E ainda assim, eu sentia sua falta. Lágrimas quentes inundaram os meus olhos e turvaram a minha visão. Ele era mais uma pessoa que poderia ter me amado, mas se fora.

Fiquei grata por Braxton ter enviado a caixa, mas feliz por ele não ter insistido em entregá-la pessoalmente, ou feito mais para me persuadir a voltar e morar com ele. Talvez ele soubesse que não funcionaria. Talvez sua vergonha o impedisse.

De qualquer forma, eu já o tinha perdoado. E a Claire.

Mas eu não tinha vontade de tê-los na minha vida, nem de desistir da independência que eu tinha conquistado.

Eu tinha Carly e Ayana. Eu tinha dinheiro suficiente para viver. Eu tinha o meu próprio e pequeno quarto longe do frio. Eu tinha um jardim florescente de flores tropicais do lado de fora da janela. Eu tinha as aulas, e eu tinha todos os livros que conseguia encontrar tempo para ler.

Não era muito. Mas eu havia provado para mim mesma que poderia seguir em frente. Eu poderia abraçar a nova vida que me fora dada e encontrar alegria — mesmo que em pequenas quantidades — no sol e nas cores logo do outro lado da minha janela. Isso me fez pensar nas palavras de Bertha, de um tempo que parecia ser uma vida atrás, e eu comecei a entendê-las.

Precisávamos de algo bonito, Karys. E você é muito preciosa para todos nós. Você tem sido a nossa luz, a nossa esperança de que ainda há bondade no mundo. Mais.

Eu era diferente agora. Minha luz havia se apagado. Mas por Bertha eu tentaria manter um pouco do brilho que uma vez ela viu em mim.

Estou tentando, Bertha. Estou tentando manter essa luz, essa esperança. Tentando encontrar a bondade no mundo. Por você. Por todos nós que já fomos mantidos em cativeiro.

Pelos que não sobreviveram a Sundara.

Até por Zakai.

Capítulo Vinte

Peguei um caqui, fechando os olhos enquanto o levava ao nariz. Não tinha cheiro. Estranho. Mas talvez fosse isso que acontecia com as coisas que eram trazidas para terras estrangeiras. Elas perdiam a essência do que realmente eram.

Talvez eu também tivesse perdido. Desde que havia chegado a Nova York, o significado de eu ser quem era se tornara turvo e obscuro.

Coloquei a fruta de volta e continuei pelo supermercado, adicionando itens ao meu carrinho.

— Karys?

Ao ouvir meu nome, me virei, exalando um suspiro surpreso ao ver o homem atrás de mim, seu próprio carrinho repleto de compras.

— Cody Rutland!

Ele sorriu e eu me aproximei dele, abraçando-o apertado e depois dando um passo para trás.

— Você sabe que pode me chamar apenas de Cody, certo?

Eu ri.

— Sim, eu sei disso agora.

Ele segurou minhas mãos e me examinou de cima a baixo.

— Você está ótima. Meu Deus do céu, você é uma verdadeira nova-iorquina.

Sorri, embora, na verdade, eu me sentisse deslocada.

— Aprendi a me misturar — eu disse.

Ele sorriu, soltando minhas mãos.

— Como você está?

— Estou bem. — Desviei o olhar rapidamente. — Não estou mais morando com o meu tio. Eu... moro sozinha. Aluguei um quarto bem perto daqui. É... bom. Você mora por aqui?

Ele negou com a cabeça.

— Na verdade, não, mas eu tinha uma reunião aqui por perto. O lugar onde eu moro fica só a uma rápida viagem de metrô daqui. Me fale mais sobre o que tem feito.

— Ah. Bem. Eu tenho um trabalho que adoro. Estou trabalhando em uma lanchonete.

Ele se apoiou em seu carrinho, me analisando por um momento.

— Isso é ótimo. E Zakai?

Meus olhos desviaram dos dele.

— Não falo com Zakai há bastante tempo — contei, incapaz de esconder a tristeza na minha voz.

Cody soltou um suspiro lento.

— Ouvi que ele abandonou os estudos. Fiquei triste em saber.

Engoli em seco.

— Sim. Eu... — Minhas palavras desapareceram. Como poderia explicar tudo o que havia acontecido nos últimos três anos, desde que tinha visto Cody pela última vez, ali na seção de congelados do supermercado?

Como se Cody tivesse lido minha mente, ele ofereceu:

— Que tal você colocar os seus itens no meu carrinho e fazermos as compras juntos e depois eu preparo o jantar para você no meu apartamento? — Ele apontou para os mantimentos que já tinha comprado. — Faço um ótimo espaguete com almôndegas.

Respirei fundo e abri um sorriso.

— Esta noite?

— Sim, esta noite. Agora mesmo. Você já tem planos?

— Não. Não tenho planos.

— Ótimo. Eu também não. Parece um golpe do destino. — Ele deu uma piscadinha e começou a transferir os itens do meu carrinho para o dele.

Trinta minutos depois, após deixar a minha pequena compra em casa, acompanhei Cody de metrô até seu modesto apartamento. Carregamos as compras até o andar dele e ele abriu a porta com um chute enquanto eu entrava.

Que estranho estar no apartamento de Cody Rutland, saber que ele morava naquele lugar e tinha cruzado um oceano para resgatar Zakai, a mim e a outros como nós. E aqui estava eu agora. Parecia um sonho confuso no qual a gente estava com as pessoas certas em todos os lugares errados. Nada se alinhava. Fazia pouco sentido.

— Só coloque ali — disse ele, indicando a única sacola que ele me deixara carregar e apontando para sua ilha, coberta de correspondências e documentos de trabalho. Ele colocou as sacolas que estava segurando em outro balcão e depois se aproximou da ilha, pegando alguns montes, empilhando tudo, enquanto tentava arrumar. — Desculpe pela bagunça. Eu não sabia que teria a sorte de ter companhia esta noite. Já faz alguns anos que o meu apartamento serve mais como um momento de transição entre os trabalhos. Uma senhora idosa lá embaixo dá uma olhada nas coisas para mim e pega a minha correspondência.

Eu não gostava de pensar nos trabalhos aos quais Cody se referia, mesmo que seu propósito fosse nobre e bom. O fato de ele e sua equipe terem que fazer o trabalho em si falava de uma miséria humana e exploração incalculáveis, coisas que estavam acontecendo naquele exato momento. Algo que tinha acontecido *comigo*, e ainda assim... meus sentimentos permaneciam emaranhados e... distantes de alguma forma. O foco da minha tristeza havia sido perder Zakai, não no fato de que eu tinha sido usada, sido uma vítima. Eu tinha sido *protegida* do entendimento mais cruel dessa realidade pela minha família em Sundara. Isso significava que eu nunca me conectaria com a mesma angústia que eles haviam sentido? Ou isso significava que a angústia estava me esperando? Em algum lugar, só um pouco fora de alcance. E se sim, quando me atingiria?

Consegui abrir um sorriso enquanto voltava a minha atenção para Cody.

— Está tudo bem. Seu apartamento é legal.

E era. Não tão chique quanto o de Braxton, nem tão estiloso, mas era aconchegante, seguro e com boa entrada de luz solar. Fui até a janela e olhei para o prédio em frente ao de Cody, observando as pessoas em cada pequena caixa movimentando-se em suas vidas. Pessoas que trabalhavam, amavam e talvez tivessem seus corações partidos como o meu. Pessoas que sonhavam, tinham esperança e suas próprias histórias. Como a minha história tinha mudado completamente desde aquela primeira noite que eu vira Cody.

— No que você está pensando? — Cody perguntou com um sorriso. Eu o admirei enquanto ele enchia uma panela com água e a colocava no fogão.

— Apenas em como a vida é diferente aqui.

— Quase sempre de um jeito bom, eu espero — ele falou, tirando a rolha de uma garrafa de vinho.

— Quase sempre — murmurei. Virei-me para Cody enquanto ele se aproximava de mim, me entregando meia taça de vinho tinto. Eu a peguei. — Ainda não tenho vinte e um anos, sabe. — Balancei levemente a cabeça. — Mas em Sundara, não havia limite de idade... para nada.

Ele me observou por um momento antes de seus lábios se inclinarem gentilmente.

— Eu sei. Você cresceu mais rápido do que a maioria, Karys. Mais rápido do que deveria. Mas acho que um copo de vinho não vai te ferir, desde que você não me denuncie.

Eu ri, erguendo uma sobrancelha.

— Provavelmente não vou.

Ajudei Cody a fazer o jantar e nós comemos sentados na pequena ilha para duas pessoas na cozinha dele, suas correspondências empurradas para o lado, as evidências de sua vida nômade por todo lugar que eu olhava: uma mochila meio desfeita perto da porta, uma planta murcha no peitoril da janela, um calendário do ano anterior pendurado na parede.

Depois do jantar, ajudei-o a limpar e fomos para a sala. Ele acendeu a lareira e eu sentei em seu sofá, puxando as minhas pernas para baixo de mim.

Cody sentou-se à minha frente, girando sua segunda taça de vinho.

— Posso perguntar se há um motivo para você ter saído da casa do seu tio?

Olhei fixamente para o fogo.

— Era apenas a hora de eu ser independente — menti. — Braxton tinha ideias para a minha vida com as quais eu não concordava. — Olhei para baixo, mexendo nas minhas unhas. Senti a atenção avaliadora de Cody em mim, mas não olhei para cima. Que razão haveria para contar a Cody sobre o beijo de Braxton? Isso só o faria se sentir mal por me fazer morar com ele. Era isso que eu dizia para mim mesma, de qualquer forma. Outra pequena parte tremia de medo com a possibilidade de ele me olhar da maneira como Claire tinha olhado. Com incredulidade e nojo. Eu tinha sobrevivido a isso da parte dela, mas não sobreviveria de Cody, este homem que eu via como um herói.

Quando olhei para Cody, ele estava girando a taça de vinho pensativamente, seus olhos fixos no fogo como os meus tinham estado momentos antes. Ele encontrou o meu olhar.

— O que aconteceu com Zakai?

Soltei uma respiração parecida com um soluço. Esse assunto era mais difícil, e eu não conseguiria mentir sobre ele. Ainda estava muito machucada.

— Não sei exatamente — sussurrei, a dor clara na minha voz. — Ele... ele não gostava de estudar, nem de onde morava. Nós... começamos a nos afastar. — Balancei a cabeça. — Ele começou a modelar. Eu o vejo em alguns anúncios às vezes. Ele está indo bem, acho. — Olhei para baixo, me forçando a não chorar. Não agora. Não queria parecer uma criança na frente desse homem que eu respeitava.

Cody levantou-se, aproximando-se de onde eu estava sentada.

— Sinto muito, Karys.

— Ainda dói. O tempo todo.

Cody colocou o vinho na mesinha, respirou fundo e soltou o ar lentamente. Ele apoiou os cotovelos nos joelhos e entrelaçou as nossas mãos. Eram tão maiores que as minhas. Fortes e bronzeadas, douradas, comparadas ao meu tom oliva. Mãos que agarravam aqueles presos na escuridão e os puxavam para a luz.

— Zakai contou que encontrei a mãe dele?

Minha respiração parou.

— O quê? Quando?

Ele se recostou e coçou a parte de trás do pescoço.

— Logo depois que você chegou aqui, quando ele ainda estava na casa de acolhimento.

Confusão me dominou — confusão e dor.

— Não — admiti. — Ele nunca disse nada.

A testa de Cody se franziu e ele pareceu hesitante. Mas, então, seus olhos se moveram para algo na parede atrás de mim, e ele pareceu tomar uma decisão. Ele respirou fundo.

— O pai de Zakai morreu quando ele ainda era um bebê. A mãe era muito pobre e não conseguia alimentá-lo. Ela o vendeu para "trabalhar" nos campos. Não é incomum famílias em áreas empobrecidas, que mal conseguem cuidar de seus filhos, fazerem esses acordos. Eles são enganados. Pensam que estão mandando os filhos para um lugar melhor. Eu disse isso a ele também. Muitas vezes, eles simplesmente não têm escolha e os traficantes se aproveitam de seu desespero.

Meu coração doeu. Não havia como eu saber se Zakai tinha alguma lembrança da sua mãe, mas ele sabia que havia sido entregue quando nos encontramos no café. *Da primeira vez, quando ele prometeu voltar para as aulas.* Ele não me contou. Senti o nosso afastamento crescer mesmo naquela época, mas não tinha ideia da extensão, muito menos do motivo.

— Quantos anos ele tinha? — perguntei suavemente. — Quando foi entregue?

— Ele tinha seis. — Cody pausou. — Ele tem poucas lembranças da mãe, mas se lembra dos maus-tratos, das surras que recebeu dos homens para quem foi trabalhar. Ele acabou fugindo e estava vivendo nas ruas há bastante tempo quando Haziq o encontrou, faminto e sozinho. Haziq ia vendê-lo de novo, mas decidiu usá-lo como meio de atrair as pessoas. Ele era muito jovem, de aparência inocente, naturalmente confiável. Haziq usou tanto a manipulação *quanto* a presença de Zakai para convencer aqueles que ele considerava úteis a se renderem facilmente para acompanhá-lo até Sundara, onde... bem, você sabe o que acontecia lá.

Meus ombros caíram e desviei o olhar.

— Zakai se lembra disso?

Cody assentiu.

— Sim. — Ele fez uma pausa. — Zakai é reservado, mas eu tive a sensação de que ele tinha vergonha disso.

Claro que ele sentia vergonha. Como não sentiria? De repente, ocorreu-me algo e meu estômago se apertou.

— Zakai... me atraiu para ele?

Cody me observou por um momento.

— Sim. Zakai estava ficando mais velho e resistindo ao seu papel no esquema de Haziq, que não tinha utilidade para Zakai a não ser essa. Ele poderia tê-lo vendido para outros traficantes naquela época, e provavelmente teria feito isso mesmo, mas por uma reviravolta do destino, Haziq viu você. Notou como você e Zakai eram parecidos. Sua mente pervertida e gananciosa começou a girar com a ideia de como você eventualmente se encaixaria nas apresentações. Ele usou Zakai para te atrair do pátio onde você estava brincando. Você era jovem, mas era um investimento.

Minha mente girou. *Um investimento.* Algo que trazia retorno financeiro. Zakai entendera completamente enquanto eu, não. Eu não tinha lembrança daquele dia fatídico. Mas Zakai, sim.

— Ele nunca me contou — murmurei. — Ele guardou para si mesmo.

Assim como ele sempre fez. Talvez fosse um hábito. Talvez fosse algo mais. Houve um tempo em que eu tinha muita certeza das coisas, mas esse tempo não existia mais. Pensei no dia em que Bertha havia morrido, quando ouvi Zakai pedindo desculpas a ela e Bertha oferecendo perdão. Meu coração se apertou quando a compreensão surgiu. Ele se culpava por muita coisa.

— Como você soube sobre Sundara? — perguntei, após um momento.

Ele inclinou a cabeça.

— Nós recebemos informações sobre lugares como Sundara, geralmente de pessoas locais.

— Há outros lugares como Sundara?

Seus lábios se afinaram por um momento.

— Sundara era única, até mesmo para mim, e eu... — Ele soltou o ar. — Bem, eu já vi muita coisa. Mas sempre há lugares como Sundara.

Sempre há lugares como Sundara. Fechei os olhos, soltando um suspiro trêmulo.

— Quero que saiba, Karys, que aquele caderno que você usava para escrever os nomes, nós o utilizamos para prender muitos homens envolvidos no comércio sexual. Haziq nunca mais verá a luz do dia. Mas o que você fez ao identificar os homens que visitaram Sundara... salvou as pessoas de serem suas vítimas em outro lugar.

Suas palavras soaram como um raio de sol me envolvendo e soltei um suspiro grato, mesmo que ainda estivesse tentando processar o que ele me contara sobre Zakai.

Cody me deu alguns instantes, percebendo com nitidez o turbilhão de emoções. Ele olhou além de mim, inclinando o queixo em direção a algo. Virei a cabeça, olhando para a pintura que retratava uma pessoa com um instrumento, de pé em uma pequena plataforma diante de uma plateia.

— Sempre amei os impressionistas — ele disse. — Você aprendeu sobre eles durante as aulas?

Confusa com a mudança de assunto, neguei com a cabeça, meus olhos demorando-se na imagem.

— Aquela se chama *La Parade de Cirque*. Ou *O desfile de circo*, em nossa língua. É de Georges Seurat.

Engoli em seco, meu olhar passando por outros detalhes... um homem com bigode e o que poderia ser um chicote, uma criança — ou talvez uma pessoa com nanismo — olhando para cima, para ele. *Eles estão aqui para uma atração de circo.* A voz de Haziq ecoou na minha mente e fechei os olhos por um segundo antes de olhar de volta para o rosto rústico e bonito de Cody.

— É uma reprodução, claro — ele contou, seus olhos perspicazes passando por minhas feições. — Meu ramo de trabalho muitas vezes traz a riqueza do seu dever, embora não de coisas materiais. Mas um dia vou descobrir como conseguir uma obra dessas de verdade. — Ele sorriu e, apesar de, por um momento, a pintura ter evocado Sundara e a voz cruel de Haziq, eu também sorri, imaginando aonde Cody queria chegar com isso.

Ele pigarreou.

— De qualquer forma, Seurat usava um tipo de impressionismo chamado pontilhismo, que é uma arte feita de um milhão de pequenos pontos de cor. Se você se aproximar dela, seria difícil dizer o que a imagem representa. Você tem que se afastar para que todos esses pontos se juntem e formem algo nítido.

Inclinei a cabeça.

— Como as estrelas — murmurei.

— As estrelas?

— As constelações. Só vemos a imagem do peixe, do touro ou dos gêmeos porque as nossas mentes criam as linhas entre cada ponto.

Cody sorriu.

— Sim. Exatamente. — Ele fez uma pausa, olhando profundamente em meus olhos. — A vida pode ser turva, Karys. Muitas vezes cabe a nós preencher as linhas. Às vezes é necessário forçar a vista para ver mais nitidamente. Você entende o que estou dizendo?

Meu coração saltou e respirei fundo de forma trêmula ao assentir. Embora eu estivesse me sentindo abatida, suas palavras elevaram o meu espírito sombrio e me deram uma dose de esperança pela primeira vez em muito, muito tempo. Absorvi a imagem de seus olhos bondosos, cabelos espessos, cuja cor uma vez comparei à areia porque era a única geografia que eu conhecia. Mas agora, vendo Cody Rutland no meio do mundo vasto, pensei que seu cabelo se assemelhava mais a um campo de trigo sob um sol poente. Ele me resgatara uma vez e eu me sentia resgatada agora.

Me inclinei e colei os lábios nos dele, aproximando meu corpo.

Obviamente pego de surpresa, ele ficou imóvel por um momento, antes de se afastar depressa. Então recuou, passando a mão pelos cabelos.

— Está tudo bem — eu disse, depressa. — Eu queria te beijar. — Olhei para baixo, envergonhada. — Eu queria que você me beijasse de volta.

Cody se levantou, indo até a lareira onde havia colocado a mão próxima ao fogo, de costas para mim. Depois de um momento, ele se virou.

— Não. Não é certo. Sinto muito. Você é linda e... cativante, Karys. Mas estou aqui para te apoiar, não para complicar as emoções que você ainda está enfrentando.

A dor apertou meu coração.

— É só isso? — perguntei. — Ou é porque você nos viu? Em Sundara? Porque viu o que éramos. — Lágrimas brotaram, e a vergonha inundou o meu peito.

Cody apertou os lábios, voltando ao sofá e sentando de novo, mas mais longe de mim desta vez.

— Não é isso. Você merece um tempo para descobrir quem é, além de qualquer homem. Mesmo Zakai. Há uma profundidade em você, Karys, que acho que nem reconhece ou entende ainda. Você vai fazer coisas incríveis com sua vida.

Você merece um tempo para descobrir quem é, além de qualquer homem. Mesmo Zakai. Meu tio dissera a mesma coisa. Mesmo que ele tivesse acabado me traindo. Ainda assim… talvez ambos estivessem certos; mas, se sim, por que doía tanto? Por que eu me sentia tão sozinha?

Cody me acompanhou de volta para casa, de metrô, e caminhamos em um silêncio que se tornou confortável durante a viagem de volta. As estrelas nem sempre eram visíveis em Nova York, mas naquela noite estavam, e algo naquela vista deu ao meu coração consolo e me permitiu encontrar paz na rejeição de Cody. Eu tinha procurado algo que os seus braços não poderiam me oferecer.

Enquanto viajávamos em um silêncio amigável, considerei o que poderia ter sido aquilo. Eu me senti resgatada por ele novamente, mas de quê, desta vez? *Da sua tristeza*, meu coração sussurrou. Sim, eu me senti resgatada da minha tristeza, talvez porque nunca realmente havia aprendido a suportá-la sozinha. Zakai, Bertha e os outros poucos membros da minha família tinham me protegido e carregado meus fardos. Eu havia "retribuído" a Cody por aliviar a minha tristeza, oferecendo a única coisa que eu tinha de valor: meu corpo. Mas Cody pareceu reconhecer a situação pelo que era. Seu trabalho era com pessoas que haviam passado pelo mesmo que eu. Como ele não entenderia? Ele era um homem bom e honrado.

A vida, eu estava começando a perceber, entregaria as lições de que eu precisava para aprender e crescer. Cabia a mim ser corajosa o suficiente para estender os meus braços e aceitá-las.

— Fique bem, Karys — ele sussurrou quando chegamos à minha porta.

— Fique bem também, Cody Rutland — sussurrei de volta. *Meu salvador.* Seu papel na minha vida havia terminado, mas eu sempre seria grata pelo que ele havia feito.

Capítulo Vinte e Um

Dawson estava em uma das minhas aulas naquele primeiro semestre, e me convidou para jantar, mas recusei. Foi bom vê-lo, mas meu coração simplesmente não estava pronto para um novo relacionamento. Eu precisava me concentrar em mim mesma. E ainda estava de luto por Zakai, apesar da forma odiosa como ele me tratara naquele telhado na noite de inverno em que fiz dezoito anos.

Vi Dawson de mãos dadas com uma loira bonita vários meses depois, e ele ergueu a mão, segurando o que parecia ser um lápis quebrado, e me deu um sorriso triste. Soltei um suspiro, sorri de volta e acenei para ele.

— Garota, você lê tanto, que não faço ideia de por que ainda não decidiu fazer seu bacharelado em inglês — disse Ayana, certo dia, enquanto eu estava sentada à mesa dos intervalos no fundo, com o nariz em um livro e um sanduíche pela metade na minha frente.

— Meu orientador da universidade disse que eu deveria pensar em um emprego que quero ter e depois escolher uma especialização com base nisso — eu disse, franzindo a testa. — Mas ainda não tenho ideia do que *quero* fazer. Além de trabalhar aqui. — *E ler*. Mas, infelizmente, isso não era algo pelo qual alguém me pagaria.

— Isso é triste. Eu te amo, Karys, mas você pode fazer melhor do que servir sopa pelo resto da sua vida.

— Eu gosto de servir sopa — respondi. E eu gostava mesmo. Mas ela estava certa. Servir mesas não balançava a minha alma da forma que eu imaginava que um trabalho *de verdade* poderia balançar. O que eu queria, porém, eu ainda não tinha ideia.

— Eu sei, bonequinha, mas há algo maior para você lá fora, sinto isso no meu íntimo. E, querida, o meu instinto nunca errou.

Dei um sorriso e voltei para o meu livro. Mas, no dia seguinte, baseada apenas nos instintos de Ayana, porque eu ainda não confiava completamente nos meus, declarei inglês como a minha especialização.

As estações mudaram, os anos passaram. Parecia que Zakai estava em toda parte — nas capas de revistas do supermercado, em outdoors na Times Square e em comerciais durante os programas de televisão que eu tentava assistir. Programas de entretenimento publicavam fotos de paparazzi dele em iates com grupos de festeiros seminus e entrando em clubes noturnos com um grupo de fãs bajuladoras. Doei minha televisão e desviei o olhar dos lugares onde temia ver sua expressão cruel e noturna me encarando, me fazendo odiar, me fazendo ansiar, reavivando a minha tristeza de forma que eu não conseguia superá-la durante dias.

Eu me formei na faculdade em um dia quente de primavera, em maio. Ayana tirou uma foto atrás da outra de mim e Carly, e chorou quando eu disse que foi por causa dela que saí do fundo do poço. Talvez ela não tivesse salvado a minha vida, mas teve seu papel em manter a minha alma intacta. Eu tivera três mulheres que haviam sido figuras maternas na minha vida. Da primeira eu mal me lembrava, a segunda havia partido cedo demais e a terceira tinha ajudado a consertar meu coração partido, embora eu ainda não tivesse revelado os detalhes do meu passado nem para ela nem para Carly. Elas deixariam de me amar se soubessem, e eu precisava desesperadamente do seu amor.

Enquanto estávamos saindo do auditório onde a cerimônia de formatura tinha acontecido, uma figura familiar se aproximou, mãos nos bolsos, a cabeça inclinada, nervosismo em seu olhar.

— Oi, Karys.

— Tio Braxton. — Parei, olhando para Carly e Ayana. — Alcanço vocês em um minuto — avisei-as. Ayana pareceu que ia argumentar, mas logo começou a se mover em direção ao carro, depois de lançar um olhar de advertência e suspeita para Braxton.

— Parabéns — disse ele, oferecendo um sorriso hesitante, seus olhos se movendo para o canudo do diploma que eu segurava. — Você conseguiu.

Assenti.

— Obrigada.

Ele olhou para um ponto atrás de mim por um momento.

— Sinto muito, Karys. O que fiz foi imperdoável. Achei que depois de todo esse tempo eu teria palavras melhores, e tentei pensar nelas, mas o pedido de desculpas é o cerne de toda a questão.

— Eu te perdoei, Braxton.

— Obrigado — ele respondeu, fazendo uma careta e enfiando as mãos mais profundamente nos bolsos.

Houve um silêncio constrangedor entre nós.

— Como está Claire? — perguntei, por fim.

Braxton soltou uma risada sem humor.

— Ah. Hum, nós terminamos anos atrás, na verdade. Estou namorando outra pessoa. Vamos nos casar neste outono. Pensei que você talvez quisesse ir...

Neguei com a cabeça.

— Não, obrigada, mas te desejo tudo de bom.

Braxton soltou o que pareceu ser uma expiração contida.

— Não, claro, eu entendo. Seu pai ia me dar uma surra. Se isso faz você se sentir melhor, desde aquela noite venho me punindo, como ele teria feito.

Olhei para onde Carly e Ayana estavam me esperando no carro de Ayana, as duas paradas contra o veículo, me olhando enquanto eu conversava com Braxton — duas mães protetoras. Meu coração se aqueceu. Me concentrei novamente em Braxton.

— Não, isso não faz eu me sentir melhor. Você cometeu um erro. Eu cometi também. — Fiz uma pausa. — Agradeço pelos livros que você tem pagado todos esses anos para mim. Me ajudou muito.

— Meu Deus, sim, é o mínimo... bem, eu gostaria de poder fazer mais. Se você precisar de qualquer coisa...

Estendi a mão e, depois de uma breve pausa, ele a pegou.

Sorri.

— Fique bem, Braxton.

Outro adeus.

— Você também, Karys.

Caminhei em direção a Ayana e Carly. Eu tinha sido sincera com Braxton — eu o perdoara por me beijar naquela véspera de Ano-Novo. Mas não conseguia esquecer que ele tinha afastado Zakai não porque achava que era o melhor para mim, como ele dissera, mas porque estava com *ciúmes* de Zakai.

Zakai tinha percebido isso, mas eu não.

Parecia ser um tema recorrente em nosso relacionamento.

Não que importasse mais. Braxton tinha feito suas escolhas. Mas então, Zakai também tinha feito as dele.

Capítulo Vinte e Dois

Saí do Restaurante da Ayana pela última vez como funcionária três meses depois de me formar na Universidade de Nova York. Eu tinha conseguido um emprego em uma grande editora para fazer um trabalho que, embora básico e pesado, me deixava feliz e emocionada. Eu amava o meu novo emprego. Amava que o meu dia inteiro de trabalho — pesado ou não — fosse preenchido com livros. Ninguém me pagava para ler, mas só de estar cercada por romances e outras pessoas que os amavam com a mesma intensidade que eu, isso já acendia uma chama dentro de mim.

Autores vinham ao escritório para se encontrar com seus editores ou para autografar cópias de seu último título, e eu os observava com estrelas nos olhos. Esses eram os criadores de histórias, os tecelões dos encantamentos, e para mim eles eram criaturas mágicas comparáveis a elfos e fadas madrinhas.

Aprendi sobre o negócio rapidamente e desempenhei as minhas funções com diligência e entusiasmo e, após menos de um ano, fui promovida.

Era uma quarta-feira comum enquanto eu corria para pegar um táxi para casa depois de um longo dia, mas acabei tropeçando, meu tornozelo dobrando embaixo de mim enquanto eu caía para a frente. Alguém me segurou pelo lado, e ambos colidimos enquanto ele lutava para me manter de pé.

— Você está bem? — perguntou, ofegante, quando consegui me estabilizar, a mão agarrada ao seu antebraço.

Soltei um gemido de dor, me reerguendo e ficando cara a cara com...

— Dawson? — perguntei, piscando e colocando os pés no chão.

— Karys? — Seus olhos se arregalaram. — Meu Deus. Oi. Você está bem?

Assenti, colocando um pouco mais de peso no tornozelo. Doía, mas parecia que eu só tinha torcido.

— Sim. Graças a você. — Dei uma pequena risada. — Quase caí ali.

Ele abriu um sorriso incrédulo.

— Uau, é tão bom te ver. Você está... ótima. — Ele deu uma risadinha envergonhada e balançou a cabeça. — Como tem passado?

Dei um passo para trás, criando um espaço entre nós.

— Eu estou... ótima. — Abri um sorriso. — E você? Trabalha por aqui?

Ele estava vestindo um terno e gravata, seu cabelo penteado cuidadosamente para o lado.

— Sim. Estou ótimo também. — Ele riu. — Trabalho em Wall Street.

— Ah! Bem, não estou surpresa. — Não sabia muito sobre Dawson, mas sabia que ele havia nascido e crescido em Nova York e que havia estudado finanças. Era só olhar para ele que era perceptível como ele se sentia perfeitamente confortável em um terno de três peças.

Houve um momento de silêncio levemente constrangedor enquanto ele me observava. Após alguns segundos, balançou a cabeça.

— Uau. É tão louco trombar com você assim.

— Literalmente — eu disse.

— Ah. Certo. — Ele olhou para o meu tornozelo. — Tem certeza de que está bem?

— Sim. Só que agora preciso encontrar outro táxi. — Soltei um suspiro, olhando para a esquerda e a direita para todas as pessoas esticando o pescoço, competindo pela fila de táxis que passavam.

— Na verdade, tenho um carro estacionado em uma garagem aqui perto. Posso te levar para casa?

Ergui as sobrancelhas. Sabia que eram poucas as pessoas que viviam em Nova York, tinham carros e trabalhavam com eles na cidade. Estacionamento era sempre um problema, e ter um carro significava que você podia pagar o luxo de um espaço cobiçado de estacionamento tanto no trabalho quanto em casa.

— Claro, isso seria... — eu falei.

— Ótimo — nós dissemos e rimos juntos.

Dawson me deu uma carona para casa e me buscou naquele fim de semana para jantar. Começamos a nos ver regularmente. Eu nunca tinha namorado antes e gostava da sensação de ser cortejada. Ele me trazia flores e me dava pequenos presentes. Me levava a restaurantes sofisticados e galerias de arte, festas que os seus colegas de trabalho faziam em seus apartamentos em andares altos e de vidro. Festas que tinham garotas com pouca roupa servindo doses de álcool em bandejas de prata e mesas com linhas brancas de pó que os convidados cheiravam através de canudinhos de papel.

De certa forma, Dawson era o mesmo garoto charmoso que eu havia conhecido na aula tantos anos atrás. Mas, de outras maneiras, ele havia mudado. Ou talvez fosse simplesmente o fato de que eu não havia conhecido seu outro lado. Ele era apaixonado por coisas materiais e aparências. E gostava que eu me vestisse com roupas bonitas para que pudesse me exibir nas festas onde drogas estavam prontamente disponíveis para quem quisesse participar.

— Você... você usa isso também? — perguntei, acenando para as linhas brancas e retas.

— Não. Eu não uso drogas, Karys. E também não quero que você use.

— Claro que não — murmurei.

A cena toda me lembrava Sundara de alguma forma que eu achava difícil de articular. Assim como lá, parecia um espetáculo. Como se eu estivesse interpretando algum papel, mas não sabia exatamente sobre o que era.

Pensei em Zakai. Lembrei-me da noite em que o tinha visto na festa no terraço na véspera de Ano-Novo e me perguntei se a vida que ele estava vivendo agora parecia uma extensão de Sundara também. Isso fez o meu coração doer e a minha respiração sair com dificuldade. Considerar coisas específicas sobre a vida dele, mesmo tantos anos depois, ainda me deixava sensível e atordoada.

Dawson me beijou pela primeira vez duas semanas depois de começarmos a sair. Foi agradável. Simples. Descomplicado. Não havia uma margem de vergonha. Mas também faltava um pouco de selvageria. Aquele fogo avassalador que me fazia tropeçar da realidade e rodopiar entre as estrelas.

Talvez, eu disse para mim mesma, meus sentimentos por Zakai fossem realmente apenas uma forma de insanidade, e o amor não devesse ser tão facilmente confundido com loucura.

Dawson me levou em uma viagem de fim de semana para Nantucket e lá fizemos amor pela primeira vez. Ele não era um amante habilidoso; mas, por outro lado, eu só tinha estado com um homem que conhecia cada nuance do meu corpo. Essas coisas exigiam paciência e tempo.

E amor, pensei, certa de que esse sentimento também chegaria em algum momento.

Caminhamos na praia e contei a ele sobre Sundara, meu coração na garganta, temendo que ele me rejeitasse assim que soubesse a verdade. E embora os seus olhos estivessem preocupados, ele pegou a minha mão na dele, beijando os nós dos dedos e dizendo que eu era corajosa.

— Você não deve contar para qualquer um sobre seu passado, Karys. Algumas pessoas vão te julgar.

Minha testa franziu em vergonha, mas eu sabia que ele estava certo.

Eu não havia conhecido Dawson muito bem na época da faculdade, mas logo descobri que ele era ciumento. Eu evitava olhar para as fotografias e os vídeos de Zakai, mas Dawson nunca perdia a oportunidade de comentar se nos deparávamos com alguma campanha publicitária ou qualquer outra coisa que o envolvesse.

— É difícil competir com isso — ele dizia, rindo de um jeito que soava mais amargo do que alegre.

— Não há competição — eu o tranquilizava, mas geralmente levava alguns minutos até ele sair de seu mau humor autoinduzido.

Um dos colegas de trabalho de Dawson organizou uma festa na véspera de Ano-Novo, um evento de gala em puro luxo num salão de festas de um hotel, onde o champanhe fluía e as drogas eram escondidas em suítes no andar de cima, para onde os convidados "privilegiados" recebiam cartões de acesso total.

A contagem regressiva diminuiu. As buzinas soaram. A música tocou e Dawson segurou meu rosto com as mãos, seus lábios encontrando os meus. Um novo ano nasceu. Eu tinha vinte e três.

— Feliz aniversário, amor — ele sussurrou.

Fui ao banheiro e, quando voltei, Dawson estava me esperando, com os olhos levemente vidrados enquanto limpava o nariz. Peguei sua mão e nos dirigimos ao nosso quarto. Havia uma pintura de pessoas passeando num parque perto de um lago na parede próximo ao elevador. Aproximei-me dela.

— Uma arte impressionista — sussurrei, chegando ainda mais perto, a imagem se fundindo em milhares de minúsculos pontos de cor.

— Hein? — Dawson perguntou.

Olhei para trás, onde ele estava e vinha se aproximando de mim.

— Você gosta de impressionismo? Este é um tipo chamado pontilhismo. A imagem só fica clara quando você se afasta — comentei.

Ele franziu o cenho para a pintura.

— Para mim, parece uma bagunça — ele falou, com uma risada curta.

Naquela noite, ele fez amor comigo com um vigor e uma paixão que nunca havia mostrado antes. Bati a cabeça na cabeceira durante um empurrão particularmente entusiasmado, e gritei de prazer, curtindo a dor, querendo mais.

Quando terminou, Dawson, com os olhos embaçados, virou-se e pegou algo na gaveta, voltando-se para mim e abrindo uma caixinha preta. Um enorme diamante se encontrava lá dentro.

— Case-se comigo — ele pediu.

Minha boca se abriu e eu me sentei.

— Dawson. — Ofeguei. Estava chocada, quase anestesiada. Não esperava um pedido de casamento nem por um segundo.

— Diga sim — ele sussurrou. — Você será a mulher mais feliz do mundo. Vou garantir que as outras esposas fiquem verdes de inveja. Eu te amo, Karys. Diga sim. Diga sim.

Ele me amava. Apesar do que eu tinha sido. Do que eu tinha feito. Ri, levando minha mão à sua bochecha.

— Sim — respondi, enquanto ele colocava o anel no meu dedo. Dawson me abraçou e me beijou e, embora meu corpo não cantasse sob seu toque, havia um zumbido suave e gentil.

Nem todo vento era forte e quente, fazendo nossa mente girar e virando nosso mundo de cabeça para baixo. Algumas brisas eram frias e gentis, trazendo calma e alívio.

Mais tarde, incapaz de dormir, sentei-me no parapeito da janela, olhando as luzes da cidade. Sabia que havia um outdoor gigante com o rosto de Zakai logo na esquina, fora de vista. Embora não estivesse na minha linha de visão, era como se eu sentisse sua presença da mesma forma. Sentia *ele* como um espectro fantasmagórico que me assombraria para sempre.

Um casal passou correndo na rua abaixo e, embora eu não pudesse ouvi-los da altura em que estava, percebi que estavam rindo pela maneira como moviam suas cabeças. Jogadas para trás, a alegria dirigida às estrelas, enquanto recebiam alegremente um ano totalmente novo.

Meus pensamentos se voltaram outra vez para aquela terrível véspera de Ano-Novo, quando vi Zakai pela última vez. Perguntei-me se esse feriado sempre doeria. Olhei para a pedra no meu dedo.

Não. Agora você criou uma memória feliz. Hoje não é mais um dia amaldiçoado. Hoje é o dia em que você ficou noiva.

Como se concordasse, mesmo dormindo, Dawson fez um pequeno ruído e virou-se na cama. Meu olhar se moveu para a cabeceira onde eu havia batido a cabeça, a memória do prazer repentino que isso trouxe. Aquilo me incomodou.

Eu já havia gostado de ser machucada durante o ato amoroso. A dor havia intensificado a experiência. Zakai sabia disso muito bem.

E ele havia notado quando parei de desejar essas sensações.

Pisquei para as estrelas, e algo se abriu dentro de mim. Uma porta escondida contendo baús dourados de segredos. Ela rangeu enquanto se abria. Sim. Eu *queria* que ele me machucasse. Eu precisava disso.

Por quê?

Abra os olhos, Karys. Abra-os bem.

Porque você sabia, sussurrei para mim mesma. Mesmo sendo meio criança/meio mulher, você sabia que ele estava mentindo para você, protegendo você da verdade horrorosa. Você permitiu, mas odiou um pouco a si mesma pela aquiescência. Pelo fardo que ele carregou sozinho.

Um suspiro escapou do meu peito dolorido. Pensei no que Bertha dissera enquanto seu espírito começava a deixar o mundo.

Espero que você nos odeie primeiro.

Finalmente fez sentido. Ela esperava que eu percebesse que eles tinham me protegido das verdades mais duras sobre Sundara e do mundo ao redor, porque isso significaria que os meus olhos finalmente tinham se aberto. Significaria que eu havia aprendido a terrível verdade e toda a sua multifacetada miséria.

Mas não nos odeie para sempre.

— Ah, Bertha — murmurei suavemente.

Eu não os odiava, nem mesmo a Zakai.

Especialmente Zakai, pensei, desolada.

Embora Zakai tivesse deixado claro que me odiava.

Olhei de novo para Dawson desmaiado na cama. O homem com quem eu me casaria e, algum dia, teria filhos. Franzi a testa, mordendo o lábio e voltando o meu olhar para o céu. Por que eu ansiara pela dor novamente naquela noite?

Qual era a mentira que eu estava contando para mim mesma agora?

Capítulo Vinte e Três

Nosso noivado foi um furacão. Dawson me convenceu de que não havia razão para esperar, por isso marcamos a data para um sábado no início de junho. A mãe dele entrou em cena, uma mulher com a voz alegre que usava óculos de sol perpetuamente, mesmo em dias nublados.

— Estamos *em cima* da hora, querida! Marquei sete compromissos para nós neste sábado e sei que parece demais, mas, realmente, o tempo é essencial. Meu Deus! Menos de seis meses! Isso é inédito. E com você sendo órfã, todo o trabalho recai sobre mim. O *estresse*, meu Deus — disse ela, abanando-se de um jeito dramático. — Está pronta, Karys? Espere, você vai vestir *isto*?

Se havia um lado divertido em organizar um casamento, eram as partes que eu planejava com Carly. Pedi a ela para ser minha madrinha e passamos tardes vasculhando araras de vestidos coloridos e escolhendo os sapatos que eu usaria com o meu vestido. Ela tinha estudado design de moda e recentemente conseguira um emprego como *personal shopper* em uma das maiores lojas de departamento da cidade, então não só me presenteou com os seus conselhos de estilo, como também me fez rir com histórias engraçadas sobre os seus clientes "nariz em pé" e todas as suas exigências.

Claro, acabávamos passando muito mais tempo no almoço conversando do que na própria tarefa do casamento, então não era de se admirar que eu gostasse mais desses dias.

— Você vai escolher o vestido amanhã? — Carly perguntou, pegando sua taça de vinho branco e dando um gole. Tínhamos acabado de nos sentar em um café ao ar livre depois de passar a manhã colocando trezentos convites em envelopes. Duzentos e noventa e três convites eram por conta de Dawson, sete eram meus: Carly, Ayana, três amigos da faculdade com quem eu ainda mantinha contato e dois colegas de trabalho com quem eu tinha uma relação mais pessoal.

Revirei os olhos.

— Sim. E tenho certeza de que será tão intolerável quanto espero com *Minnie* no comando.

Carly riu.

— Ainda não consigo acreditar que ela tenha o nome de um rato da Disney. Apenas escolha a primeira coisa que provar. Você é tão linda que qualquer vestido ficará incrível, não importa qual seja.

— Obrigada. — Sorri. — Provavelmente será mais fácil deixar Minnie escolher por mim. — Peguei a minha taça de vinho. Raramente bebia, mas se algo inspirava o desejo, era a ideia de passar um dia escolhendo vestidos com a mãe do Dawson. Dei um gole, olhando para a rua, onde um ônibus parou, o rosto de Zakai estampado na lateral. *Ai, Deus.* Rápido assim, meu humor decaiu mais ainda.

— Ei, você está bem? — Carly perguntou.

— Sim. Eu... — Exalei fundo, tomando outro gole. — Carly...

Carly se inclinou para a frente.

— Fale comigo. Você parece aérea nessas últimas vezes que nos encontramos. — Ela fez uma pausa. — Karys, você está com medo?

Meus ombros caíram enquanto eu soltava outro suspiro.

— Não. Não é isso. — Encarei seus olhos bondosos. — Toda essa coisa do casamento me deixou... — Balancei a cabeça.

Eu tinha confidenciado a Dawson sobre Sundara, sobre Zakai, mas ele era o único a quem eu tinha contado por minha própria escolha. Eu nem sabia como falar sobre o assunto.

— É sobre o seu passado? — Carly perguntou baixinho.

Assenti.

— Eu sei que simplifiquei as coisas, mas a verdade é que, Deus, eu adoraria poder conversar com alguém a respeito.

— Ah, Karys — disse Carly com gentileza. — Você pode falar comigo sobre qualquer coisa.

Assenti, agradecida. Apontei para o ônibus ainda parado na rua.

— O homem naquela foto — comecei. — Eu costumava acreditar que ele era a outra metade da minha estrela...

Hesitante, contei a Carly de onde eu tinha vindo e com quem havia viajado. Carly bebeu duas taças de vinho, e seus olhos se arregalaram várias vezes com a minha história. Embora eu estivesse me confidenciando a ela, ainda retive algumas informações, mantendo Ahmad, Bibi, Bertha e até alguns detalhes sobre Haziq para mim. Mesmo depois de todos esses anos, eu não sabia como analisar a complexidade dos meus sentimentos por todos eles, tanto os bons quanto os ruins.

Talvez descobrisse isso um dia, talvez não.

— Você contou tudo isso ao Dawson, certo? — Carly perguntou.

— Sim. Dawson me disse para não contar a ninguém, mas... eu... — Eu precisava confiar em alguém, e Dawson mudava de assunto sempre que eu falava sobre algo relacionado ao meu passado, como se isso o envergonhasse. E eu entendia o motivo. Não o culpava por isso. Pensar na sua futura esposa realizando atos sexuais na frente de estranhos porque ela tinha sido traficada quando criança deveria ser, no mínimo, desagradável.

Mas Carly franziu a testa.

— Espere, por que ele te disse isso? — ela questionou.

— O assunto o deixa chateado, eu tenho certeza.

— Mas é a sua história. O que ele tem a ver com isso?

Dei de ombros.

— Ele vai ser o meu marido.

Carly ficou em silêncio por um momento.

— Esse homem... Zakai. Você foi... forçada a ficar com ele?

— Não, não foi assim. — Deixei a minha mente voltar para Sundara, para o quarto que compartilhávamos. — Entramos em um relacionamento físico muito naturalmente, talvez da mesma maneira que quaisquer jovens que não sejam parentes e cresceram próximos entrariam. — Olhei para trás de Carly, viajando de volta por aquele vasto deserto dourado. — Dormimos na mesma cama a maior parte de nossas vidas. Conforme os nossos corpos mudavam, recorremos um ao outro, aprendendo, explorando. — Eu me ouvi falando como se estivesse em transe enquanto minha mente evocava aquela época, a calçada de Nova York se transformando em areia. — Era tudo em que eu conseguia pensar. Alguns dias mal saíamos do quarto para comer, tão envolvidos pelo incrível prazer que havíamos descoberto. Era inebriante. *Ele* era inebriante, de repente não apenas o garoto que me protegeu e me trouxe conforto e segurança, mas aquele que fazia o meu corpo cantar. Não tínhamos ninguém para nos dizer o que fazer, mas ficamos muito felizes em descobrir. — Voltei a atenção para Carly, que estava me encarando como se estivesse extasiada. — É claro que o homem que nos aprisionou acabou percebendo e então nos disse que era hora de atuar. Éramos muito parecidos e ele já havia planejado em que consistiria o nosso ato. Irmão e irmã, gêmeos, que se envolviam em atos pervertidos. Tabu, depravação. Altamente extasiante para aqueles que gostavam da ideia de coisas distorcidas e sujas. — Um tornado de vergonha passou por mim enquanto eu novamente olhava além dela. — O sexo mudou para mim naquela época, mas eu sabia que os outros também tinham um bom desempenho e pareciam bem, então, fiz o que tinha que fazer, o que insistiram que eu fizesse.

— Meu Deus, Karys. Você trabalha em uma editora, então deve saber que não estou mentindo quando digo que a verdade é mais estranha que a ficção, e sua história é um bom exemplo disso.

Sorri, distante.

— Sim. — Após um momento, continuei. — Zakai e eu concordamos que nunca daríamos tudo de nós para o público. Fingiríamos o ápice do prazer e só o entregaríamos um para o outro. Uma noite, quando voltamos para a nossa cama, Zakai puxou meu cabelo acidentalmente. Ele viu pela minha reação que isso intensificou o meu prazer. Eu amei. Aquela combinação de êxtase e dor. Depois de um tempo, passei a desejar isso. — Franzi a testa, tentando explicar essa parte de mim que só havia explorado recentemente na minha mente.

— Você sabe por quê?

— Porque eu sabia que estava aceitando de bom grado as mentiras que Zakai contava e o fazendo me punir por isso — sussurrei entrecortado, enquanto o desespero me agarrava com suas unhas afiadas.

Talvez Zakai tivesse me cegado, mas eu estava ansiosa para não ver.

Olhei para baixo, sentindo meu rosto aquecer.

— Recentemente, tenho gostado quando Dawson me machuca também — revelei, em voz baixa.

Quando ousei olhar para Carly, ela estava tamborilando os dedos na mesa. Não havia julgamento em sua expressão, apenas uma espécie de concentração pensativa. Soltei um suspiro de alívio, e isso me deu confiança para continuar.

— Acho que estou mentindo para mim mesma de novo, Carly. Acho que é por isso que a... violência, por falta de palavra melhor, parece certa. Parece boa. Ainda não superei a dor que sinto por dentro sobre a rejeição e a traição de Zakai. E acho... bem, acho que precisava admitir isso antes de poder me casar com Dawson. — Falei a última frase muito rápido, grata por ela ter me permitido fazer a única coisa que eu acreditava ser necessária para caminhar até aquele altar com a cabeça limpa e o coração disposto. *Confessar.*

Ainda estava profundamente magoada com Zakai e queria me apresentar a Dawson livre e limpa dos vestígios daquela relação que poderia interferir em nosso casamento.

— Você tem certeza? — Carly inclinou a cabeça.

— Certeza de quê?

— Tem certeza de que é sobre isso que você está mentindo para si mesma?

Olhei para longe. Eu sabia o que ela estava sugerindo — que a mentira não era sobre os meus sentimentos por Zakai, mas sim sobre os meus sentimentos por Dawson.

Balancei a cabeça.

— Não é isso — insisti. Porque eu não consideraria essa ideia. Eu finalmente tinha alguém que me amava. Que queria me valorizar e estava orgulhoso de tudo que eu havia conquistado. Sim, ele não queria nada com o meu passado, mas me queria em seu futuro. *Como o seu futuro.* E eu correria em direção a esse futuro, não me esconderia e me diminuiria como fiz tantas vezes na vida.

Capítulo Vinte e Quatro

Minnie planejou o que ela chamou de uma festa de noivado "íntima" e o que eu classificaria como uma grande celebração.

— Já que o casamento será pequeno, temos que convidar para a festa de noivado todas as pessoas que não receberam um convite para o casamento — ela explicou, balançando a cabeça devagar, como se as intermináveis explicações que eu precisava sobre etiqueta social a exaurissem.

Pequeno? Trezentas pessoas era pequeno?

A festa foi realizada no salão de um dos hotéis mais opulentos da cidade e, quando adentrei com Dawson, a cena quase tirou meu fôlego. Flores transbordavam de vasos altos de vidro, talheres dourados cintilavam nas mesas requintadamente arrumadas. Uma orquestra de três instrumentos tocava em um canto, e garçons de camisas brancas e gravatas pretas serviam aperitivos em bandejas prateadas e brilhantes.

Era perfeito. Cada pétala de flor. Cada taça de cristal cintilante.

Gotas geladas de pânico rolaram pela minha espinha.

— Você está bem? — Dawson perguntou, inclinando-se, o sorriso permanecendo em seu rosto enquanto ele falava entredentes.

Balancei a cabeça de maneira desajeitada.

— É tudo tão bonito — eu disse. — Mal consigo falar.

Dawson se afastou, cumprimentando alguém que se aproximou dele enquanto eu aproveitava o momento para me acalmar. Desde aquele dia no café com Carly, quando contei a minha história, algo vinha crescendo dentro de mim, algo nebuloso e confuso que eu continuava afastando para poder me concentrar nas centenas de tarefas do casamento que Minnie continuava me enviando. Também tinha o meu trabalho, que eu ainda amava, mas era exaustivo.

Socializei e sorri, o sentimento indefinido continuando a se expandir dentro de mim, crescendo exponencialmente quando percebi que Dawson, que havia deixado o meu lado, não estava mais em lugar algum.

— Karys, você poderia fazer a gentileza de buscar Dawson para mim? O CEO do maior banco da cidade acabou de chegar. — E então ela se afastou, acenando para alguém do outro lado da sala. Por que eu tinha a sensação repentina de que minha vida seria gasta "buscando" coisas em nome de Minnie? Deixei escapar uma curta tosse enquanto meu peito se apertava.

Na verdade, fiquei grata por poder sair, mesmo que por alguns minutos. Fui em direção ao corredor vazio e acarpetado e caminhei até o banheiro masculino. A porta de um lounge estava meio aberta e me assustei ao ver Dawson sair, a cabeça baixa enquanto ele limpava o que parecia ser um pó branco das narinas. Parei assim que ele me notou.

— Karys, oi. — Ele se aproximou e me beijou na testa.

— Você está usando drogas, Dawson — eu disse.

Seus ombros tensionaram. Parecia que ele ia mentir, mas então soltou um suspiro, envolvendo a mão no meu pulso e me puxando para a sala de onde havia acabado de sair. Sacudi a mão dele do meu braço, dando passos para trás.

— Pelo amor de Deus, Karys. É só para relaxar, está bem? — Então passou a mão pelo cabelo, deixando-o um pouco bagunçado. Isso o fez parecer mais jovem, incomumente imperfeito. — Esse casamento... e o mercado está tão volátil — murmurou, inclinando-se para frente um pouco. A confusão me fez parar. Eu não conhecia essa versão do Dawson. Ele sempre parecia tão confiante, tão controlado. Meu coração amoleceu.

Me senti insegura... estressada, mas nem por um momento me perguntei se ele sentia o mesmo.

— É por isso que você não me toca há semanas? — perguntei, em voz baixa.

Ele fez uma careta, balançando um pouco a cabeça.

— Me desculpe. Deixei a pressão me afetar. — Ele ofereceu um pequeno sorriso e havia doçura no gesto, a mesma doçura que me atraiu de início. A mesma doçura que vi quando ele segurou um lápis quebrado. Mas suas pupilas dilatadas distraíam-me desse efeito e aumentavam a minha agitação.

Forcei um pequeno sorriso.

— Eu só... preciso de alguns minutos. E acho que sua mãe tem uma fila de VIPs com quem ela quer que você socialize.

Ele revirou os olhos, mas soltou uma pequena risada, antes de se inclinar para a frente, tocando seus lábios nos meus.

— Demore o tempo que precisar. Te vejo lá embaixo em breve.

Observei Dawson sair, sentindo a inquietação dentro de mim de repente crescer, retumbar alto. Massageei as têmporas, tentando acalmar meus pensamentos ansiosos. *Ele também está estressado,* disse a mim mesma. É normal. Saí da sala, demorando-me no corredor vazio enquanto reunia meus pensamentos.

Pense em como ele lida com o estresse, Karys. Ele vai recorrer às drogas e a outros vícios cada vez que enfrentar uma situação difícil na vida?

E você? Vai fechar os olhos para a verdade? Que par perfeito. Igual a você e Zakai, só que sem nenhuma química.

Um gemido subiu pela minha garganta enquanto eu me esforçava desesperadamente para afastar esse pensamento terrível. *Porém, é verdade. Você sabe que é.* Emoções giraram dentro de mim: confusão, angústia, tristeza. Dei um pequeno e trêmulo suspiro, começando a andar em direção ao salão, mas parei imediatamente ao ver um homem virar a esquina e parar também.

Ai, Deus. Ah, não.

Eletricidade inundou o meu corpo, um milhão de volts de energia, que me roubou a força e me fez procurar algo resistente para eu me segurar e não cair. *Zakai.*

Ele estava a mais de quinze metros de mim e, mesmo assim, eu o reconheci instantaneamente, não importava a distância, a iluminação ou qualquer detalhe singular que pudesse obscurecer parcialmente a minha visão.

Minha mão atingiu a parede e engoli um grito de angústia, enquanto simultaneamente instruía meus pés a não correrem em sua direção como desejavam.

Pés traidores.

Vire-se, Karys. Fuja.

Mas fiquei parada, esperando, minha respiração irregular, coração batendo forte enquanto ele se aproximava.

— O que você está fazendo aqui? — perguntei assim que ele quase chegou onde eu estava, minha voz muito ofegante. Mas o que isso importava? Se ele ainda me conhecesse como uma vez me conhecia, poderia ver no meu rosto como sua presença tinha me afetado.

— Eu vi o anúncio no jornal — ele disse, devagar.

O som de alguém rindo alto ecoou do salão onde a festa estava acontecendo — *a minha festa de noivado* — e um calafrio de ansiedade me percorreu. Virei-me, caminhando para o lounge que Dawson acabara de usar para "aliviar o estresse".

Zakai me seguiu, trancando a porta atrás de si.

— Você não deveria estar aqui, Zakai — falei. — Estão esperando eu voltar a qualquer momento.

Ele se encostou casualmente na porta, enfiando as mãos nos bolsos da calça. As mudanças nele me impressionaram. Ele estava mais forte, seus traços estavam mais definidos, e quaisquer vestígios de sua juventude agora tinham desaparecido por completo. Meu coração lamentou por aquele garoto — meu amor, meu refúgio — e, por um momento, a tristeza irradiou dentro de mim. Ele era todo homem agora. Um homem com um vazio inexplicável no olhar, como se o garoto tivesse se apossado de sua alma e a tivesse levado consigo quando partiu.

— Você o ama?

Por um momento, não tive ideia de a quem ele se referia. Ele. *Dawson*.

— Claro. — *Acho que sim*. Não sei. Meu Deus, eu não sei. Permaneci rígida, desesperada para manter a expressão neutra.

Um músculo saltou em sua mandíbula e ele avançou na minha direção. Levantei a mão, ordenando que ele parasse, mas ele não atendeu à minha ordem. Senti seu cheiro ainda familiar e a minha determinação desmoronou um pouco. Mas, acima disso, havia o cheiro distinto de álcool. Ele andara bebendo. Eu sabia, porque já o tinha visto nesse estado antes. *Mas também* porque senti o mesmo cheiro nos homens lascivos em Sundara... e em Dawson.

Todos os homens da minha vida estavam destinados a escolher vícios em vez de mim?

— Você ainda está com a Giselle?

Vi um lampejo de algo em sua expressão, mas nenhuma resposta.

E por que eu deveria me importar, afinal? Ali estava eu, prestes a me tornar a esposa de outro homem. Desviei o olhar. Como tínhamos chegado a isso? Como tínhamos chegado àquele lugar? A milhões de quilômetros de casa. A milhões de quilômetros um do outro. De repente, senti-me tão desesperada e triste que temi desmoronar, me despedaçar em incontáveis partículas. Talvez ele jogasse os meus cacos no céu noturno e eu pudesse retornar às estrelas de onde eu acreditava que tínhamos vindo. Duas partes de uma estrela quebrada. Irreparável.

— Karys — ele grunhiu, e então no que pareceu meia batida de um coração acelerado depois, ele se pressionou contra mim, as mãos no meu cabelo e um gemido torturado subindo de sua garganta. O desespero me arranhou.

— Eu te odeio — eu disse.

— Eu sei — ele respondeu. — Às vezes eu também te odeio.

Levantei os braços para bater em seu peito, para empurrá-lo para longe, mas ele pegou os meus pulsos, me empurrando para trás até que minha bunda atingisse a beirada da bancada. Apenas minutos antes, meu futuro marido havia se inclinado sobre aquela mesma bancada, cheirando linhas brancas de pó. O pensamento percorreu a minha mente, e eu, de repente, quis *rir*, *chorar* e *gritar*. Mas antes que pudesse, a boca de Zakai estava na minha. Ávida, me mordendo, um rosnado emanando de seu peito.

— Não! — eu disse, ainda que eu mesma estivesse puxando meu vestido para cima, enrolando as pernas ao redor de seu corpo, trazendo-o para mim. Minha cabeça ficou zonza enquanto meu corpo pegava fogo. Ambos gememos com o contato e Zakai usou os quadris para me dar um empurrão, enquanto eu ainda estava vestida, só para me levar um pouco para trás, e minha cabeça bateu com força no espelho atrás de mim.

Estrelas explodiram diante dos meus olhos e entre as minhas pernas. Estendi a mão e puxei seu zíper para baixo, libertando a ereção, sua carne quente e pulsante na minha mão.

Ele agarrou um punhado de cabelo na parte de trás da minha cabeça, segurando o meu rosto longe do dele por um momento. Nossos olhares se encontraram, respirações aceleradas se misturando. Ele parecia meio enlouquecido e, por um momento, tive medo. Mas, obviamente, não o suficiente, porque coloquei a boca na sua, saboreando seu sangue, ferindo-o para o meu próprio prazer, ao invés de sentir satisfação na sua dor.

Ele endureceu mais na minha mão — pedra de seda quente —, nossas bocas se encontrando vorazmente, línguas duelando enquanto nos agarrávamos um ao outro, puxando, empurrando, lutando e celebrando o magnetismo insuportável que parecia nascer da luz das estrelas e do fogo.

Ouvi meu vestido rasgar, mas não me importei. Seu membro esticou a minha entrada e eu gritei com a deliciosa queimação, seus quadris movendo-se poderosamente enquanto ele me preenchia com um impulso fluido. Ele soltou um profundo gemido, seus dedos agarrando o meu cabelo com mais força.

— Ai, nossa, sua boceta é a minha casa — ele sussurrou. A declaração obscena me chocou por um momento, enviando um calafrio de luxúria ao ponto onde estávamos unidos, e uma onda de calor e umidade me fez encontrar o gemido dele com o meu.

Ele voltou a colar seus lábios nos meus e começou a se mover. Atingi o clímax em seu segundo impulso, gritando e agarrando-o, meus calcanhares cravando a pele lisa e firme de suas nádegas. O prazer percorreu o meu corpo, uma delícia extasiante que eu não experimentava há tanto tempo.

Seus movimentos sacudiram o balcão em que eu estava sentada, onde a madeira rangia, onde toda a estrutura balançava conforme ele se movia. Ele chamou meu nome quando chegou ao clímax, seus dedos agarrando meu cabelo tão fortemente, que alguns fios foram arrancados do meu couro cabeludo. Gritei de novo, desta vez de dor.

— Desculpe, desculpe. Porra, eu sinto tanto — ele entoou, diminuindo o ritmo.

O tempo voltou, batendo em mim numa súbita explosão de cor e solidez. As estrelas se apagaram, a luz se intensificou, o balcão abaixo de mim cedeu e nós dois caímos no chão acarpetado.

Fiquei ali atônita, o gozo de Zakai fluindo do meu corpo em uma onda quente de calor. Eu me afastei dele, seus olhos surpresos e brilhantes com lágrimas, enquanto ele também lutava para se levantar do meio dos destroços.

Levantei-me, instável, avistando meu reflexo no espelho rachado atrás do balcão quebrado onde Zakai — o garoto que me abandonara e o homem que me arruinara — havia acabado de me foder, a poucas salas de distância de onde o meu noivo me esperava para celebrar o nosso noivado. Meu rosto desmoronou. Meu vestido estava rasgado e manchado com a evidência do sexo. Meu cabelo havia sido repuxado do penteado e agora estava espalhado loucamente ao redor do meu rosto de olhos arregalados, ainda corado de prazer, meus lábios machucados pelos beijos de Zakai.

Finalmente, minha aparência e a forma como eu me sentia estavam equiparados, e isso perfurou uma barreira protetora e frágil de dentro de mim que eu sentia estar pendurada por um fio.

Éramos tudo o que diziam que éramos.

Doentes. Bizarros.

Zakai deu um passo na minha direção, sua expressão uma mistura de confusão atordoada, como se nenhum de nós pudesse entender o que acabara de acontecer.

— Karys...

O celular dele tocou.

Sua vida, sua vida *real*, não eu, não o terrível erro que acabáramos de cometer, havia nos trazido para o momento com uma clareza intensa.

Enquanto ele lutava para tirar o celular do bolso, virei-me e fugi, minha mão tremendo enquanto eu destrancava a porta, correndo para — *graças a Deus* — o corredor vazio, não em direção ao salão, mas para a porta dos fundos, onde um sinal de saída brilhava em vermelho.

Ele não me seguiu. Eu teria sentido se ele tivesse.

Lá fora, a chuva caía em enxurradas, encharcando-me instantaneamente. Escorreguei descendo as escadas de metal, segurando o corpete rasgado do meu vestido com uma das mãos, agarrando o corrimão com a outra.

Corri e corri, por uma rua e depois por outra, virando em um beco enquanto a chuva caía mais forte, o sal da minha dor eterna se misturando com a água enquanto eu gritava para o céu, escorregando e avançando, caindo em uma poça no chão. Não havia ninguém por perto, pois a chuva afugentara todos para dentro, se é que alguém frequentava o lugar aparentemente deserto onde agora eu me encontrava. As lágrimas se transformaram em risadas insanas e depois voltaram a ser lágrimas. Chorei mais alto, mas o céu não se importava, respondendo aos meus pedidos de ajuda apenas com mais dilúvio.

O céu tinha um milhão de olhos. Ele via a dor de todos. E tinha muito mais motivos para chorar.

Eu estava deitada em uma poça d'água na rua.

Levante-se, sua idiota patética.

Ninguém vai te salvar. Ninguém.

Você deve encontrar uma maneira de salvar a si mesma.

Puxei-me para ficar de pé, mancando para fora do beco, indo para casa.

Capítulo Vinte e Cinco

A chuva continuou a cair, descendo em linhas reluzentes fora da janela e dentro da minha alma. As cores que eu conseguira encontrar até mesmo naquele novo lugar cinzento — todas haviam desaparecido como uma daquelas pinturas impressionistas deixadas sob o clima chuvoso: não restava nada além de uma tela em branco em seu lugar. Vazia. Apagada. Não troquei de roupa. Não lavei o rosto. Fiquei sentada no mesmo lugar no sofá por vinte e quatro horas, encarando as sombras das gotas de chuva na parede. A escuridão desceu, e então a luz da manhã surgiu. Minha mente vagou... para antes... antes... Eu estava em Sundara, deitada no pátio sob a árvore de caqui com os seus frutos maduros doces e perfumados. Ouvi o canto dos pássaros e senti o ar seco do deserto mover-se sobre a minha pele aquecida. Eu sentia o cheiro do óleo de amêndoa rico e amargo, e sentia o gosto do mel floral na minha língua. Flutuei, só percebendo que estava chorando quando as lágrimas atingiram a pele exposta do meu peito e deslizaram lentamente entre os meus seios.

Quem sou eu?

Eu não sabia. Talvez nunca realmente tivesse sabido. Eu tinha sido definida por outros. Uma personagem de circo escrita por outra pessoa. Por toda a minha vida.

Eu bebia água apenas quando não conseguia mais ignorar a sede. Eu me forçava a comer, pedaços de pão de forma que se transformavam em cola na minha língua, então engasgava e mal conseguia engolir.

O telefone tocava e tocava, mas eu o ignorava. *Dawson*. Eu não conseguiria encará-lo. Eu ainda cheirava a Zakai. E o meu trabalho. Eu seria demitida, claro, mas não conseguia ligar para isso. Nada importava.

Alguém bateu, repetidamente, mas não atendi.

A polícia veio, ameaçando arrombar minha porta. Eu abri e disse que estava bem.

O telefone continuou a tocar.

Mais tarde, uma sirene me tirou do transe e me trouxe do deserto, deslizando por quilômetros de areia, me rodopiando através do oceano e pelas ruas da cidade, me jogando de volta em um baque sólido no meu sofá, onde sentei, atordoada e confusa, com o gosto das tâmaras açucaradas ainda na minha língua. Virei a cabeça para ver o piscar das luzes azuis de uma ambulância lá fora. Dirigindo-se para alguma emergência. As vidas de outras pessoas também estavam cheias de dificuldades. Eu não era a única. Havia um milhão de pontos de cor nesse mundo, criando imagens que eu nunca veria.

Me levantei, caminhando até a varanda, abri as portas e respirei o ar fresco da primavera, tão diferente da brisa quente que fluía na minha mente. As lágrimas caíam mais rápido, rolando pelas minhas bochechas e ficando geladas no frio. Sentei-me em uma cadeira do lado de fora e coloquei o rosto nas mãos, a dor irradiando por mim em ondas cada vez maiores.

Era isso? Toda a dor de que eu tinha sido poupada em Sundara porque outros a tinham carregado em seus ombros, no meu lugar? Toda a angústia e a raiva que eu não tinha sentido naquela época finalmente tinha vindo para ficar? Eu não tinha sido poupada. O inevitável só havia sido adiado. Bertha sentira essa dor. Ahmad sentira essa dor. Zakai só sentira raiva.

Talvez a angústia dele também tivesse sido adiada.

Mas eu não conseguia pensar em Zakai. Doía demais. E embora nós dois pudéssemos estar sofrendo, teríamos que sofrer separados. Não íamos curar um ao outro. Só iríamos nos cortar com as bordas serrilhadas de onde havíamos nos partido em dois.

Sentei com o meu luto, permitindo que me jogasse em suas costas rochosas. Me sentia machucada e esmagada e muito frágil para o que a vida tinha me dado.

Um dia, Ahmad me disse, *você não sentirá que sua sensibilidade é um presente. Mas é.*

O que eu faço com isso, Ahmad?

Um raio de sol rompeu as nuvens, fazendo-me piscar e virar a cabeça para trás na direção da minha sala de estar. Quando abri os olhos, estava olhando para a minha mesa. Fiz uma pausa, enquanto o contorno de uma ideia começava a tomar forma. Tão nublada e tão inatingível quanto o céu acima de mim. Mas talvez... depois de alguns minutos, levantei-me, peguei o notebook e o trouxe para fora. Abri um documento e comecei a escrever.

Uma vez fomos a luz das estrelas...

Deixei minha mente vagar livre, meus dedos voando enquanto eu entrelaçava a realidade com a fantasia, como tinha sido na maior parte da minha vida. Eu enxergava isso agora. Era fácil para mim. Sempre tinha sido. Escrevi sobre a infinita areia cristalina e os céus corais e ondulantes. Escrevi sobre deusas com seus corações de fogo e príncipes com seus olhos de obsidiana. O sol nasceu e se pôs de novo e ainda escrevi, página após página, até os meus pulsos doerem e as minhas costas reclamarem.

Algumas risadas se dissolveram em lágrimas e eu continuei a chorar, piscando para ver a tela enquanto as palavras ainda fluíam.

Um dia talvez você vá juntar todas essas palavras e elas vão contar uma história.

Que tipo de história?

Algo bom, estrelinha. Algo que inspire esperança.

O telefone continuou a tocar. Bebi quando precisei. Forcei-me a comer o suficiente para que minha mente ainda funcionasse e o meu corpo me mantivesse em pé. As batidas à porta começaram de novo e, desta vez, minha mente estava clara o suficiente para ouvir os gritos de Dawson do outro lado, chamando meu nome.

Levantei-me, balançando devagar a cabeça para dissipar os vestígios do mundo em que eu estava vivendo: uma terra de castelos repletos de rubis e pontes construídas de espinhos. O mundo que eu estava criando a partir dos escombros do meu coração despedaçado. Peça por peça por peça. E ainda não estava pronto. Eu ainda tinha muito trabalho a fazer.

Abri a porta, e a boca de Dawson se escancarou, o olhar percorrendo meu corpo de cima a baixo e de volta.

— Jesus Cristo, Karys. Você está bem? A polícia disse que você estava aqui, mas quase não acreditei neles. Que merda aconteceu? Minha mãe está fora de si…

Levei um minuto para digerir suas palavras.

— Estou bem — respondi. — Eu estou… trabalhando.

— *Trabalhando*? Que porra é essa? Você desapareceu da nossa festa de noivado, Karys. Você não foi ao trabalho. Que merda está acontecendo?

Recuei para dentro do apartamento, meus ombros caindo enquanto mordia o lábio.

— Não posso ir ao escritório agora. Eu… eu preciso de um tempo, Dawson.

— Um *tempo*? Tempo para quê? O que aconteceu com você?

O que aconteceu com você?

Eu fui abandonada, depois roubada. Fui traficada sexualmente. Usada. Depois fui traída. Abandonada de novo.

E, em algum lugar no meio disso, me apaixonei, sorri, senti alegria e satisfação.

Eu me odiei. Eu me amei. Eu me senti miserável, grata e desesperadamente confusa.

Fiquei cega pela dor, e meus olhos foram abertos para a verdade em toda a sua tragédia gloriosa.

E eu estava de luto. Estava de luto pela perda da outra metade da minha alma.

E era demais para lidar. Algo grande demais para processar sem que eu pudesse filtrá-la. E era isso que a escrita estava fazendo. Estava me ajudando a olhar para a minha vida com objetividade. Estava me mantendo sã.

Mexi no botão da camisa que havia trocado e então olhei para Dawson. Olhei realmente para ele.

— Eu não te amo o suficiente. — Respirei fundo. *Também não me amo o suficiente.* — E sinto muito por isso.

Suas sobrancelhas franziram e então ele ficou estático.

— O quê? De onde veio isso? Você parece doente, Karys. Algo está errado. — Um suspiro escapou dele. — É por causa da cocaína? Eu disse, estou estressado, está bem? E, francamente, essa merda... — Ele gesticulou na minha direção e presumivelmente para a minha aparência. — não está ajudando em nada. Tivemos que dizer aos convidados que você tinha ficado doente. Talvez não tenha sido mentira...

— Não, não foi uma mentira. Alguma coisa está errada. E eu estou doente. Vou melhorar. Mas, Dawson... eu não posso me casar com você. — A última palavra saiu como um sussurro. Havia tão pouca clareza na minha vida. Eu estava nadando em um mar turbulento de miséria e confusão. Mas *isso*, isso estava tão cristalino quanto as montanhas de vidro que minha heroína tinha escalado recentemente. Eu não podia me casar com um homem por quem tinha sentimentos mornos. Não podia fazer isso com ele, e não podia fazer isso comigo. — Sinto muito, muito mesmo.

A expressão de Dawson endureceu.

— Você está tendo algum tipo de colapso, Karys. Vou te dar um tempo para superar e então vamos conversar.

Neguei com a cabeça.

— Eu não preciso de tempo. Você merece alguém melhor.

Pensei que talvez a mentira pela qual eu estava me punindo era que eu tinha superado Zakai completamente. Mas não era isso. Eu estava me punindo porque não amava Dawson, e ainda assim estava dizendo a mim mesma que sim. A vergonha retumbou dentro de mim. Eu tinha sido injusta. Peguei do meu bolso o anel que já tinha tirado e coloquei na mão de Dawson. Ele olhou para o anel por um momento, sua expressão ficando ainda mais tensa.

— Jesus! — Ele passou a mão pelos cabelos. — Você está tão fodida da cabeça que vai jogar o nosso relacionamento fora? Vai me envergonhar na frente de metade da elite de Nova York? Realmente vai deixar algum maluco do deserto governar sua cabeça pelo resto da porra da sua vida?

Talvez. Eu ainda não tenho certeza.

— Diga à sua mãe que sinto muito — acrescentei, me movendo em direção à porta que ainda estava aberta para que eu pudesse fechá-la atrás dele. — Um dia vocês dois vão ver que... eu não era a mulher certa para você.

Seu rosto se contorceu de raiva.

— Esse dia é *hoje.* — Ele rangeu os dentes. — Entendo o motivo de você ser louca, mas, pelo amor de Deus, procure ajuda. — E então ele se virou e saiu. Fechei a porta suavemente atrás dele, e então voltei para o meu computador, e para o novo mundo que eu estava construindo, tijolo por tijolo por tijolo.

A primeira versão do meu manuscrito ficou pronta vinte e sete dias depois. Nesse tempo, liguei para o meu trabalho e formalmente entreguei o aviso prévio. Minha chefe pareceu perplexa e decepcionada com o meu comportamento, mas não foi indelicada.

— Eu... tive minhas próprias batalhas, Karys. Você sempre foi uma funcionária diligente e consciente. Cuide-se bem e, se estiver interessada em voltar, me ligue.

Agradeci-lhe profusamente, mas as minhas prioridades — pelo menos por enquanto — haviam mudado.

Em seguida, liguei para Carly e Ayana, cujas mensagens haviam enchido minha caixa postal, variando entre palavras chorosas de apoio e exigências severas para que eu ligasse para elas de imediato. Quando finalmente o fiz, assegurei-lhes de que estava bem e perguntei a Ayana se eu poderia voltar ao café em regime de meio período, ganhando o suficiente — além das minhas economias — para pagar por moradia e alimentos enquanto mergulhava no segundo volume da minha série.

— Claro que pode, bonequinha — ela disse. — Desde que prometa nunca mais me assustar assim.

Imersa de novo no meu mundo fictício, escrevi à noite e o dia todo quando não estava escalada para trabalhar no café. Eu tomava banho. Comia alguma coisa. Sorria e conversava com os clientes no meu trabalho.

Três meses após o dia em que havia cambaleado de volta para casa embaixo da chuva, devastada e quebrada — e provavelmente meio insana —, liguei para minha ex-chefe na editora. Não porque queria voltar como funcionária, mas porque esperava ser aceita como autora. Minha chefe pareceu hesitante, mas finalmente concordou — sem absolutamente nenhuma promessa — em dar uma olhada no meu manuscrito. Sabia que a tinha colocado em uma posição difícil, e estava eternamente grata por sua generosidade. Não tinha certeza do mérito da história, ou mesmo se era um bom momento no mercado editorial. Mas estava confiante de que ela seria honesta — para o bem ou para o mal — e isso era tudo que eu podia esperar.

Mergulhei no quarto livro com o entusiasmo de uma artista, não criando arte por nenhum resultado específico, mas porque o projeto parecia ser o meu sustento vital.

Eu já não chorava de forma tão constante. Eu já não estava mais emocionalmente doente.

O que estava acontecendo comigo eu só descobri quando enfim visitei o médico pelo que pensei ser uma gastroenterite. Eu estava grávida.

Capítulo Vinte e Seis

Dias atuais

Prêmio Golden Quill de Literatura, Nova York

Virei a cabeça, e os lábios de Zakai se afastaram dos meus enquanto eu dava um passo para trás. Para longe.

— Não — eu disse. — Já fizemos isso antes. Não funciona.

Endireitei os ombros para trás, reunindo minhas forças.

Ele soltou um suspiro lento e controlado, desviando o olhar por um momento.

— Não — ele falou, após um instante. — Você está certa. Me desculpe, Karys. Eu não vim aqui para te machucar. — Ele riu baixinho, mas terminou em uma careta. — Na verdade, não vim aqui para te beijar também. Parece que sempre acabamos... — Ele não terminou a frase, mas eu sabia o que queria dizer. *Sempre acabávamos nos braços um do outro.*

Não desta vez.

— Já se passaram três anos, Zakai. O que quer que você tenha vindo fazer...

— Eu falei sério. Só vim porque estou orgulhoso. Queria te ver ganhar o prêmio esta noite.

— Ah. — Minha testa se enrugou em confusão e estendi as mãos para trás, apoiando-as na mureta. — Bem, eu provavelmente não vou ganhar. A competição é muito acirrada.

— Você vai ganhar — ele retrucou, convicto. Passou o polegar sobre o lábio inferior, desviando a atenção de mim. — Li todos os seus livros.

Inclinei a cabeça. Não esperava por isso e o entendimento me deixou inquieta, ou melhor, mais *perto* do precipício em que já me encontrava. Oscilando, incerta. Correndo o risco de cair. E eu sabia por experiência própria como a queda seria longa. Ao saber que ele tinha lido minhas palavras, algo parecido com insegurança fez minha pele esquentar. Levei a mão até meu diafragma, pressionando como se pudesse me infundir com o ar que de repente pareceu faltar.

Zakai abriu um leve sorriso.

— Livros de fantasia ambientados em um deserto mágico — ele refletiu. — Ahmad, o gigante, bondoso e sábio. Dinati, a rainha da neve, com olhos que veem além do nascer do sol do amanhã. Bertha com o coração dourado...

Desviei o olhar.

— Suponho que você ache bobagem...

— Não. Deus, não. Acho incrível. Você encontrou uma maneira de torná-la bela. Sundara. Mas, bem, você sempre conseguiu fazer isso. — Ele me observou por um momento e, por alguma razão estranha, tive a sensação de que ele estava me enxergando sob uma ótica nova e diferente. Talvez ele entendesse que eu finalmente tinha crescido. Sem ele. *Apesar dele.* — Eu não conseguia ver naquela época — adicionou. — Eu só me importava que *você* conseguisse. Mas vi a beleza quando li seus livros. Você *me fez* vê-la com as suas palavras.

— Eu... — Desviei o olhar. Me senti nua diante dele de uma maneira que nunca tinha me sentido antes, embora ele já tivesse conhecido cada centímetro da minha pele. — Obrigada.

— Karys... — Ele estendeu a mão para mim, mas dei mais um passo para trás.

— Realmente tenho que ir, Zakai — murmurei. — A cerimônia provavelmente já começou. — Apesar da minha insistência, permaneci parada, temendo me aproximar, insegura se tinha mais medo de que ele me tocasse ou de que eu o buscasse. Os ímãs dentro de nós não permitiriam qualquer coisa diferente disso. Aprendi essa dolorosa verdade. Mais de uma vez.

Mas ele assentiu, dando um passo para trás, criando um espaço mais amplo entre nós.

— Precisamos conversar — disse ele.

Pânico correu em minhas veias e eu assenti, um movimento brusco. Ele estava certo. Claro que estava certo. *O que quer* que ele achasse que precisávamos discutir, eu sabia que a hora de acertar as contas havia chegado.

— Vou te dar meu número — murmurei. — Me ligue amanhã.

Ele pareceu surpreso por um breve momento. Esperava que eu tornasse isso mais difícil? Claro que esperava. E talvez eu devesse.

Ele colocou a mão no bolso, me entregando seu celular. Digitei meu número rapidamente e o devolvi, respirando fundo e alisando o vestido sobre meus quadris.

Do lado de fora da porta, ouvi meu nome sendo anunciado, abafado pela distância. Meu coração disparou e andei depressa ao redor de Zakai, destrancando a porta e correndo para o salão.

— Karys Grant, por *Trono de areia e escorpiões.*

Caminhei, o mais rápido que meus pés calçados com saltos altos me permitiram, em direção às mesas redondas onde os convidados estavam sentados.

— Meu Deus! Aqui está você! — June me conduziu para a frente. — Eu estava prestes a ir te procurar. Estava preocupada que você fosse perder o anúncio! Você venceu, Karys!

Apertei a mão dela, desacelerando a corrida até virar uma caminhada enquanto as pessoas nas mesas se viravam na minha direção. Forcei um sorriso enquanto subia ao palco. O nervosismo borbulhou na minha barriga. Tantos olhos. Todos fixos em mim.

Sorri para a mulher que me entregou o prêmio, virando-me de volta para a plateia. *Olhos, tantos olhos.*

— Obrigada. Obrigada a todos — comecei, trêmula, reunindo coragem.

Enquanto eu falava, sentia o calor pungente do olhar dele, avistando sua incomparável silhueta no fundo do salão.

E quando terminei meu breve discurso de agradecimento, vi-o sair pela porta e desaparecer de vista.

✡✡✡✡✡

— Parabéns, querida! Eu sabia que você ia ganhar.

— Obrigada, Ayana — agradeci, sorrindo enquanto ela me abraçava apertado e me soltava. A lembrança de estar no palco enquanto todos os outros autores, editoras e editores, aqueles que amavam histórias tanto quanto eu, aplaudiam, ainda parecia um sonho mágico. Mais uma vez, havia uma plateia me observando e, por um momento, lá em cima, eu vacilei. Mas então percebi algo muito significativo. *Desta* vez, era por uma *realização*, não pela objetificação da minha pele nua. *Desta vez*, era porque eu tinha alcançado algo valioso, usando minha mente, não meu corpo.

Coloquei o prêmio na bancada, tirando o sapato com uma careta e depois caminhando até a geladeira para pegar uma garrafa d'água.

— Maldita Carly — eu disse, sentando em um banco próximo à bancada e esfregando os pés doloridos. — Ela me obrigou a usar esses instrumentos de tortura.

Ayana riu.

— Falando na maléfica Carly, isso chegou logo depois que você saiu — ela falou, apontando para trás de mim. Virei-me e encontrei um enorme vaso de flores sobre a mesa de centro da sala de estar.

— São lindas — eu disse, e o laço do afeto se apertou em mim.

Carly tinha se tornado como uma irmã para mim e, quando ela viajava, o que era um tanto frequente agora que ela ajudava a vestir algumas das estrelas de Hollywood para eventos, eu sentia sua falta. Todos nós sentíamos.

— Ela ficou muito triste por estar em Los Angeles e perder sua grande noite.

Ayana não pareceu sentir o fato de ter ficado em casa esta noite.

Eu sorri.

— Como ele se comportou? — perguntei.

— Perfeito, como sempre.

Revirei os olhos.

— Você está cega de amor. Nenhum garotinho de três anos é perfeito.

— Ah, por favor, sua molenga. Você se jogaria na frente de um carro por esse pequeno perfeitinho.

Concordei com a cabeça.

— Culpada — respondi, sorrindo enquanto tomava um gole de água. Mas quando coloquei a garrafa no balcão, meu sorriso se desfez.

— O que foi, amor? Pensei que você voltaria para casa radiante depois de hoje à noite, mas parece que viu um fantasma.

Soltei um suspiro curto. Sua fala não era tão distante da verdade.

— Ele estava lá hoje à noite — murmurei.

Ayana congelou, depois se virou lentamente de onde estava dobrando um pano de prato e pendurando-o no puxador da lava-louças.

— Ele... — ela repetiu. — O que ele queria?

Dei de ombros.

— Não tenho certeza. Ele vai me ligar amanhã.

— Bem. Você se perguntou se esse dia chegaria.

Sim, sim. Eu me perguntei. Parte de mim esperava que chegasse. Parte de mim rezou para que não. Como sempre, com Zakai, meus sentimentos eram conflitantes. Claro, agora havia outra pessoa a considerar.

Lembrei-me de como Zakai parecia diferente naquela noite. Havia uma... estabilidade nele para a qual eu não estava preparada. Claro, da última vez que eu o tinha visto, ele estava bêbado. Mas esta noite ele havia recusado até mesmo uma taça de champanhe. Ele planejava se desculpar pela maneira como havia me tratado? Eu ainda ansiava por isso? Esfreguei a têmpora. Isso importava? Um pedido de desculpas não curaria as cicatrizes que ele infligira. O possível arrependimento de Zakai não apagaria as terríveis lembranças de sua rejeição. Uma vez, pensei que nada conseguiria apagar. Agora eu sabia que minha paz estava em minhas próprias mãos.

Ainda assim...

Suspirei enquanto me levantava, e fui para o quarto dos fundos, onde um menininho dormia, seu lindo rosto tranquilo no suave brilho da luz noturna. Ajoelhei-me ao lado da cama, passando a mão sobre seu cabelo sedoso e preto, meu coração se enchendo com o amor incomparável que eu sentia por ele. Ouvi o som suave dos passos de Ayana atrás de mim e virei só a metade do rosto, a ponto de vê-la parada à porta observando-me dar um beijo de boa-noite no meu filho.

— Tenho que contar para ele, Ayana — eu disse, suavemente. Eu ia sentir primeiro como Zakai estava, ia ver o que ele queria; mas, apesar disso, eu sabia o que logo teria que contar. — Tenho que dizer a Zakai que ele tem um filho.

Capítulo Vinte e Sete

O Museu Metropolitano de Arte estava agradavelmente tranquilo naquela terça-feira às nove horas da manhã. Comprei um ingresso e entrei, subindo o conjunto de escadas que levava aos andares superiores.

Caminhei, deixando a arte ao meu redor agir como um bálsamo para minha alma frenética, respirando a sacralidade. Da primeira vez que tinha vindo ao Met, olhei com admiração e encantamento para as exposições que pareciam impossíveis de terem sido concebidas e criadas por mortais. Pensei então, como penso agora, que, se alguém duvidasse de que o homem tinha sido feito à imagem de Deus, só precisaria caminhar por um museu de arte onde as obras dos artistas estavam expostas.

Havia uma divindade dentro de nós, e alguns eram abençoados com o talento de traduzi-la da alma para a tela, para que outros pudessem vislumbrar um pedaço do paraíso na Terra. Alguns diriam que era uma reflexão dramática, mas a mim permanecia como uma convicção, do mesmo jeito, uma que se reafirmava cada vez que eu caminhava pelos sagrados corredores.

A calmaria me envolveu como sempre; mas, após alguns minutos, aquelas moléculas específicas começaram a acelerar e, em um inspirar, virei-me, sem nenhuma surpresa ao ver Zakai se aproximando.

Ele sorriu, de forma meio tímida.

— Você chegou cedo — disse ele.

— Não, foi você quem chegou cedo — respondi.

Seu sorriso se ampliou e ele coçou a nuca enquanto uma mulher passava por ele, demorando os olhos em seu corpo.

— Eu planejava aproveitar alguns minutos antes para me acalmar.

Ele estava nervoso? Nunca imaginei que Zakai pudesse ter um único resquício de insegurança sequer. Mas, por outro lado, talvez eu nunca tivesse realmente o conhecido como antes acreditava que o conhecesse. Eu agora entendia muito mais sobre mim e sobre o mundo. É óbvio que minha interpretação do nosso tempo juntos estava distorcida, muitos detalhes, esquecidos. Talvez imaginados. O tempo fazia isso. Anos.

Ou talvez nós dois mudamos. Talvez, de algum jeito, éramos praticamente estranhos. O pensamento me trouxe uma melancolia profunda e cortante, apesar de não ser uma informação nova e nem surpreendente.

— Este lugar sempre me trouxe paz — falei, optando por não provocar o seu nervosismo, ou o meu, me afastando um pouco para o lado, onde havia um banco de madeira próximo a uma gigantesca pintura da Revolução Americana. Gesticulei nessa direção e ele concordou. — E também estimula a criatividade.

— Posso imaginar.

Nós dois nos sentamos, ele de um lado, eu do outro, com as pernas viradas para direções opostas. Por um momento ficamos em silêncio, ambos olhando para as obras de arte que ocupavam o comprimento das paredes opostas. Estávamos em um corredor tranquilo, e poucas pessoas caminhavam por ali.

— Então, o que aconteceu? — ele finalmente perguntou, baixinho.

Virei a cabeça, olhando o perfil do seu rosto. Seus ombros estavam um pouco curvados, mas tive a impressão de que ele estava se segurando firme, imóvel, enquanto esperava a minha resposta.

— O que aconteceu?

Ele se virou, encontrando os meus olhos.

— Com o seu casamento.

Ah. Suspirei, olhando para longe. Havia tanto entre nós. Circunstâncias. Escolhas. Mentiras. Verdades difíceis de lidar. Se eu ia "começar de novo" pelo bem do nosso filho, se a relação entre mim e Zakai seria uma que *beneficiasse* a pequena pessoa que havíamos trazido ao mundo, então eu teria que me comprometer com a transparência. Era o único caminho a seguir.

— Eu... eu, na verdade, nunca me casei. — Olhei para baixo, brincando com os anéis do meu dedo indicador. — A verdade é que, depois daquele dia... da festa... nós... eu desisti de tudo. Sabia que não podia me casar com Dawson. — Por um momento ele pareceu chocado e abriu a boca para falar, mas levantei a mão. — Não foi só por causa do que aconteceu entre nós. — *O que aconteceu entre nós.* O fato de eu ter traído Dawson, pois essa era a verdade dura e feia do que eu tinha feito, independentemente da justificativa emocional.

— Merda, Karys — ele falou baixinho. — Deus, me desculpe. Não pelo fato de você não ter se casado, não vou mentir e dizer que não estou feliz por isso. Mas me desculpe por você ter se machucado.

Deixei essa resposta se assentar dentro de mim por um momento. Eu estava feliz pelo pedido de desculpas, acho, mas não parecia suficiente. Mordi o lábio inferior. Isso não era sobre mim, no entanto. Eu tinha que aprender a superar as minhas próprias mágoas egoístas e deixar de lado a dor e o ressentimento persistentes. As perguntas que não teriam respostas e que não acrescentariam à dor. Zakai e eu tínhamos chegado ao fim, mas agora eu precisava descobrir se ele poderia ser um bom pai. Ou mesmo se queria ser.

— Eu nunca ouvi nada sobre você ter cancelado o casamento. Presumi que tinha ido adiante — ele murmurou.

— Bem. A verdade é que a mãe dele, Minnie, ameaçou me processar pelos custos do casamento. Eu não sabia se ela estava blefando ou não, mas... senti que devia algo ao Dawson. — A culpa e a vergonha que ainda sentia pelo que eu tinha feito ao Dawson, mesmo sem ele saber, eram algo com que eu precisava conviver. Mas não significava que não me contorcesse por dentro cada vez que considerava a imoralidade das minhas ações. — Ela contou aos amigos que Dawson e eu não tínhamos conseguido esperar e que, como dois pombinhos impulsivos, fugimos e nos casamos em segredo. Um ano depois, ela informou aos amigos que eu o traíra, como a prostituta barata que ela suspeitava que eu fosse, *com razão,* como você e eu sabemos, e ele imediatamente se divorciou. Meninas *estrangeiras*, sabe como *elas* são.

Ele se virou para me observar enquanto eu falava, e sua expressão se contorceu em confusão.

— Tem muita coisa aí — ele observou. — Mas, primeiro de tudo, não há nada de prostituta barata em você. E segundo... *estrangeira*? Ela realmente disse isso?

Eu ri baixinho.

— Disse. Minnie não fazia ideia de *onde* eu tinha vindo. Só sabia que eu era "diferente" e não adequada para o filho dela. Acontece que acabei provando que ela estava certa, então ela acha que é justificável.

Zakai respirou fundo e soltou o ar devagar. A dor aguda do luto fez os meus músculos tensionarem. Esse sentimento... estar sentada ali conversando com Zakai, até mesmo conseguindo alcançar um certo senso de humor, era ao mesmo tempo distante e estranhamente familiar. Me fazia querer sorrir e chorar. E, principalmente, me fazia ansiar por um tempo mais simples que nunca poderia ser recuperado. Eu tinha criado um mundo inteiro de magia para evitar essa realidade angustiante. Como eu poderia descobrir como mesclar os dois?

Mas talvez algo pudesse ser construído dos escombros? Algo viável? Algo calmo? O problema era que Zakai e eu nunca tínhamos sido calmos. Nosso amor sempre refletira a areia movediça: profundo e turbulento mesmo sob os céus mais tranquilos.

— Então você não se casou — Zakai disse, tirando-me do devaneio. — Você começou a escrever. E criou um *best-seller*.

Fiz um pequeno som na garganta.

— Não sei se eu categorizaria a série como um best-seller, mas... superou as minhas expectativas.

Senti seu olhar em mim, mas não virei para ele.

— Você é humilde, Karys. Suas histórias mudaram as pessoas. Eu li algumas resenhas.

Senti um caloroso lampejo de prazer por ter impressionado Zakai, mas isso também me deixou tímida. E, para o meu constrangimento, me fez perceber o quanto a opinião desse homem me afetava. Ainda. Possivelmente para sempre. E isso era lamentável, porque se eu quisesse preservar alguma paz interior, tinha que moderar as emoções naturalmente tempestuosas que envolviam Zakai.

— Também recebi muitas resenhas negativas — murmurei.

Zakai se inclinou para perto.

— Tolos — sussurrou ele, um tom brincalhão em sua voz.

Eu ri baixinho, minha pele corando. Pelo breve momento... voltei para Sundara, o lugar onde Zakai sussurrava daquela mesma maneira, me distraindo, enquanto uma dúzia de olhos nos observava e ele se movia sobre mim. Balancei a cabeça devagar, afastando a memória, enquanto Zakai se recostava e soltava um riso abafado. Ele acenou para a pintura do primeiro presidente dos EUA e sua equipe, uma obra-prima impressionante de tamanho imenso, uma peça de arte que retratava George Washington atravessando o rio Delaware na noite de Natal de 1776.

— Você sabe algo sobre essa pintura?

— Só o que li na placa.

Ele deu um aceno curto.

— George Washington disse mais tarde que, enquanto atravessavam o rio, a névoa estava tão espessa que só Deus poderia ter guiado o barco. Eles viajaram apenas pela fé.

Inclinei a cabeça, olhando-a com interesse.

— Você... tem fé?

Ele me deu um sorriso tímido.

— Eu preciso trabalhar para mantê-la comigo, mas, sim. Ela me trouxe paz.

Paz.

Ele pigarreou.

— De qualquer forma, sobre as críticas ruins, tenho certeza de que alguém acha que o casaco do George não está no tom certo de azul, ou que a expressão do companheiro dele é excessivamente dramática, mesmo para alguém que está indo para uma guerra no inverno, completamente às cegas. — Eu ri e ele sorriu, mas rapidamente ficou sério. — Você dá esperança às pessoas. Tenha orgulho disso.

Um dia talvez você vá juntar todas essas palavras e elas vão contar uma história.

Que tipo de história?

Algo bom, estrelinha. Algo que inspire esperança.

Baixei a cabeça.

— Obrigada. De verdade — sussurrei, tomada pela emoção.

— Falando nas suas histórias, no entanto, eu tenho uma crítica.

Virei-me, uma risada de surpresa borbulhando da minha garganta.

— Ah, é?

— Aham. Então esse Príncipe, de *Crepúsculo e da Luz das Estrelas.* — Ele ergueu uma sobrancelha escura. — Ele é muito confuso. Rabugento. Temperamental. *Reservado*. Honestamente, um idiota.

— Talvez ele tenha os motivos dele?

Ele assentiu uma vez.

— Sim. Deve ter. E sinto que... — Quando suas palavras desapareceram, levantei o olhar e encontrei o seu. Sua expressão era tão solene, tão cheia de gravidade, que minha respiração falhou. — Eu sinto que você o ama. Estou certo? — sussurrou.

Dei uma pequena risada que era mais uma respiração, mas não disse nada. Como poderia? Ele sabia muito bem que o personagem era baseado nele. *Sim. Não.* Como eu responderia de uma maneira que não revelasse meus sentimentos terrivelmente complexos? Amor e ódio, percebi, eram tão inextricavelmente entrelaçados.

— Eu acho que amo todos os meus personagens, de alguma forma ou de outra — falei, tentando ser despretensiosa. — Até os idiotas.

— Você vai redimi-lo no último livro? Ou vamos descobrir que ele é realmente o vilão? Que ele foi um vilão o tempo todo?

— Ainda não decidi — contei, dando de ombros. — Vou ter que ver como a história se desenrola.

Ficamos em silêncio por um momento.

— Fiquei surpresa em te ver ontem à noite depois de todo esse tempo — comentei, suavemente. — Por que agora, Zakai?

Ele olhou para baixo.

— Na última vez que te vi, você disse que me odiava — ele disse, baixinho. — Por muito tempo... pensei que poderia conviver com isso. Descobri que estava errado.

— Você também disse que me odiava — lembrei-o, e até eu podia ouvir a tristeza na minha voz, a memória do jeito maravilhoso e terrível como havíamos nos separado, com fogos de artifício que deslumbravam e deixavam cicatrizes.

— Eu nunca te odiei, Karys. Odiei o que fiz com você. Odiei o desejo dentro de mim que nunca parecia desaparecer. Não importava o que eu fizesse. Não importa o que eu faça. Não importa o quanto eu beba.

Pisquei com a honestidade crua em sua voz, nossos olhares se encontrando, a dor nele ainda roubando o meu fôlego. Mas o ressentimento veio depressa, agarrado aos calcanhares da minha surpresa. Não esperava ouvir tal confissão, e a lembrança de todas as fotos que eu tinha visto dele festejando e se divertindo ao longo dos anos me fez duvidar de sua sinceridade.

— Parece que você encontrou uma maneira de entorpecer seu desejo — falei, com a amargura exalando da minha voz e me fazendo estremecer. Eu não queria ser essa pessoa. Não era bom para ninguém. Mas parecia que os meus sentimentos estavam mais vivos do que eu esperava.

— Não. — Ele exalou. — Nunca. Por favor, Karys, se alguma vez confiou em mim, acredite quando digo que anseio por você a cada segundo desde que nos separamos.

Balancei a cabeça, recusando suas palavras, ou negando os meus próprios sentimentos? Ambos, talvez. Ainda sentia aquela química crepitando entre nós, assim como na noite anterior. Meu coração ainda parecia se esticar para alcançá-lo, apesar de todas as razões para não fazer isso. Mas tive um tempo para olhar meu relacionamento com Zakai de longe e, através da minha escrita, explorei todos os cantos da minha alma ferida. Talvez eu não pudesse parar de amá-lo completamente, talvez nunca conseguisse. E talvez mesclar a verdade e a fantasia de Sundara levasse uma vida inteira de esforço. Mas eu ainda podia tentar resistir a desmoronar na frente de Zakai como eu sempre desmoronara. E eu podia tentar olhar a minha reação a ele objetivamente.

— Talvez ambos tenhamos sido condicionados — eu disse, sem encontrar os seus olhos. — Talvez tenhamos sido doutrinados, Zakai. O que sentimos... até os vestígios desses sentimentos que ainda permanecem... não é nossa culpa. Todas as coisas que fizemos um ao outro, todas essas emoções...

— Você está errada. Não é como você faz parecer, Karys. — Não olhei para ele, mas senti pela inclinação de sua cabeça, pela minha visão periférica, que ele estava angustiado. — Sei que fui eu quem te levou a essa conclusão. Mas... o que eu disse sobre o Bibi? Aquilo nunca foi verdade. — Ele fez uma pausa longa e, por um momento, me perguntei se ele continuaria. — Em Sundara — ele finalmente o fez —, eu só... não queria que você sofresse como eu sofri. Deus, Karys, eu não queria que você se machucasse. E sim, sua beleza, sua capacidade de encontrar alegria onde nenhum de nós conseguia, parecia algo precioso. Era como o oxigênio em uma sala sem ar. Eu te amei tanto. Ainda amo — proferiu, as últimas palavras desaparecendo.

Meu peito se contraiu com a dor que reverberava através de mim. *Não isso*. Qualquer coisa menos isso.

— Você nunca terá certeza, Zakai.

— Não?

Então, olhei para ele, encontrando seu olhar com resolução.

— Não. Você foi condicionado a pensar que o que sentia por mim era amor. Isso é tudo.

Ele me estudou por um momento.

— Se não é amor, o que é? Se eu não te amava, o que era, então?

Me virei.

— Afeto. Posse. Até mesmo doença. Escolha um. Não é culpa sua, nem minha. Você não tinha escolha. Era só eu. Você disse isso uma vez antes, Zakai, e estava certo.

— Eu tive *escolha* por todos esses anos. E não escolhi nada diferente. Nem uma vez — contou, sua voz tão quieta, que movi o corpo para ouvi-lo melhor.

O choque me atingiu.

— O quê? — Estudei-o, confusa. — Seu relacionamento com a Giselle...

— Negócios. Nada além disso, embora ela quisesse.

A estática na minha cabeça fez o barulho da sala desaparecer e então retornar. Ah, não. Mas...

Ai, Deus. *Isso não podia ser verdade.*

— É verdade, eu juro — ele respondeu, fazendo-me perceber que tinha dito a frase em voz alta. — Ela queria um relacionamento. Eu não. As tentativas dela nunca me seduziram. Nunca fingi o contrário, mas ela nunca desistiu de ter esperança, apesar de assumir outros amantes enquanto estava comigo. — Ele fez uma pausa. — Ela me representa, mas nada mais que isso. Na verdade... eu devo a ela. Ela me acolheu em um momento muito ruim. Eu teria ficado sem-teto se não fosse por ela. Tudo o que tenho é porque ela facilitou as coisas.

Minha cabeça girou. Eu acenei brevemente. Ela tinha feito parecer como se...

— Ela me odiava — murmurei.

Zakai olhou para mim e depois desviou o olhar como se estivesse pensando.

— Ela sentia ciúmes de você. Ainda deve sentir, eu acho. — Ele deu de ombros. — Ela sabe como me sinto em relação a você. Sempre fui claro sobre esse assunto.

Tomei um momento para deixar a poeira de suas revelações assentar, uma terrível clareza assentando dentro de mim. Mas não era apenas Giselle que insinuava que ela e Zakai estavam juntos.

— Você me fez acreditar que estava com ela.

Ele ficou em silêncio por um momento.

— No começo, era mais fácil assim. Da última vez que te vi... você ia se casar. Eu estava doente de ciúmes. — Ele fez outra pausa. — Teria importado?

Pensei um pouco. Não naquele momento, mas talvez depois. *Ai, Deus.* Era tudo uma bagunça colossal.

— Provavelmente não — murmurei.

Comecei a escrever depois do que, para mim, tinha sido um trágico colapso. Eu desistiria do meu sucesso pelo que poderia ou não ter acontecido entre mim e Zakai se estivéssemos disponíveis naquele momento?

Independentemente de Dawson ou Giselle, eu ainda estava tentando descobrir quem eu era, e Zakai estava afogando suas mágoas na bebida. Levantei a mão, massageando a têmpora. Todas as perguntas que estavam girando na minha cabeça pareciam grandes demais para respostas, especialmente aqui e agora, sentada com Zakai no meio de um museu de arte.

— Você quer caminhar? — ele perguntou após um minuto. Assenti, grata pela chance de movimentar os músculos e distrair a mente.

Nós dois nos levantamos, caminhando lado a lado, nossos olhares demorando-se nas obras de arte pelas quais passávamos. Parei momentaneamente na frente de um quadro impressionista pendurado no corredor onde estávamos sentados.

— Encontrei Cody Rutland alguns anos atrás — contei a Zakai.

Ele olhou para mim, surpreso.

— É? Como ele estava?

— Ele estava bem. Jantamos juntos. Ele me apresentou ao pontilhismo. — Sorri suavemente. — Cada pintura é feita de milhares de pequenos pontos. Se você está perto, tudo é confuso, mas se você se afasta, fica claro. — E talvez, de alguma maneira, de algum modo impossível, seja a mesma coisa para nós.

— Hum — ele murmurou, olhando para a pintura, inclinando a cabeça. Observei-o enquanto ele a estudava, lembrando-me da resposta decepcionante que Dawson tinha me dado uma vez quando falamos sobre o assunto.

— Se você se afastar — instruí —, pode ter uma visão melhor. Não parecerá tão bagunçado.

Mas Zakai me olhou, um sorriso leve no rosto.

— Estou aprendendo a gostar da bagunça — disse ele, inclinando a cabeça. — Acho que é o coração da história.

Abri um sorriso ao mesmo tempo em que exalava fundo, encantada com sua percepção.

— É?

Nossos olhares se encontraram.

— Sim.

Ambos desviamos o olhar, começando a caminhar de novo.

— E você, Zakai? — perguntei, depois de um momento, sentindo minhas emoções enfim se acalmarem. Pensaria nas coisas que ele me revelou mais tarde, nas ramificações... — Você encontra satisfação no seu trabalho?

Ele me lançou um olhar, uma tensão nervosa em sua expressão.

— Você vai se surpreender, mas parei de modelar no ano passado.

Dei-lhe um olhar curioso.

— Eu te vi recentemente. Tem um anúncio de página inteira na última edição da...

— Há uma certa demora nessas coisas.

— Ah. Por quê? O que você está fazendo agora?

Zakai parou de andar e eu também, virando-nos um para o outro.

— Na verdade, Karys, conheci um cara quando estava em uma sessão de fotos em Cincinnati. O nome dele é Jake Madsen, e ele dirige uma fundação para crianças em lares adotivos.

Franzi a testa.

— Ah. Ok. Você está trabalhando com... crianças em lares adotivos?

— Não. Quer dizer, mais ou menos. — Ele espremeu os lábios, olhando para longe. — Nunca te contei, mas aquela casa para onde fui enviado quando nos mudamos para cá, a casa de acolhimento, foi um inferno.

Senti o peito ficar apertado. Desviei o olhar.

— Sinto muito — falei, devagar.

— Não sinta. Eu não confidenciei a você. Queria que você amasse sua nova vida, que a abraçasse. Eu sabia que não faria isso se soubesse como eu estava miserável.

— Ah, Zakai. — Exalei fundo, a tristeza clara na minha voz. — Eu vi os hematomas no seu rosto. Deveria ter percebido. — Sacudi a cabeça, sentindo vergonha, reconhecendo a minha tendência de ser cega à gravidade de uma situação negativa.

— Por favor, não se culpe. Eu era reservado quando talvez não devesse ter sido. Mas a verdade é... o cara com quem eu brigava. — Ele soltou o ar e senti certa hesitação em me contar isso, mesmo agora. — Eu acordava e ele estava em cima de mim. — Ele desviou o olhar. — Tentando me despir. Eu lutava contra ele. Mas nós dois sabíamos que eu não teria como ser forte para sempre, o bastante para lutar contra ele. Eu não me sentia seguro acordando lá, muito menos dormindo.

Estremeci. Depois de tudo pelo que havíamos passado, que Zakai tivesse que suportar algo assim depois de ser "resgatado" parecia uma crueldade tão profundamente injusta. Eu compreendia porque me senti traída pelo meu tio e era exatamente por esse motivo. Zakai estava lutando para não ser de novo uma vítima, e eu nem tinha percebido.

— Deus, sinto muito — repeti. Não parecia haver muito mais a dizer.

— Eu acho... eu acho que resultou em algo positivo, no entanto. — Ele deu uma risada curta. — Quer dizer, se eu conseguir fazer as coisas funcionarem. Gostaria de te contar a respeito. Esperava que você aceitasse jantar na minha casa. Não sou um ótimo cozinheiro. — Ele me deu um sorriso irônico, erguendo as sobrancelhas. — Mas tem um restaurante ótimo de comida chinesa bem ali na esquina. Podemos pedir para viagem.

Senti como se estivesse entre duas pontes, ambas balançando precariamente sob mim. A última hora passada com Zakai tinha sido tudo, menos previsível. E, ainda assim, adiei dar a ele a notícia que eu sabia — agora mais do que nunca — que ele merecia receber. No entanto, o tempo com ele naquele dia havia proporcionado um bálsamo que eu não esperava. Zakai não estava mais em turbulência. Ele podia reconhecer o caos, mas também ver a calma. Ele também havia encontrado sua própria forma de cura.

Então, assenti.

— Sim — concordei em um murmúrio. — Eu adoraria jantar com você.

Capítulo Vinte e Oito

Zakai abriu a porta do seu apartamento, sorrindo enquanto recuava, lindo em uma calça jeans e blusa de manga longa cinza.

— Oi — ele disse, e detectei uma nota de nervosismo em sua voz. — É bom te ver.

— Obrigada pelo convite — falei, enquanto ele fechava a porta atrás de mim. Nós dois nos viramos um para o outro, encarando-nos de forma desajeitada por vários segundos. Seu lábio se contorceu e o meu também enquanto ríamos.

A risada de Zakai desapareceu e com ela veio um pequeno e doloroso som.

— Sou só eu que não sei exatamente como recomeçar? — ele perguntou.

— É isso que estamos fazendo? Recomeçando?

— Espero que sim.

Abri a boca para responder, mas não soube o que dizer. Na verdade, eu não tinha certeza do que ele queria e nem mesmo tinha certeza se gostaria de descobrir naquele momento. Mas, qualquer que fosse a forma de recomeço a que *ele* se referia, eu não podia negar que era necessário. Pelo bem do filho que ele nem sabia que compartilhávamos.

Virei-me, observando seu apartamento de conceito aberto. Havia janelas nas duas paredes que mostravam a cidade e algumas tubulações expostas no teto. A cozinha à esquerda era pequena e extremamente moderna, com bancadas de mármore branco e armários de madeira escura. As áreas de estar e jantar eram mobiliadas de um jeito simples, mas confortável. Caminhei, observando os livros empilhados em muitas das superfícies — no aparador próximo à porta, na mesa de centro e em várias mesinhas de canto. Olhei o título do livro no topo de uma das pilhas, inclinando a cabeça para ver as lombadas dos que estavam abaixo, olhando para Zakai, que me observou explorar seu espaço.

— Livros de história — comentei, surpresa com os assuntos sobre Roma Antiga, Cruzadas e títulos relacionados a guerras e ao governo.

Ele sorriu e assentiu, passando a mão pelo cabelo, os fios brilhantes cintilando à luz enquanto ele os afastava do rosto.

— Sim. Descobri um assunto que amo, afinal. Está surpresa?

Olhei ao redor, observando todas as pilhas de novo, incluindo a estante no canto, as centenas de livros de capa dura que ele presumivelmente tinha lido.

— Um pouco. Você poderia ter estudado isso tudo. Poderia ter se formado.

Zakai caminhou na minha direção, encostando-se no braço do sofá.

— Eu estudei tudo isso. Mas a faculdade não era para mim. O que nos ofereceram foi com boas intenções e foi generoso, mas... eu era um lutador, Karys. Nunca fui... um leitor como você. Eu não entendia os trabalhos, ou as regras do idioma tão rápido quanto você e isso me deixava com vergonha. Perdido. Sozinho.

— Ah, Zakai — murmurei, sentindo a tristeza florescer dentro de mim.

Mas ele balançou a cabeça e sorriu enquanto acenava com as mãos ao redor.

— Acontece que, com um cartão de biblioteca e muito tempo livre, você pode se educar sozinho.

— Percebi. — Fiz uma pausa. — Sinto muito por não ter reconhecido sua dificuldade mais claramente.

— Não deixei que você enxergasse.

— Ainda assim...

— Não, Karys. Eu não permiti.

Soltei um suspiro, olhando ao redor de novo.

— É muito agradável. Sua casa.

E isso me fez perceber o quanto não sabíamos um sobre o outro. O quanto os anos haviam nos mudado. Algo sobre essa constatação me deixou empolgada. Uma vez, pensei que sabia tudo o que tinha para saber sobre Zakai, mas agora via que ainda existiam profundezas naquele homem a serem descobertas.

Zakai levantou-se.

— Então, ãhn, posso te servir uma bebida? — Ele apontou para as duas garrafas de vinho na bancada, um tinto e um branco. — Não tinha certeza de qual você gostava.

— Vou querer uma taça de tinto.

Segui-o na curta distância até a cozinha, onde ele abriu a garrafa e me serviu uma taça.

— Você vai beber uma? — perguntei.

— Não. Eu, bem, álcool e eu nunca demos certo. Tenho certeza de que você está ciente. — Ele fez uma pausa. — Parei de beber completamente no dia seguinte... ao que aconteceu na sua festa de noivado. — Ele olhou para baixo e senti seu constrangimento. — Eu me odiei tanto pelo que fiz com você.

Ah.

— Ahmad me avisou, lembra? — continuou. — Ele disse que a bebida pode se virar contra você. Eu só queria ter escutado. Queria ter parado antes. Aquela maldita véspera de Ano-Novo... — Ele fez uma careta.

Aquela maldita véspera de Ano-Novo. Sim. A visão daquela noite de inverno no terraço tomou o primeiro plano da minha memória, assim como o dia da minha festa de noivado. Ambas as vezes eu havia sentido o cheiro do álcool nele, vi seu olhar turvo. Ele estava com raiva, fora de controle. Um arrepio de dor tremulou por mim. Girei o vinho na taça, esperando o aperto afiado da memória se soltar.

— Sim — concordei devagar. — Você me machucou. Tão profundamente, que, por muito tempo, não achei que me recuperaria. Mas me recuperei.

Zakai soltou um longo suspiro, e seus ombros caíram enquanto eu colocava as mãos no balcão e baixava a cabeça. Quando levantou o olhar, sua expressão estava tão cheia da dor que chegou a me atingir por um momento.

— Me desculpe, Karys. Você nunca vai saber o quanto eu sinto por isso. Posso tentar explicar um pouco mais?

— Não é necessário...

— Por favor.

Fiz uma pausa.

— Tudo bem.

Zakai contornou a bancada e sentou-se no banco, virando-se para mim. Fiz o mesmo, e nossos joelhos quase se tocaram. Tão perto e, ainda assim, de muitas maneiras, tão longe. Zakai olhou para além de mim, parecendo organizar os pensamentos, ou talvez viajando de volta ao passado, atravessando um oceano, sobre a areia queimada pelo sol.

— Haziq me encontrou quando eu era uma criança. E me usou para convencer aqueles que ele desejava para as suas apresentações a irem com ele.

— Cody me contou — falei suavemente. — Quando me encontrei com ele há muitos anos, ele me disse como Haziq havia usado você.

Ele piscou e engoliu em seco. Então, assentiu.

— Então você sabe...

— Que você estava lá no dia em que fui levada?

Zakai respirou fundo.

— Sim. — Seus ombros se curvaram para a frente, a dor alterando as suas feições. — Eu poderia ter gritado. Poderia ter chamado alguém. Mas estava hipnotizado. — Seus olhos encontraram os meus, buscando redenção. — Nunca tinha visto nada tão lindo quanto você. Ele me usou, Karys. Ele me usou para te atrair. E fiz isso porque estava tão atraído por você que não consegui voltar atrás. Eu tive que me aproximar... — Ele soltou um suspiro trêmulo. — Você veio até mim por vontade própria, aparentemente atraída por mim também. Eu tentei te afastar, mas você segurou firme. Havia uma poça para dentro da qual considerei te empurrar. — Ele fez uma pausa, olhando para além de mim de novo. — Eu imaginei essa cena, vez ou outra, ao longo dos anos. Desejei ter sido forte o suficiente para fazer isso, para te empurrar, para te deixar chorando no chão. A mulher dentro da casa teria ouvido você. Ela teria saído, te pegado e te levado para casa. Você teria esquecido que eu existia. Você estaria segura. Em vez disso... eu não te afastei. Eu te segurei firme. E a próxima coisa que eu sabia era que você estava ao meu lado e estávamos indo para Sundara. Eu poderia ter impedido. Mas não o fiz. Minha pequena paixão por você, mesmo como uma criança de nove anos, acabou sendo sua ruína.

Algo se encaixou no lugar, algo terrível e esclarecedor. Ele acreditava que seu amor tinha sido responsável por toda a minha miséria, desde o momento em que tinha me visto e além.

— Ah, Zakai — falei, devagar.

Pensei em como ele me protegera em Sundara, com o brilho radiante de um milhão de estrelas. Lembrei-me da noite em que ele estava disposto a morrer com esse objetivo. E então me perguntei, sem esperança, por que ele havia me ferido tão terrivelmente quando deixamos Sundara. E, de repente, estava tão claro — no mundo, Zakai *ainda* estava me protegendo, mas passou a acreditar que aquilo de que eu mais precisava de proteção... era ele. Ele fez o que desejou ter sido forte ou sábio o suficiente para fazer naquele dia, tantos anos atrás, quando éramos apenas crianças. Me empurrar. Se afastar. Causar-me uma dor momentânea, para que eu pudesse ser poupada de algo muito pior.

Pensei em outra poça, uma de que me lembrava claramente. Lembrei-me de estar deitada no chão sob a chuva depois que havíamos transado na minha festa de noivado e, sem saber, criado uma nova vida. Irônico, supus. Eu acabei, de todo jeito, jogada e chorando em uma poça, afinal. Mas ninguém me pegou do chão. Eu me levantei.

E eu me curei.

— Não foi sua culpa — falei para Zakai. — Você era uma criança. E eu também. Haziq é o responsável — afirmei, estendendo a mão e pegando a dele. Seu olhar se fixou ali e ele ficou em silêncio por um momento enquanto observava minha mão envolver a sua, nossas moléculas se fundindo, calor irradiando. — Apenas ele — sussurrei, recuando.

Ele olhou para o lado, mas seus ombros se endireitaram.

— Obrigado, Karys. — Sua voz soou áspera.

Ficamos em silêncio pensativo por um momento e jurei sentir os aromas das tâmara açucaradas e do jasmim como se a força de nossas memórias unidas tivesse conjurado Sundara, o lugar onde tínhamos sido usados, mas também onde nos apaixonamos.

Eu não *precisava* de um pedido de desculpas. Tinha seguido em frente sem precisar de um. Até conseguira encontrar certa paz com o fato de Zakai ter saído da minha vida de vez. Mas eu não podia negar que sua explicação, junto com a sincera tristeza que vi em seu olhar, ajudou a costurar a última ferida no meu coração.

— Você vê seu tio com frequência? — Zakai perguntou depois de alguns momentos de silêncio.

Neguei com a cabeça.

— Saí da casa do meu tio na noite em que fui até você, naquela véspera de Ano-Novo.

Zakai congelou, o rosto registrando um choque.

— O quê? Por quê?

Suspirei.

— Não estou te contando isso para te fazer se sentir pior, mas... Braxton tentou me beijar naquela noite. Peguei minhas coisas e saí. Não temos mais nenhum relacionamento.

Zakai soltou um suspiro entrecortado, e sua expressão desmoronou.

— Ah, Jesus. Aquela noite. Você veio até mim porque precisava de ajuda.

Assenti.

— E eu te empurrei. Depois... — Seu rosto se contorceu de dor. — Deus, eu sinto muito, Karys. Eu não tinha ideia.

Observei-o por um momento, seu sofrimento palpável. Se alguém me dissesse que eu veria de perto e pessoalmente um arrependimento doloroso de Zakai sobre aquela noite, eu teria acreditado que me deleitaria dele. Mas não foi assim. Nós *dois* estávamos lutando. Nós dois estávamos sofrendo. Ele achava que eu tinha considerado desistir da minha segunda chance — uma educação, uma vida da qual eu pudesse me orgulhar — para, mais uma vez, segui-lo.

— Curiosamente, essas dificuldades me ajudaram a amadurecer de maneiras que não teriam sido possíveis sem — falei. — É engraçado dizer que parte de mim é grata por aquela dor?

Seu olhar percorreu o meu rosto, e pensei ter detectado alívio em seus olhos. Compreensão.

— Não. Entendo o que você quer dizer.

Peguei a taça de vinho, tomando um pequeno gole. Quando a pousei de volta e olhei para Zakai, encontrei-o me encarando, um pequeno sorriso em seu rosto.

— O quê? — perguntei.

— Nós dois somos diferentes agora, não somos?

— Sim. — Eu tinha pensado a mesma coisa. Mordi o lábio por um instante. — E não, ao mesmo tempo. Tanta coisa aconteceu.

Ele assentiu, estendendo a mão e colocando atrás da minha orelha uma mecha de cabelo, que havia caído do coque até o meu pescoço. Nossos olhares se encontraram e pude ver, pela visão periférica, que sua mão tremeu muito levemente. Meu coração pulou e vi sua pulsação acelerar na lateral do pescoço. Sim, muita coisa tinha acontecido. Tantas coisas tinham mudado. Mas uma coisa que permanecia a mesma era a conexão entre nós.

Emocional. Física. Histórica. Química. *Química* que crepitava, apesar dos muitos anos de desconexão e distância.

Essa corrente elétrica de átomos carregados fez eu me sentir desequilibrada. Fora de controle. Isso me lembrava da garota que eu tinha sido, e não tinha certeza se confiava nela.

— Naquele dia — eu disse, minha voz mais ofegante do que eu gostaria, ao fazer a pergunta que eu tinha me feito mentalmente, vez ou outra, desde que o deixara no museu. — Você disse que não fez outras escolhas... todos esses anos. Você quis dizer que...

Ele puxou a mão para trás, sentando-se ereto.

— Eu não dormi com mais ninguém. Só estive com você.

Ah. Uma mistura de surpresa e felicidade se entrelaçou dentro de mim. Mas também confusão. Eu o tinha visto seminu em anúncios com modelos vestidas em trajes sumários por anos. Em festas. Sempre cercado por mulheres bonitas.

— Por quê?

Ele riu, desconfortável, enquanto achatava as palmas das mãos nos joelhos antes de olhar para baixo, parecendo pensativo.

— Porque eu quero que o sexo seja algo significativo. Haziq tirou muito de nós e fez do sexo algo que nunca deveria ter sido. Mas posso reivindicar isso de volta. *Eu* posso definir o que o sexo significa para mim. — Ele fez uma pausa, e vi tanto tristeza quanto orgulho em seus olhos. — Eu quero que o sexo seja como naqueles primeiros meses lindos quando éramos só nós dois. É isso o que quero. E então, não, não tive relações sexuais casuais com mulheres de que não gostava, muito menos amava.

Uau. Ok. Eu me senti abalada. Tudo o que eu havia pensado, tudo que presumira estava... na melhor das hipóteses, errado, e na pior, faltando contexto. Não me culpava por não ver a verdade. Zakai não permitiu. Mas havia muito para assimilar.

— De qualquer forma — ele continuou, parecendo um pouco tímido. — Não quer dizer que eu não sinta falta. — Ele me lançou um olhar irônico e doloroso e eu ri. — Sinto sua falta — disse ele. — Sinto falta de tudo em você.

Soltei um suspiro, olhando para o lado. Eu também sentia falta do sexo, mas aquilo era uma lata inteira de vermes que eu não estava disposta a abrir. Não agora e talvez nunca. Por enquanto, havia tópicos mais importantes a serem abordados. Mordi o lábio, indecisa.

— Então, hum — Zakai falou antes de eu decidir se agora era a hora de compartilhar a *maior* problemática com ele. — Eu te contei sobre o trabalho que estou fazendo com aquela instituição?

— A Casa Willow?

— Sim. Jake e sua esposa, Evie, estão na cidade neste fim de semana para um evento de arrecadação de fundos. Eu estava esperando que você viesse comigo.

— Um evento?

Ele assentiu, pegando algo na bancada e segurando um cartão, entregando-o a mim.

— As informações estão aqui — ele indicou. — Acho que você vai gostar muito da Evie. Além de dirigir a Casa Willow, ela é autora de vários livros infantis.

Olhei para ele, inclinando a cabeça.

— Espere, o nome dela é Evelyn Madsen?

Ele sorriu.

— É. Você a conhece?

— Conheço. — Dei um longo suspiro. — Os livros dela são muito populares... quero dizer, ouvi falar que as crianças adoram.

Eu tinha os três em casa.

Ele deu um pequeno e confuso sorriso.

— Sim, eu também escuto isso. — Ele pigarreou. — De qualquer forma, hum, posso te buscar na sexta-feira às seis?

Olhei para baixo, vendo os detalhes, e depois olhei para Zakai. Ir ao evento significaria que eu teria mais alguns dias para criar coragem e contar que ele era pai. Eu ligaria para ele antes de sexta-feira e então o deixaria decidir se ainda queria que eu fosse ao evento. Eu sabia que estava sendo covarde, mas também sabia que a notícia ia abalar seu mundo. E o meu. E eu só precisava de mais alguns dias.

— Eu adoraria ir com você.

Seu sorriso foi instantâneo.

— Ótimo. — Ele pegou um menu dobrado e cor-de-rosa. — Agora, acho que te prometi um jantar.

Capítulo Vinte e Nove

O evento foi sediado na propriedade de um dos maiores doadores da Fundação Casa Willow, uma organização que começou como um centro comunitário independente e havia crescido até se tornar uma empresa multiestadual. Sua missão era ajudar no desenvolvimento de crianças do sistema de adoção temporária, durante e após deixarem o sistema.

Zakai caminhou ao meu lado, lindíssimo em um smoking, enquanto saíamos para o pátio de pedra, que se estendia de uma ponta a outra da imensa casa. Uma tenda branca ocupava a maior parte do gramado, com lanternas penduradas na parte interna, brilhando sob a luz crepuscular.

Levei a mão à barriga, como se pudesse conter o nervosismo que me agitava por dentro.

Zakai sorriu para mim, consciente disso.

— Você está linda — ele falou, pegando uma taça de champanhe de uma bandeja oferecida por uma mulher em uniforme preto e branco, entregando-a para mim, mas não pegando uma para si. Dei um pequeno gole. Eu não pertencia àquele lugar. Não porque era uma festa organizada por estranhos, mas porque eu tivera tempo suficiente, desde que havia jantado com ele na terça-feira, para dar a Zakai as informações que ele merecia saber. Eu havia perdido a coragem repetidas vezes, pegando o telefone conforme os dias passavam, e sempre o colocando de volta, com o coração na garganta.

O que estava me impedindo? A essa altura, eu o estava enganando de forma consciente.

Um homem mais velho em um smoking impecável se aproximou, sorrindo amplamente.

— Zak, é ótimo ver você — falou ele, estendendo a mão e cumprimentando Zakai.

— Jake. É ótimo estar aqui. Esta é Karys Grant. Karys, Jake Madsen.

— Prazer em conhecê-la, Karys — cumprimentou o homem mais velho, devastadoramente bonito. Ele olhou para trás enquanto uma mulher se aproximava, bela em um vestido com cores de pavão, seus cabelos escuros afastados de seu rosto encantador. — Esta é minha esposa, Evie.

— Olá, Karys — disse ela. — Zak nos falou tanto sobre você. E, claro, eu li todos os seus livros. São maravilhosos.

Olhei para baixo, sentindo-me tímida.

— Obrigada. Isso significa muito vindo de outra autora.

Ela sorriu humildemente.

— Você é muito gentil.

— Karys — começou Zakai. — Jake ia me apresentar a alguns doadores. Você ficará bem se eu te deixar com Evie por alguns minutos?

— Ah, sim. — Olhei para Evie, não querendo que ela sentisse que precisava me entreter. — Mas não é necessário que...

— Eu cuidarei bem dela — garantiu Evie, inclinando-se e beijando o marido na bochecha. — Vá. E você, venha comigo. — Ela sorriu, me guiando para longe do pátio. — Vou te mostrar o jardim. É magnífico. Na verdade, é como um pequeno parque.

Segui-a, passando pelos convidados que conversavam e saboreavam o champanhe, contornando a casa e descendo um pequeno lance de escadas.

— Ai, minha nossa — falei, descendo o último degrau e contemplando o espaço tão belo quanto inesperado.

— Dizem que é um jardim inglês — explicou Evie, sorrindo enquanto acenava em direção à cerca e a fileiras de flores intercaladas com fontes e bancos de pedra. — Mas eu tenho que admitir que, como uma garota da cidade, não sei quase nada sobre jardinagem.

Sorri de volta.

— Seja como for o nome, é lindo — elogiei, caminhando adiante, meus dedos roçando as folhas aveludadas de uma grande flor azul e roxa. — É muito diferente, mas... a beleza me lembra de onde Zakai e eu crescemos. — Corei, desviando o olhar. — Tenho certeza que ele já mencionou...

— Sim — confirmou Evie, pousando a mão no meu braço por um momento enquanto caminhava ao meu lado. — Ele nos contou. Meu marido e eu crescemos em uma situação difícil também. — Apesar de suas palavras, um sorriso gentil iluminou os seus lábios. — Cresci fora do sistema de adoção temporária. — Ela gesticulou ao redor, indicando o jardim formal e a mansão além. — Nunca, nem em um milhão de anos, sonhei que estaria em um lugar como este. Não apenas este jardim, mas esta *vida*. As pessoas que possuem esta casa, elas têm muito, mas querem compartilhar com aqueles que não têm. Nós fizemos do nosso objetivo de vida trabalhar o suficiente para nos cercarmos de pessoas assim.

— Como Zakai — murmurei.

— Zakai é mais como nós do que como os doadores. — Ela sorriu para mim. — Meu marido e eu tivemos sorte de ter os meios para retribuir, mas também nos sentimos mais completos trabalhando. Zakai será um excelente acréscimo à nossa equipe e acredito que ele já entendeu o quanto o apoio àqueles na posição em que vocês estiveram pode curar.

Mas também nos sentimos mais completos trabalhando.

— Zakai não mencionou exatamente o que ele vai fazer — eu disse.

— Bem. Zakai tem um conhecimento pessoal sobre o que é ser vítima do tráfico. Muitos chegam às nossas organizações atordoados depois de um resgate. Zakai se reuniu diversas vezes com uma equipe de resgate que trabalha em Las Vegas. — Uma pequena ruga de preocupação apareceu em sua testa. — Eles comunicaram as dificuldades de encontrar uma moradia de longo prazo que seja adequada para pessoas com necessidades tão específicas.

Soltei um longo suspiro, pensando no que Zakai havia me contado sobre a casa onde morou quando chegamos em Nova York, as coisas que ele havia vivenciado e das quais eu não tinha conhecimento. Atordoados era a palavra que Evie tinha usado e era apropriada. Pensei também no meu tio e na traição que senti. Por mais devastadora que a situação tivesse sido, como eu teria me saído se estivesse em uma situação semelhante à de Zakai? Atacada repetidamente por um estranho com a intenção de me dominar? *Não muito bem*, minha mente sussurrou.

— O trabalho que vocês fazem é muito importante — eu disse, com suavidade. — Estou muito feliz que Zakai esteja envolvido.

Evie olhou para mim e, embora eu não olhasse em sua direção, senti que ela estava me avaliando.

— Zakai nos contou um pouco sobre o que aconteceu quando vocês dois se mudaram para cá — revelou ela, gentilmente.

Meus ombros caíram e me sentei em um banco perto de onde caminhávamos. Evie sentou-se ao meu lado, virando-se para mim, seus olhos cheios de preocupação e bondade.

— É uma bagunça, Evie. Tudo isso é uma bagunça enorme. — *E eu nem consigo começar a te contar a extensão do problema.*

Evie estendeu a mão, pegando a minha e apertando-a.

— Eu era muito parecida com você quando era mais jovem, Karys. Uma sonhadora. Acho que não é de se admirar que ambas tenhamos nos tornado contadoras de histórias. Embora, admito, as minhas histórias não sejam tão bem elaboradas ou detalhadas quanto as suas. — Ela riu de leve.

Uma sonhadora. Era isso o que eu tinha sido? Ou era apenas uma maneira mais bonita de dizer que eu havia sido ingenuamente ignorante?

— Às vezes penso que eu apenas vivia em uma terra de fantasia — falei, me sentindo vazia.

Evie deu mais um aperto na minha mão.

— *Não.* Você viu beleza onde outros não viram. É uma força, querida. Não uma fraqueza. Zakai nos contou que sua personalidade foi parte do que manteve a alma dele viva. *Você* sonhava por ele quando ele se esqueceu de como era sonhar.

Meu Deus.

Talvez isso fosse verdade. Mas eu também tinha que reconhecer que Zakai havia feito concessões por mim desde criança. Ele sempre tinha sido um lutador, mas havia moderado sua luta. Por minha causa. Sua sonhadora. A que sempre se apegara à segurança em vez da liberdade. A que tinha escolhido o conforto em vez da coragem. Talvez me amar por essas qualidades tivesse mantido uma parte dele viva, mas talvez também tivesse causado a morte de outra parte dele. Porque ele havia lutado por *mim*, mas parado de lutar por si mesmo.

Se eu tinha sido sua sonhadora quando ele havia se esquecido de como era sonhar, ele havia sido meu campeão enquanto eu não tinha vontade de lutar.

Nossa separação foi cheia de dor e desespero e, ainda assim, ironicamente, só havíamos aprendido a recuperar as qualidades que havíamos entregado um ao outro quando ficamos sozinhos.

A imagem estava se tornando ainda mais clara à medida que eu me afastava. E ainda assim... eu não queria me afastar. Não de Zakai. Não de quem tínhamos sido antes, ou de quem poderíamos ser agora... juntos.

Estou aprendendo a gostar da bagunça. Acho que é o coração da história.

— Eu o amei a minha vida toda — falei, triste. — Nunca consegui descobrir como deixá-lo ir. E agora, acho que não quero.

— Eu entendo — disse Evie, com um sorriso divertido.

— Como superamos tudo isso? — perguntei. É mesmo possível?

— Não acho que o ponto seja superar tudo. Acho que a questão é aprender, crescer e encontrar uma maneira de se tornar a melhor versão de si mesmo por causa, e não apesar, do que você viveu. É encontrar uma maneira de incorporar *todas* as suas experiências; as boas e as más. Porque você não estaria onde está neste exato momento se não fosse por cada passo que deu ao longo do caminho. — Ela fez uma pausa. — Também é uma decisão perdoar os erros um do outro. Uma escolha. Nem sempre é fácil, pois há coisas que são extremamente difíceis de perdoar. Mas há uma liberdade no coração quando você se desprende da escuridão que a ausência do perdão cria. Um fardo que é eximido. E acho que é isso o que o perdão envolve: deixar de lado o peso que o ódio, a decepção ou a dor criaram. — Ela sorriu suavemente. — Então, alguns de nós têm que lutar mais por nossos "felizes para sempre". Mas isso só torna ainda mais doce quando você chega lá, eu prometo — ela disse com tanta convicção em sua voz que me fez perder o fôlego.

— Muito obrigada — sussurrei.

Ela inclinou a cabeça, os olhos cheios de bondade.

— Eu tenho meninos — ela contou. — Eu os amo muito, mas uma filha emprestada seria maravilhoso também. — Sorriu. — Se você precisar de alguma coisa, me avise. — Evie se levantou. — Agora, vou arrancar meu marido da arrecadação de fundos por alguns minutos e fazê-lo dançar comigo. Aproveite o jardim por um tempo — sugeriu, percebendo que eu precisava de um momento sozinha.

Assenti, agradecida, e ela se virou e caminhou em direção às escadas.

Respirei o ar perfumado das flores, encontrando a paz ao meu redor da mesma maneira que um dia eu encontrara serenidade no pátio ensolarado em Sundara.

Uma vez, Zakai disse que faríamos o que fosse necessário para suportar o tempo até que pudéssemos viver todas as noites nos braços um do outro. Eu disse a ele que essa promessa me ajudaria a aguentar daquele dia em diante, e de certa forma — embora não reconhecida, nem mesmo para mim mesma — era exatamente isso que eu estava fazendo.

Eu o amava.

Ainda.

Nunca tinha parado de amá-lo. Não realmente.

Senti-o antes de vê-lo. Levantei a cabeça e nossos olhares se encontraram enquanto ele descia os degraus e caminhava na minha direção, seus lábios se curvando em um sorriso.

— Disseram que eu poderia te encontrar aqui — ele falou. — Evie gostou muito de você.

— Gostei muito dela também.

Zakai colocou as mãos nos bolsos e se balançou nos pés. Ele encontrou os meus olhos, e a eletricidade faiscou entre nós. Soltei um suspiro. Embora a química ainda existisse, uma sensação de paz corria em paralelo. Minha atração por esse homem não era mais o que me definia exclusivamente, e a consciência disso, de alguma forma inexplicável, a tornava ainda mais poderosa.

A música começou a tocar de algum lugar além, filtrando-se para o jardim. Zakai ergueu a sobrancelha, retirando as mãos dos bolsos e estendendo uma delas para mim.

Ri baixinho, levantando-me e aceitando seu convite. Ele me puxou para seus braços, o magnetismo entre nós vibrando com urgência enquanto eu pressionava o meu corpo contra o seu, sentindo minhas bochechas esquentarem. Algo se libertou dentro de mim, um tipo doce de alívio que eu não tinha outro nome melhor para chamar, apesar de usar as palavras para viver. Fechei os olhos enquanto inalava o cheiro de sua pele, aquele que eu reconheceria em qualquer lugar, mesmo na escuridão da noite quando não tinha visão para confirmar que era ele, e talvez principalmente nesses instantes. Eu tinha sentido falta dele. Meu Deus, como tinha sentido falta dele. Por um momento apenas dançamos, sua cabeça inclinada perto do meu ouvido.

— Você é a outra metade da minha estrela — ele murmurou. — Ainda. Sempre.

Soltei uma risada curta.

— Não fale assim. Foi só uma linda mentira.

Ele recuou um pouco, olhando para mim.

— Não. Eu não acho que tenha sido, Karys. É a verdade. Haziq apenas usou isso para nos manipular.

Meu coração ficou apertado e meu nervosismo cresceu. Houve tantas mentiras e meias-verdades entre nós por tanto tempo. Se existisse ainda alguma chance...

Me afastei dele, dando as costas.

— Karys? — ele chamou, com um tom confuso em sua voz.

Virei em sua direção.

— Seu trabalho por aqui terminou?

Ele fez uma pausa, uma pequena ruga aparecendo em sua testa.

— Sim. Por quê?

— Porque... eu... eu preciso que você me leve para casa. Tenho que te mostrar algo. — *Alguém*.

— Mostrar algo? Ok, mas...

Coloquei a mão em seu braço.

— Por favor, sem perguntas. Não agora. Não até você ver.

A ruga em sua testa se aprofundou, mas ele concordou, pegando minha mão e me guiando para fora do jardim.

✡✡✡✡✡

A casa estava quase toda escura quando chegamos. Carly nos recebeu na porta, lançando a Zakai um olhar surpreso antes de acenar para mim.

— Obrigada — sussurrei. Eu tinha mandado uma mensagem para ela do carro e a deixado a par do que estava acontecendo. Ela não se demorou para ir embora.

Coloquei a bolsa de festa na bancada da cozinha, inspirando profundamente antes de me virar para Zakai.

— Karys — ele disse. — Você está me deixando nervoso. O que tem para me mostrar?

Mordi o lábio.

— Primeiro, Zakai, eu... eu tentei te ligar. Duas vezes. Ela disse que te entregaria as mensagens.

Ele inclinou a cabeça.

— Você me ligou? Quando?

— Três anos atrás — contei.

— Depois que a gente...

— Sim. Bem, vários meses depois. E, depois disso, mais uma vez.

— E Giselle disse que me contaria?

Assenti.

Zakai soltou um longo e irritado suspiro.

— Ela nunca me disse nada.

— Eu não tinha como saber. Eu... eu pensei que você não queria falar comigo. Pensei que você tinha me descartado de novo.

— Tudo bem, Karys.

— Não. Não, não está. Eu deveria ter tentado mais. — *Eu deveria ter te ligado depois que ele nasceu.*

— Do que se trata?

Inspirei profundamente.

— Vem comigo.

Com as pernas que pareciam parcialmente dormentes, eu o conduzi até o quarto no fundo, abrindo a porta e entrando. Zakai me seguiu, parando ao meu lado, seus olhos fixos no garotinho dormindo na cama, o quarto iluminado pelo suave brilho de seu abajur.

Observei Zakai, aguardando. Depois de um momento, ele olhou para mim.

— Você tem um filho?

Assenti.

— O nome dele é Levy.

Ele olhou de volta para a cama, encarando-o mais uma vez.

— Quantos anos ele tem? — perguntou, a voz falhando.

— Ele fez três anos em março — sussurrei.

Um som estrangulado subiu em sua garganta.

— Ele é seu filho, Zakai.

Outro pequeno som surgiu, e ele cambaleou para trás, saindo do quarto, virando-se. Eu o segui. Na cozinha, ele parou, voltando-se de novo para mim, sua expressão atormentada.

— Todo esse tempo... você nunca tentou me contatar de novo? Três *anos*, Karys? — Seu rosto se contorceu de dor.

— Por que eu teria tentado? Quando não tive respostas suas duas vezes, não acreditei que você quisesse...

— Mas eu não sabia! Ela nem sequer me disse que você tinha ligado! — ele gritou.

— Como eu poderia saber? Depois de tudo que aconteceu entre nós!

— Meu Deus, Karys. — Seu peito subiu e desceu como se ele tivesse acabado de correr um quilômetro. — Eu preciso ir — disse, agarrando a maçaneta da porta e puxando-a para abrir. Recuei, e um soluço subiu no meu peito enquanto Zakai cambaleava para fora, noite adentro.

Capítulo Trinta

Acariciei o cabelo de Levy, inclinando-me e inalando seu puro e angelical aroma enquanto ele se aninhava em mim, rindo e apontando para o desenho na TV. Não saímos de casa por dois dias. Eu estava abalada, sensível e mais do que feliz em ficar só de pijama, com o meu bebê no colo, enquanto esperava ouvir uma palavra de Zakai — ou não.

Ele pode não querer. Pode ser demais para ele.

Ele pode não ser capaz de me perdoar. Mas eu não conseguia carregar esse peso nos meus ombros. O que Evie dissera era verdade. A gente não tinha como controlar se alguém escolhia nos perdoar ou não. Eu havia feito o melhor que pude com as informações que tinha. Zakai não me deu motivo para acreditar que ele gostaria de saber que tínhamos um filho. Ele disse que me odiava. Não retornou as minhas ligações. E, embora eu tivesse muito mais contexto agora sobre ambas as ações, não tinha naquela época.

Ainda assim, meu coração estava muito pesado, esperança e medo competindo dentro de mim.

Colocando Levy no sofá ao lado de onde estávamos sentados, fiquei em pé.

— Vou fazer um almoço para nós. Está com fome?

— Sim — ele disse. — Espaguete!

Sorri.

— Tudo bem. Vou fazer espaguete para você.

Enquanto preparava o almoço, minha mente vagava dos macarrões crus que eu despejava na água para o olival em Sundara. Conforme o vapor subia, jurei poder sentir o vento quente e seco que fazia as folhas chacoalharem, e o meu coração se apertou de forma tão intensa que foi uma dor física e profunda.

Alguns dias antes, Zakai tinha dito que pensava em Sundara o tempo todo, e desde então, eu também tinha pensado. Eu criara um mundo de fantasia a partir de Sundara através das minhas histórias, mas as memórias que fluíam pela minha mente e pelos meus sentidos agora eram surpreendentemente reais e vividamente claras. Como Zakai, ao relembrar, jurei poder sentir os aromas das flores do deserto se misturando e sentir o calor do sol na minha pele, mas também a expressão desolada nos olhos de Ahmad enquanto ele observava Bibi no espeto, e o som das correntes que Zakai batera com tanta força contra a parede enquanto ouvia o que pensava ser outro homem me violentando.

Tudo isso fluía junto, o real e o imaginário, de alguma forma, criando uma compreensão que eu nunca tinha tido antes. Pois Sundara não era totalmente boa, mas também não era totalmente ruim, e eu finalmente estava conseguindo mesclar as duas realidades na minha cabeça, não apenas para notar a beleza na tragédia, mas também aceitar ambas.

De certa forma, a vida era assim. Bela, monstruosa e magicamente desoladora. Tudo se misturava, mil pontos individuais, que, se você encontrasse uma maneira de conseguir ver com clareza, formavam um quadro extraordinário único para cada um de nós.

Eu já tinha sido protegida do mundo. E feliz por ser. Tinha sido feito com amor, eu sabia disso agora. Mas a ironia era que eu não havia sido capaz de apreciar totalmente a maravilha de Sundara até também entender sua realidade terrível.

Mas também nos sentimos mais completos trabalhando, Evie tinha me dito, e eu estava começando a entender o que ela queria dizer.

Completos.

Nenhum quadro era formado quando faltava um monte de pontos.

A bagunça continuava uma bagunça e nada mais. Nada além disso ou nada mais bonito que isso.

Como a lição tinha sido dolorosa e maravilhosa.

A batida à porta veio mais tarde naquela noite, muito tempo depois de Levy estar na cama, sonhando os sonhos dos meninos de três anos muito amados.

Respirei fundo, nervosa enquanto a abria.

— Oi — ele disse.

— Oi — respondi.

Ele olhou por cima do meu ombro momentaneamente.

— Posso vê-lo?

— Claro que pode. A qualquer hora. Ele está dormindo...

— Eu só quero olhar para ele — Zakai falou, a voz desaparecendo, colocando as mãos nos bolsos.

Assenti, um movimento brusco antes de me afastar para que ele passasse. Ele esperou até eu fechar a porta e então me seguiu de maneira silenciosa pelo corredor onde eu o havia levado algumas noites atrás, até o quarto onde nosso menino dormia.

Fiquei na porta enquanto Zakai se movia em direção à cama dele, agachando-se ao lado e aproximando seu rosto do de Levy, sua mão trêmula o alcançando para acariciar seu cabelo preto como tinta. Meu coração se partiu e se alegrou ao vê-los juntos. O amor subiu dentro de mim, tão infinito quanto o céu do deserto estrelado.

Zakai virou a cabeça na minha direção.

— Ele é lindo — sussurrou.

Assenti, um nó de emoção bloqueando minha garganta. Pigarreei suavemente.

— Ele é inteligente e intenso às vezes, mas sei como fazê-lo sorrir. Ele me lembra você — eu disse com calma, meu olhar se mantendo no dele.

Ele sorriu também, virando-se de volta para Levy. Ele o observou por mais alguns minutos, parecendo absorvê-lo antes de se levantar. Eu o conduzi para fora do quarto, de volta para a cozinha.

— Posso, ãhn, te oferecer uma bebida ou...

— Não, obrigado. — Ele se apoiou no balcão. Parecia que o meu coração tinha subido pela garganta só para bloquear ainda mais o ar enquanto eu o esperava falar.

— Sinto muito por ter corrido depois de você me contar sobre ele. Eu estava... sobrecarregado. Não sabia como...

— Tudo bem, Zakai. Eu meio que reagi da mesma maneira quando descobri. — Dei uma risada suave que morreu depressa. Mas o que eu disse era verdade. Eu tinha evitado a realidade da minha gravidez por dias antes de finalmente criar coragem e decidir enfrentá-la. Então houve medo... mas logo em seguida chegou a alegria, apesar de esperar uma ligação de Zakai que nunca tinha vindo.

— Quando você descobriu — ele disse, soltando um longo suspiro. — Você deve ter ficado... Meu Deus, você deve ter ficado assustada, Karys. Assustada e sozinha.

— Eu estava assustada, mas não completamente sozinha. Eu tinha Ayana e Carly. — Sorri. — E claro, eu tinha o bebê dentro de mim e os meus personagens quando precisava de uma pequena fuga da realidade.

Ele sorriu, leve.

— Você... teve uma gravidez tranquila? E o parto?

— Fiquei enjoada pelas primeiras catorze semanas e cedi ao meu estranho desejo por alcaçuz vermelho mais vezes do que deveria. — Dei-lhe um sorriso sagaz. — Mas, no geral, tudo correu bem. Fiquei em casa enquanto estava em trabalho de parto, então, quando cheguei ao hospital, foi só uma hora até ele nascer.

Um olhar doloroso cruzou as suas feições e ele focou além de mim.

— Eu deveria ter estado lá. Daria qualquer coisa por isso.

Observei-o por um momento.

— Você está aqui agora.

Ele concordou, encostando-se no meu balcão e cruzando os braços sobre o peito.

— Eu briguei com ela — falou, por fim. — Giselle. Eu disse para ela nunca mais me contatar.

— Ah — murmurei, sem saber como responder. — Zakai, sinto muito por não ter tentado mais, mas você tem que entender...

— Você não tem nada pelo que se desculpar. — Ele soltou o ar. — Eu entendo. Não te culpo. — Ele finalmente encontrou o meu olhar, seus olhos avaliadores passando sobre os meus traços. — Sou eu quem deveria ter tentado mais.

Analisei-o por um momento.

— Você só pode agir sobre uma coisa que sabe — eu disse. Eu tinha aprendido bem essa lição. — Podemos desejar ter crescido mais cedo, nos curado mais rápido ou feito escolhas diferentes, mas que bem isso faz?

Ele pareceu pensativo, considerando as palavras.

— Você está certa. Não há um manual de instruções para o que vivemos. Tivemos pouquíssimas pessoas para nos guiar. Acho que temos que tentar nos perdoar e também um ao outro.

Soltei um forte suspiro, lágrimas enchendo os meus olhos.

— Eu já te perdoei, Zakai. Espero que me perdoe também.

— Com uma condição.

Uma risada surpreendente surgiu em mim enquanto seus lábios se inclinavam em um sorriso brincalhão.

— Qual?

Ele fez uma pausa, a emoção ardendo em seus olhos. Ele caminhou lentamente na minha direção enquanto o meu sangue acelerava.

— Case-se comigo — pediu. — Eu quero ter filhos com você. Muitos filhos. Quero vê-los crescer em seu ventre. Quero vê-la amamentá-los em seus seios e quero ouvi-la cantar para eles dormirem.

Um gemido de alívio, amor e gratidão explodiu da minha garganta. Zakai me envolveu em seus braços, trazendo sua boca para o meu ouvido.

— Eu perdi tanto tempo, Karys. Com você. Com ele. Me odiando.

Deus, eu não quero perder mais nada.

Peguei seu amado rosto em minhas mãos, a outra metade de mim, e beijei seus lábios.

— Eu também não — murmurei. — Nem mais um segundo.

— Eu te amo tanto, estrelinha.

— Eu também te amo, Zakai.

Não tínhamos perdido. Tínhamos ganhado. A dor havia tornado o nosso propósito claro e nós dois havíamos encontrado uma maneira de ver a plenitude do quadro da nossa vida. Era belo. E obscuro. E maravilhoso. E trágico. E sim, não convencional. Mas estava completo, em toda a sua luz e profundidade. E o mais importante, era só nosso.

Epílogo

"Vós nascestes juntos, e juntos permanecereis para todo o sempre."

— **Kahlil Gibran, *O profeta***

Zakai

Coloquei a mochila de viagem perto da porta da frente, tirando o casaco e subindo as escadas da minha casa o mais silenciosamente possível. Tudo estava calmo. Pacífico. Empurrei a primeira porta à direita, sorrindo enquanto caminhava até a cama de Levy, agachando-me ao lado e beijando sua testa. O amor me atingiu no estômago, roubando o meu fôlego. Seus olhos se abriram e ele sorriu, sonolento.

— Oi, papai.

— Oi — eu disse, exalando fundo. — Desculpe te acordar.

— Estou feliz que você esteja em casa.

Acariciei seu cabelo.

— Eu também, amigão. Volte a dormir.

Ele assentiu, seus olhos já começando a se fechar novamente.

— Ei, papai — ele chamou quando fui em direção à porta.

— Sim? — sussurrei, virando-me de novo.

— Panquecas no café da manhã?

— Com certeza.

— Te amo — ele disse, com um sorriso enquanto se virava de lado, puxando o cobertor sobre o ombro.

— Eu também te amo.

Minha parada seguinte foi o quarto da minha filha. Sorri ao desembaraçar os lençóis de suas pernas, puxando a roupa de cama sobre ela. Ela os havia chutado para longe durante o sono e agora estava de pernas abertas, uma delas caindo da beirada da cama, os braços acima da cabeça. Rina dormia como vivia. Com um abandono vivaz. Meu coração se apertou. Ela era uma alegria selvagem, enérgica e encantadora que manteria Karys e a mim, sem dúvida, alertas no futuro.

E eu não poderia estar mais feliz.

Na ponta dos pés, saí do quarto de Rina e virei em direção ao quarto principal.

Minha esposa estava dormindo, enrolada e deitada de lado, lábios entreabertos, mãos dobradas sob a bochecha como sempre. Minha luz. Minha vida. *Karys*. Como de costume, meu corpo buscou o dela antes mesmo de eu dar um único passo.

Parei no banheiro para lavar o rosto e depois me despi, rastejando sob as cobertas, envolvendo o braço ao redor dela, segurando seu seio na minha palma. Ela suspirou, virando a cabeça, a voz sonolenta:

— Você voltou.

Beijei seu ombro.

— Consegui um voo mais cedo. — Eu tinha planejado voltar de manhã, mas consegui uma passagem para a noite. Estaria cansado pela manhã, mas a ideia de dormir em um quarto de hotel, quando eu poderia, ao invés disso, estar abraçado com a minha esposa, parecia insuportável.

Karys se virou, passando a palma da mão sobre a minha bochecha. Virei a cabeça e beijei sua testa, depois levei meus lábios aos seus.

— Senti sua falta — falei.

— Eu também senti a sua. Como estavam as casas?

— Ótimas. Aconchegantes. Confortáveis. Seguras.

— E a equipe?

— Melhor ainda.

Eu havia usado o plano de negócios dos Madsen para iniciar minha própria fundação, com casas de acolhimento em seis estados, até agora, que abrigavam pessoas resgatadas do tráfico sexual. Como Karys e eu sabíamos bem, as vítimas que haviam sido resgatadas e viveriam nas casas administradas por nossa fundação tinham necessidades muito específicas. Eles estariam cercados por outros que haviam vivido o que eles viveram, e conselheiros residentes para ajudá-los a se adaptar e a trabalhar com o trauma que tinham enfrentado. Algo que poderia ter feito toda a diferença para mim e para Karys também. Claro, Cody e as pessoas que nos resgataram fizeram o melhor que puderam para nos ajudar a enfrentar uma vida nova e diferente, mas faltavam serviços e a compreensão sobre as necessidades que pessoas como nós precisávamos, uma vez que a parte prática do resgate havia sido concluída. E, honestamente, éramos os *sortudos*. Tínhamos conhecido o amor em Sundara, tínhamos uma família que cuidara de nós, nos dando mais do que muitas das vítimas que ajudamos até agora haviam tido.

Além dos Madsen, que agora eram como uma família para nós, eu também estava trabalhando com uma equipe em Las Vegas, onde agora morávamos. A equipe de ex-militares da Marinha vinha resgatando vítimas de tráfico — dentro e fora do continente — por anos, e as acomodando em um hotel de um dos membros. No entanto, enfrentavam o desafio de encontrar moradia a longo prazo para aqueles que eram resgatados e os serviços necessários para ajudá-los a prosperar, obter educação formal ou aprender uma habilidade profissional, encontrar trabalho, um lar permanente e acesso a serviços psicológicos, pelo tempo que quisessem.

Era aí que eu tinha entrado. Porque agora morávamos ali e, devido à minha conexão com a equipe em Vegas e o trabalho que faziam, nossa fundação tinha aberto o maior número de casas em Nevada — três até agora. Tínhamos moradias separadas para homens e mulheres de diferentes faixas etárias, e combinávamos aqueles mais adequados para ajudar uns aos outros a começar suas novas vidas, incluindo vítimas que tiveram experiências semelhantes e aquelas que falavam os mesmos idiomas de outros da casa. Muitos dos conselheiros nas residências também já haviam sido traficados e se encaminhado para vidas bem-sucedidas. Como eu, curavam-se mais plenamente ao ajudar àqueles que haviam passado pelo mesmo.

O trabalho me realizava, me deixava orgulhoso. Acrescentava à minha fé na bondade dos outros e na resiliência do espírito humano.

Karys sorriu.

— Você parece cansado. E feliz.

— Estou — sussurrei, beijando-a novamente e então me afastando. — Você cumpriu seu prazo, presumo?

Ela sorriu.

— Não cumpro sempre? Sim. Enviei o manuscrito. Está feito e agora tenho um pequeno intervalo antes de mergulhar na edição. Mas...

— O quê?

— Bem, há uma reviravolta na trama.

Minha testa franziu.

— Na sua história?

— Não, em nossa vida. Estou grávida.

Surpresa me fez recuar um pouco para ver melhor a expressão dela.

— Sério?

Ela riu.

— Muito sério.

Alegria espiralou dentro de mim e eu me ergui de joelhos na cama.

— Quando você descobriu?

— Esta manhã. Fiz três testes. Queria te contar pessoalmente.

Inclinei-me sobre ela, segurando seu rosto e colando meus lábios nos seus, incapaz de conter o sorriso que se espalhou pelo meu rosto.

— Caramba, eu sou bom nisso — eu disse entre beijos.

Ela riu, me dando um soquinho leve no braço.

— Você pega a parte fácil. Agora o meu trabalho começa.

Meu sorriso cresceu.

— Verdade. Quando o nosso pestinha vai chegar?

— Dezembro.

Eu me deitei de costas, sorrindo para o teto enquanto Karys deitava a cabeça no meu peito, bocejando.

— Vou ter que começar a estocar alcaçuz vermelho — sussurrei e senti seus lábios se curvarem em um sorriso. Acariciei seu braço, sua pele aveludada quente e familiar sob meus dedos. Depois de alguns instantes, sua respiração se acalmou e pude dizer que ela havia adormecido de novo.

O suave zumbido do ar-condicionado soou, e a cortina acima da saída da ventilação balançou levemente pela brisa. Do outro lado da janela, a lua estava cheia e redonda como só uma lua do deserto poderia ser, e o calor seco e sufocante era mantido afastado pelas conveniências modernas de que agora desfrutávamos. Las Vegas era um tipo diferente de deserto, mas Karys e eu havíamos decidido que queríamos um deserto como o nosso lar. Amávamos o sol escaldante e a luz ondulante. Amávamos a maneira como a noite caía tão repentinamente quanto os nossos corações haviam caído, há tanto tempo, quando éramos apenas crianças. Amávamos estar cercados por quilômetros de espaço aberto e vazio, que mais parecia uma espécie de infinito só nosso. E embora achássemos as estações interessantes, não sentíamos falta da neve.

Minha mente divagava, movendo-se entre o presente e o passado. Alcançando o futuro. Haveria alegrias e tristezas pela frente, satisfações nas quais nos deleitaríamos e desafios que exigiriam fé. Mas se eu entendia alguma coisa, sabia que essa vida que havíamos construído valia cada luta que poderíamos enfrentar.

Às vezes eu ainda pensava na pintura que Karys e eu havíamos observado lado a lado naquele dia no Met, quando a esperança de que ela pudesse ser minha de novo queimava como um pequeno fogo no meu estômago. Imaginava como aqueles homens retratados tinham se sentido ao viajar pela névoa espessa em direção a um resultado desconhecido, a grande fé que mantinham bem apertada nas mãos para não voltar atrás, apesar de estarem cegos e com medo. Outras histórias como as deles me vieram à mente várias vezes ao longo dos anos, quando eu me esforçava em direção a um objetivo arriscado, tendo apenas a minha própria convicção para me guiar. E o conhecimento de que outros haviam superado obstáculos maiores do que os meus me ajudou a deixar de lado as minhas dúvidas e a continuar em frente.

Talvez, minha estrelinha sussurrou para mim certa noite, enquanto estávamos deitados na cama, com as nossas pernas entrelaçadas, esse fosse o sentido de toda dor ou luta, inclusive a nossa — nos lançar à deriva, tirar todo o nosso conforto, toda a nossa segurança —, e nos forçar a buscar em nosso coração nu e indefeso o verdadeiro propósito da nossa jornada. Clamar na noite escura e solitária, *por quê?* E esperar, em humilde rendição, pela clareza que chegaria.

Ela tinha me feito acreditar nisso. Mas ela sempre fora minha luz quando eu tendia para a escuridão. Minha esperança quando eu me inclinava para o desespero. Respirei seu aroma inebriante, puxando-a para mais perto, a única mulher que os meus braços já tinham conhecido. Agradeci em silêncio por *tudo* o que havíamos experimentado para chegar a esse lugar — a essa *vida* —, em que tínhamos amigos, família, filhos e propósito. Uma vez tínhamos sido a luz das estrelas; mas, *agora...* agora éramos um universo.

Fim